नैन बंजारे

(कहानी-संग्रह)

नैन बंजारे

वसीम अकरम

हिन्द युग्म

ISBN : 978-93-92820-06-9

प्रकाशक :
हिंद युग्म
सी-31, सेक्टर-20, नोएडा (उ.प्र.)-201301
फ़ोन- +91-120-4374046

मुद्रक : श्री मैत्रे प्रिंटेक प्रा. लि., ए-84, सेक्टर-2, नोएडा
कला-निर्देशन : विजेन्द्र एस विज

पहला संस्करण : 2022
मूल्य : ₹199

Nain Banjaare
A collection of short stories by *Wasim Akram*

Published By
Hind Yugm
C-31, Sector-20, Noida (UP)-201301
Phone : +91-120-4374046
Email : sampadak@hindyugm.com
Website : www.hindyugm.com

First Edition : 2022
Price : ₹199

शरीक-ए-हयात शफ़क़ महजबीन के लिए
जो मुझे अच्छी-अच्छी कहानियाँ सुनाती है...

कहानियों की बुनियाद

सात-आठ साल की उम्र रही होगी जब मैं और मेरे कजिन्स तक़रीबन हर रात सोने से पहले बारी-बारी से अपने दादाजी के पैर दबाया करते थे। पैर दबाने का मेहनताना होती थीं दादाजी की प्यारी-प्यारी कहानियाँ, जिन्हें तब हम अपनी ज़ुबान में 'खिस्सा' कहते थे। खिस्सा यानी क़िस्सा।

कहानी शुरू करने से पहले दादाजी हमें एक ज़रूरी हिदायत देते थे- "तुम लोग हुँकारी पारते रहना, समझे! तभी खिस्सा अच्छा लगेगा।" इस 'अच्छा लगेगा' को सुनते ही हम ज़ोर-ज़ोर से उनके पैर दबाने लगते थे।

'हुँकारी पारने' का मतलब है कहानी के हर वाक्य पर 'हँ' या 'हूँ' करना। यह इसलिए भी ज़रूरी था क्योंकि कहानी सुनते-सुनते अक्सर हमें नींद आने लगती थी और दादाजी का पैर दबाना रुक जाता था। अब बिना पैर दबाए तो मेहनताना मिलने से रहा! फिर क्या, दादाजी बाक़ी बची कहानी को कल रात के लिए मुल्तवी करके हमें सोने जाने के लिए कह देते थे।

मेरी दादी और बड़ी बुआएँ भी हमें कहानियाँ सुनाती थीं, अपने मिज़ाज की कहानियाँ, जिनमें ज़्यादातर किरदार औरतें होती थीं और उनका केंद्र होता था घर-ख़ानदान। अम्मा और अब्बा भी मुझे कहानियाँ सुनाते थे, लेकिन वो कहानियाँ कम, हिदायत से भरी मिसालें ज़्यादा होती थीं। मेरी कहानियों की बुनियाद इन्हीं 'खिस्से-कहानियों' की छोटी-बड़ी ईंटों से बनी है।

दादाजी के 'खिस्सों' में जादुई परियाँ, जिन्न, राजा-रानी, राजकुमारियाँ, लालबुझक्कड़, हातिमताई, हाथी-घोड़े, सियार-भालू, चिड़िया और अजदहा जैसे किरदारों से लेकर पौराणिक-धार्मिक कथाएँ, जादू-मंतर और तिलिस्मी अफ़साने या फिर ख़ुद दादाजी के बचपन के अनसुने क़िस्से वग़ैरह शामिल

होते थे। अक्सर उन क़िस्सों में इंसान और उसकी ज़िंदगी से जुड़े ऐसे मरासिम नज़र आते थे जिनको समझ पाना हम बच्चों के लिए बहुत मुश्किल होता था। वही मुश्किलें मेरे मन (Subconscious Mind) के किसी कोने में सालों तक पलती रहीं। जैसे-जैसे मैं बड़ा होता गया, वो मुश्किलें ही धीरे-धीरे समझ बनती चली गईं और फिर कहानियाँ लिखने का फन आता गया।

हम लेखकों का दिमाग़ 'सरोगेट' होता है जो तमाम घटनाओं और वाक़यों को अरसे तक अपने भीतर पालता रहता है। और पलते-पकते वहीं से एक दिन रचनाएँ जन्म लेनी शुरू हो जाती हैं। और फिर नज़्म, ग़ज़ल, कविता, कहानी, उपन्यास, यानी सारे अदब एक-एक कर मुकम्मल होते चले जाते हैं।

दादाजी कई बार कुछ कहानियों को अधूरा ही छोड़ दिया करते थे। हम बार-बार उन्हें पूरा सुनाने को कहते भी थे लेकिन वह टाल जाया करते थे। इसकी वजह जो भी रही हो लेकिन वो अधूरी कहानियाँ ही अब मुझे ज़्यादा पूरी लगती हैं। क्योंकि यही अधूरी कहानियाँ बचपन में मुझे यह सोचने का मौक़ा देती थीं कि आख़िर आगे क्या हुआ होगा? या फिर, क्या होना चाहिए? बस, यही वह सिरा है जहाँ से एक नई कहानी की बुनियाद पड़ती है।

बहरहाल, मेरी कहानियों की बुनियाद में दादा-दादी के खिस्से ज़रूर हैं, लेकिन इनकी इमारत नई है। मेरी ये कहानियाँ अब आप सुधी पाठकों की अमानत हैं। आप इन्हें पढ़ें और अपनी राय भी ज़ाहिर करें।

बसद-ख़ुलूस,
शुक्रिया!

वसीम अकरम
3 सितंबर, 2021
9899170273
talk2wasimakram@gmail.com

कहानी-क्रम

सलमान मिसरा

जगमोहन सिंह बहुत ख़ुश थे। एक बाप के लिए इससे बड़ी ख़ुशी और क्या होगी कि उसके रिटायर होने के तुरंत बाद ही बेटे को सरकारी नौकरी मिल जाए जिसके लिए अरसे से बेटे की जद्दोजहद जारी थी। ख़ासतौर से उस बेटे की, जो बहुत लंबे इंतज़ार के बाद इस दुनिया में आया था। और महज़ एक साल बाद ही अपने पीछे छोटे भाई को भी ले आया था।

मुद्दत बाद पूरी हुई मुरादें अपने साथ और भी इतना कुछ ले आती हैं कि मंगते का दामन ही छोटा पड़ जाए।

जगमोहन सिंह का बड़ा बेटा था जयंत सिंह, जिसका कुछ ही दिन पहले एक सरकारी बैंक में प्रोबेशनरी ऑफ़िसर के पद पर चयन हुआ था। पूरा परिवार बहुत ख़ुश था। जयंत की अम्मा का एक पैर घर में तो दूसरा पैर पंडित रामशरण के दरवाज़े पर जमा रहने लगा। नौकरी के बाद अब उसकी शादी का योग कब था और कब उनकी बड़ी बहू घर आएगी, इसके लिए जयंत की कुंडली खँगाली जाने लगी। बात-बात के लिए अपने छोटे बेटे हेमंत से वो कहतीं, "गाड़ी निकाल ला, पंडीजी के इहाँ चलना है, एक-ठो बात पूछना है।" इतना कहकर वो यह देखने के लिए भी नहीं रुकती थीं कि हेमंत के चेहरे का भाव क्या है! वह जाना चाहता भी है या नहीं! वो तो बस आदेश देती थीं और भीतर अपनी बटुई लेने चली जाती थीं। बिना अपनी बटुई के वह घर की चौखट कभी नहीं लाँघती थीं। उनकी बटुई से जगमोहन सिंह का बटुआ भी डरता था कि वो उससे न जाने कब कितने पैसे उगाह ले।

बटुई का पैसा कुछ कम हुआ नहीं कि बटुए की जान पर बन आती थी कि अब तो हुआ ख़ाली। बस इसी से वो डरता था।

जबसे हेमंत ने गाड़ी चलाना सीखा था, तब से वह पंडित रामशरण से ही सबसे ज़्यादा कुढ़ता था। लेकिन वह करता भी क्या! शादी-ब्याह, जनम-मरम, शुभ-लाभ, लगन-महूरत, नौकरी-व्यापार, तीज-त्योहार आदि में पूजा-पतरा जैसा काम बिना पंडित जी के संभव भी तो नहीं होता। हज़ारों साल से ब्राह्मण लोग जजमनिका और पुरोहिताई पर ज़बरदस्त कुंडली मारे बैठे हैं, जिसके चलते एक सामाजिक नैरेटिव बन गया है कि ब्राह्मणों के अलावा कोई और पुरोहित हो ही नहीं सकता। वैसे यह ठीक भी है, यह काम उनके अलावा किसी और से हो भी नहीं पाएगा। अब अगर गीता में यह भले लिखा हो कि शास्त्रों का अध्ययन करके किसी भी जाति-धर्म का व्यक्ति धर्मज्ञाता हो सकता है तो होता रहे, गीता बाँच के कोई पंडित बन जाए तो बनता रहे। लेकिन हेमंत तो भइया पंडित रामशरण से ही कुढ़ेगा!

जगमोहन सिंह जब से इस शहर में आए थे, तब से पंडित रामशरण उनके परिवार के पुरोहित थे। वह बरसों से जगमोहन सिंह के यहाँ छोटे-बड़े विभिन्न आयोजनों में पूजा-पाठ कराते आ रहे थे। जगमोहन सिंह जिस कॉलोनी में रहते थे, वहाँ से तक़रीबन सात-आठ किलोमीटर दूर शहर के एकदम दूसरे छोर पर बसी कॉलोनी में पंडित रामशरण अपने पूरे परिवार के साथ रहते थे। जजमनिका करके ही उन्होंने अपने बच्चों को पढ़ाया-लिखाया और उनको नौकरियाँ तक दिलाने में अपनी ख़ास पुरोहिती भूमिका भी निभाई। वक़्त और आदमी को पहचानने का एक विशेष प्रकार का गुण जो था उनके भीतर।

"पंडीजी! आपके असीरबाद से बबुआ के सरकारी नोकरी लगा है। ई मिठाई लाए हैं आपके लिए।" हेमंत की माँ ने मिठाई का डिब्बा पकड़ाते हुए कहा। हेमंत घूरन-नज़र से डब्बे की ओर देख रहा था और सोच रहा था कि इतने प्यार से तो वो कभी किसी को नहीं पूछती!

"सब ऊपर वाले का आशीर्वाद है बिटिया!" पंडित रामशरण ने कहा और मंद-मंद मुस्काने लगे। वह मुस्कान कुछ ख़ास थी, यानी दक्षिणा आने की पहचान थी। हेमंत ने सत्तर साल के उस बूढ़े पंडित रामशरण की मुस्कान को देखा और फिर चिढ़कर उसने अपनी नज़र दूसरी ओर घुमा ली। हेमंत नौजवान था न, इसलिए धर्म अभी उसके माथे में नहीं घुसा था।

"खुसी का मौका है पंडीजी, कउनो पूजा-पाठ करे के हो तऽ बताइए।

बबुआ के नया नोकरी कऽ बात है।" हेमंत की माँ ने ठहर-ठहरकर पूछा। पंडित-बाबा लोग भूल भी जाएँ तो महिलाएँ याद दिला देती हैं कि बिना ज़रूरत के भी पूजा-पाठ होना चाहिए। एक ज़माने में इसी बिना ज़रूरत के पूजा-पाठ के अवसर का लाभ उठाकर ही ब्राह्मणों ने शायद एक से बढ़कर एक पूजा पद्धतियाँ विकसित कर दी होंगी। और अब तो वो सारी पूजा-पाठ पद्धतियाँ हमारे जीवन का अभिन्न हिस्सा हैं।

"बहुत अच्छा सोची हो बिटिया! जल्दी से ब्राह्मण कुमारों को भोजन कराने की व्यवस्था बनाओ।" पंडित रामशरण तो जैसे इसी इंतज़ार में थे।

मिठाई का डब्बा पकड़ते ही पंडित रामशरण ने मानो सोच लिया था कि उन्हें क्या कहना है। इसलिए उन्होंने फ़ौरन काम की बात कह दी। उस दिन हेमंत की माँ ने जाना कि एक पुण्य-शुभ का रास्ता ब्राह्मण कुमारों को भोजन कराने से होकर भी जाता है। किन्हीं और जाति के कुमारों से होकर क्यों नहीं जाता, उनके दिमाग़ में यह बात आई ही नहीं। ख़ैर, आती भी कैसे! ब्राह्मण के उच्च होने का नैरेटिव समाज के एक बड़े वर्ग के दिमाग़ के भीतर किसी कोने में जो बन गया है, या बना दिया गया है।

"एह में का करना होगा पंडीजी? अउर कब करना होगा?" हेमंत की माँ ने उत्सुकतावश पूछा।

"परसों सुबह पाँच बजे पूजा का मुहूरत अच्छा है। पूजा के बाद सात ब्राह्मण लड़कों को भोजन कराकर उन्हें दक्षिणा देना होगा। ई बात का जरूर ध्यान रहे... लड़के कुँवारे ही होने चाहिए।" पंडित रामशरण ने पतरा देखते हुए कहा और एक पर्ची पर कुछ लिखने लगे।

"ठीक है पंडीजी। आप आ जाइएगा। हम सब इंतजाम कर देंगे।" हेमंत की माँ ने ख़ुश होकर कहा। लेकिन हेमंत यह सुनकर चिढ़ गया कि उसके सिर पर अब एक नया काम आ गिरा। मगर वह करता भी क्या! माँ के आगे उसकी ज़बान अभी खुलनी शुरू नहीं हुई थी। उसने ग़ुस्से से भरी चुप्पी साध ली।

"बिटिया, ये लो। इसमें पूजा के लिए सब जरूरी सामान लिखा है, ले लेना।" पंडित रामशरण ने एक पर्ची पकड़ाते हुए कहा।

"जी पंडीजी।" इतना कहकर हेमंत की माँ ने पर्ची अपनी बटुई में रखा और वहाँ से ख़ुशी-ख़ुशी वापस हो चलीं।

घर जाने के रास्ते में ही पर्ची पर लिखा सामान ख़रीदा और घर पहुँचकर हेमंत की माँ ने जगमोहन सिंह से ब्राह्मण कुमारों को भोजन कराने की बाबत पंडित रामशरण का कहा हुआ सब बता दिया। सुनकर जगमोहन सिंह परेशान हो उठे और कहने लगे, "अब ब्राह्मण लड़कों को कहाँ से खोज के लाएँगे... वह भी कुँवारे लड़के? आजकल के लड़कों के कुँवारे होने की कोई गारंटी है क्या? भला ये कैसे पता चलेगा कि वो कुँवारे हैं भी या नहीं?"

"आप तो तुरंते परेसान हो जाते हैं। उ हैं न आपके मित्तर... तिवारी जी! उनसे काहे नहीं बात करते हैं जाके?" हेमंत की माँ ने जवाब देने के साथ एक मशवरा भी सुझा दिया।

उस कॉलोनी में सिर्फ़ एक ही ब्राह्मण रहते थे- हरिमोहन तिवारी। जगमोहन सिंह के घर से तीसरी गली में कोने पर उनका पहला ही मकान था। थोड़े नानुकुर के बाद हेमंत की माँ का मशवरा जगमोहन सिंह को ठीक ही लगा, इसलिए उन्होंने फ़ौरन हरिमोहन तिवारी के घर जाकर कॉलबेल बजा दी।

"नमस्कार तिवारी जी!" जगमोहन ने अभिवादन किया।

"अरे! सिंह साहब, आप! नमस्कार नमस्कार! आइए आइए।" हरिमोहन तिवारी ने दरवाज़ा खोलते ही कहा।

"और आप कैसे हैं पंडीजी?" जगमोहन सिंह ने अभिवादन के बाद का पूछा जाने वाला सबसे कॉमन सवाल किया।

"बड़े भाग से पधारे हैं आप। सुमित्रा जी बेसन के पकौड़े बना रही हैं, बिना प्याज के... हे हे हे!" दरवाज़े के किनारे खड़े होकर जगमोहन सिंह को भीतर आने का रास्ता देकर तिवारी जी हँसते हुए बोले। फिर उन्हें लेकर वो बैठक में चले गए। तिवारी जी थोड़े हँसमुख इंसान थे।

"बैठिए! अउर सुनाइए, सब कुसल-मंगल है न?" हरिमोहन तिवारी हँसते हुए ही ने पूछा।

"आपके आशीर्वाद से सब मंगल है पंडीजी।" सोफ़े पर बैठते हुए जगमोहन सिंह ने कहा।

"सुन के बहुत अच्छा लगा कि आपका बेटा जयंत का नौकरी लग गया है। हम अपने घर में उसकी चर्चा करते थे कि ई लड़का एक दिन सरकारी नौकरी जरूर पाएगा। बचपने से उसका मस्तिस्क ठीक है। हे हे हे..." हरिमोहन

तिवारी ने थोड़ा मक्खन मारा और उसी बीच हँसते हुए अपनी पत्नी सुमित्रा को चाय-पकौड़े लाने के लिए आवाज़ भी लगा दी और जगमोहन सिंह के पधारने की ख़बर भी दे दी।

"पंडीजी, हम एक ज़रूरी काम से आए हैं।" जगमोहन सिंह ने कहा।

"हाँ-हाँ बताइए, का बात है? हम कौनो काम आ जाएँ, इससे बढ़िया का बात है भला, हे हे हे..." हरिमोहन तिवारी ने उत्सुकता में हँसी घोलकर पूछा।

"वो... पंडित रामशरण ने ब्राह्मण कुमारों को परसों... सबेरे ही भोजन कराने के लिए कहा है। मैं गाँव में होता... तो इंतज़ाम हो जाता। यहाँ इस कॉलोनी में आपके अलावा... मैं किसी ब्राह्मण को जानता भी नहीं।" जगमोहन सिंह ने अटकते हुए आने का प्रयोजन बताया।

सुमित्रा जी चाय-पकौड़े लेकर वहाँ हाज़िर हुईं और जगमोहन सिंह का मुस्कीमार मौनाभिवादन स्वीकार कर चुपचाप ही चाय-पकौड़े टेबल पर रखकर फ़ौरन वापस चली गईं।

"अरे तो ई कौन-सा बड़ा बात है जगमोहन जी! लीजिए पकौड़े खाइए, बिना प्याज का है! हे हे हे!" तिवारी ने हँसते हुए पकौड़े की थाली जगमोहन सिंह की तरफ़ बढ़ा दी।

"हमरे एक अनुज मित्र हैं दीनानाथ सुक्ला। वो लड़कों वाले हास्टल के वार्डन हैं, वही सिटी कालेज के, जिसमें आपका लड़का हेमंत पढ़ता है। वहाँ स्नातक कक्षा के बहुत ब्राह्मण कुमार मिल जाएँगे... हे हे हे।" तिवारी ने कहा और एक पकौड़ा मुँह में भर लिया।

"हॉस्टल के लड़के!" पकौड़ा लिए जगमोहन का हाथ मुँह तक जाने से पहले ही रुक गया।

"अरे काहे चिंता कर रहे हैं जगमोहन बाबू। हास्टल में अच्छे बच्चे हैं। दूर-दराज के गाँव से यहाँ पढ़ने आए हैं। कुछ ऐसा-वैसा मत सोचिए। एकदम निस्चिंत रहिए, हे हे हे!" तिवारी ने कहा और दूसरा पकौड़ा भी मुँह में भर लिया और चाय की एक घूँट लेकर पकौड़े को गले के नीचे सरकाने लगे।

"हम्म... आप कह रहे हैं तो ठीक है। बात कर ही लीजिए शुक्ला जी से।" जगमोहन ने चाय की बड़ी घूँट लेकर कप टेबल पर रखते हुए कहा।

बहरहाल, चाय-पकौड़ा ख़त्म होते-होते बात बन गई।

हरिमोहन तिवारी पर भरोसा करके जगमोहन सिंह अपने घर चले आए। लेकिन एक शक उनके मुँह में पकौड़े के तीखेपन को बढ़ा रहा था, जो चाय की मिठास के बाद भी कम नहीं हुआ था। वही रवायती शक कि आजकल कुँवारे लौंडे तो शायद ही कुँवारे हों! लेकिन बात जब अपने लौंडे पर आती है तो जगमोहन सिंह जैसे लोग अपने लौंडे को सीधे राम-लक्ष्मण के बग़ल में खड़ा कर देते हैं। हमारा समाज ऐसा ही है, ख़ुद किसी भी हाल में बुरा नहीं होता, सिर्फ़ सामने वाला ही बुरा होता है।

जगमोहन सिंह के जाने के बाद हरिमोहन तिवारी ने दीनानाथ शुक्ला को फ़ोन करके सार-संक्षेप में सारी स्थिति से अवगत कराया और दबी ज़बान में एक हिदायत भी दी कि कोई गड़बड़ी न होने पाए। चूँकि शुक्ला जी की आदतों से तिवारी जी परिचित थे, लेकिन उनके अलावा कोई विकल्प था ही नहीं।

"मित्र का पुत्र बैंक में अधिकारी बना है सुक्ला जी... आगे काम आएगा।" हरिमोहन तिवारी ने कहा।

"इन लौंडों को दक्षिणा तो मिल जाएगा तिवारी जी, हमको क्या मिलेगा? हम भी ब्राह्मण ठहरे। ऊपर से एतना पुन्य वाला काम भी तो कर रहे हैं हम!" शुक्ला ने धीमे से कहा।

"हे हे हे... काहे परेसान होते हैं, आपको भी मिलेगा। जगमोहन बाबू अच्छे आदमी हैं, हमरा बात नहीं टालते हैं। हम उनको हज़ार बोल दिए हैं। ए महँगाई में अब इससे कम या ज्यादा कोई का देगा, हे हे हे! अभी हम उनका पता आपको लिखवा देते हैं, लड़कों को टाइम से भेज दीजिएगा... हे हे हे!"

तिवारी ने अच्छी तरह समझा दिया। दीनानाथ समझ भी गए इसलिए आगे कुछ पूछे भी नहीं। पता लिखवाने के बाद तिवारी ने ही फिर पूछा, "कौनो जरूरी काम-वाम तो ना न है उस दिन? हे हे हे!"

"पूजा-पाठ और दक्षिणा से बड़ा और कौन काम है एक ब्राह्मण के लिए! हा हा हा!" शुक्ला ने हँसते हुए कहा। तिवारी भी अपनी हँसी हँसने लगे। दोनों की बेमल हँसी मिलकर आभासी दक्षिणा की तस्वीर बनाने लगी।

वार्डन दीनानाथ शुक्ला ख़ुद में ही एक महीन केस थे। बाहर से उन्हें समझना मुश्किल था और भीतर से तो वो ख़ुद को भी नहीं जानते थे कि वो क्या चीज़ हैं! बीते पंद्रह साल से सिटी कॉलेज के ब्वॉयज हॉस्टल को वो सँभाल रहे

थे, जहाँ ग्रेजुएशन करने वाले नब्बे लड़के रहते थे। लड़कों के बीच दीनानाथ की पहचान एक घाघ आदमी की थी। इसलिए सब छात्र थोड़ा-थोड़ा डरते भी रहते थे कि पता नहीं किसके ख़िलाफ़ चुपके से क्या फ़ैसला ले लें और न जाने कब किसको हॉस्टल छोड़ना पड़ जाए।

अगले दिन एकदम सुबह ही वार्डन दीनानाथ शुक्ला ने पियून से सात ब्राह्मण लड़कों को कॉमन हॉल में बुला भेजा। कॉमन हॉल यानी हॉस्टल की हर मीटिंग के लिए इकट्ठा होने की जगह। पियून को हर लड़के की जाति और धर्म के बारे में पता था। हॉस्टल में कुल छब्बीस ब्राह्मण लड़के थे, लेकिन बीस बाहर गए हुए थे। कुछ अपने घर गए हुए थे तो कुछ हॉस्टल के बाहर अपने दोस्तों के रूम पर मस्ती काट रहे थे। बाक़ी बचे छह, जो थोड़ी देर में एक-एक कर आँख मलते हुए कॉमन हॉल में आ खड़े हुए। विशाल त्रिपाठी और संजय दूबे बीए थर्ड ईयर में थे। राजेश शर्मा और शिवशंकर पाठक सेकेंड ईयर में थे। मंजीत शुक्ला और नितिन चौबे फ़र्स्ट ईयर में थे। ये सब परेशान थे कि इतनी सुबह क्या हो गया कि उन्हें अचानक कॉमन हॉल में बुला लिया गया। वो भी इस तरह जैसे फ़ौरन किसी युद्ध पर निकलना हो! हॉस्टल ना हुआ, सेना का बंकर हो गया!

वहीं एक डर भी था जो उनको नींद से उठा लाया था कि न जाने शुक्ला की घान किस पर गिरे और फिर उसके हालात का आकार ही बदल दे।

"कल सुबह पाँच बजे हमारे साथ चलना है।" दीनानाथ शुक्ला ने अख़बार पर नज़र गड़ाए हुए ही कहा। वो कॉमन हॉल के सोफ़े पर ठसक के बैठे हुए थे। पियून उनके बग़ल में सावधान मुद्रा में खड़ा था।

"तो ई बात संझा को भी कह सकते थे महराज! भोरे-भोरे नींद काहें ख़राब किए हैं?" संजय दूबे ने बात पूरी होने से पहले ही झल्लाकर कहा।

"वैसे जाना कहाँ है सर?" मंजीत शुक्ला ने जम्हाई लेते हुए पूछा।

"अरे जादा दूर नहीं बे, यहीं पास में जाना है। पूजा के बाद भोजन करना है और दक्षिणा लपेटकर लौट आना है। बस्स!" दीनानाथ ने मुस्कुराते हुए कहा और पियून को हिदायत दी कि कल सुबह इनके लिए नाश्ता-खाना नहीं बनेगा। आदेश पाकर पियून ने 'जी सर' कहा और लड़कों की तरफ़ देखने लगा। वह कहना चाह रहा था कि सिर्फ़ छह लड़के ही हैं, लेकिन दीनानाथ के हाथ का

इशारा पाकर वह चुप ही रहा।

"बै मरदे! सौ-सौ रुपल्ली पकड़ा देता है ई लोग। पिछली बार वो रघुनथवा सोनार के यहाँ गए थे हम सब। पचास दे रहा था... केतना किचकिच के बाद सौ दिया था उस कंजूस ने। हम ना जाएँगे, भक्क!" विशाल त्रिपाठी भड़ककर बोला और हॉल से बाहर जाने लगा।

"पाँच सौ से एक आना भी कम नहीं मिलेगा बेटा..." दीनानाथ ने कहा लेकिन यह बात विशाल सुन नहीं पाया।

"अरे विसलवा! रुक बे साले!" राजेश शर्मा ने दौड़कर विशाल को हॉल के गेट के बाहर पकड़ लिया और उसे धीमी आवाज़ में समझाने लगा, "साले कड़की चल रही है और पाँच सौ की हरियरी स्वयं चलके आ रही है। काहे सुक्ला से पंगा ले रहे हो बे! साला घाँघ आदमी है, कुछ उल्टा-सीधा करने में समय नहीं लेता है, जानते हो न? चुपचाप चलो अब।" समझाते हुए राजेश उसे लेकर हॉल में वापस आ खड़ा हुआ। बात पाँच सौ रुपये की थी इसलिए विशाल चुपचाप आ गया। लेकिन उसको इस बात का पक्का यक़ीन था कि पिछली बार की तरह इस बार भी वार्डन ज़रूर कुछ गड़बड़ करेगा।

"लेकिन सर हम तो सिर्फ़ छह लोग ही हैं, सात लोग चाहिए न?" नितिन चौबे ने कहा। अचानक दीनानाथ शुक्ला ने अपना सिर उठाया और एक-एक कर सबको देखने लगे जैसे गिन रहे हों। उनको ध्यान भी तभी आया कि लड़के कम थे लेकिन हर हाल में चाहिए था पूरे सात।

"कुल नब्बे लड़कों में मात्र छह ब्राह्मण! ये साले ब्राह्मणों के लौंडे आजकल पढ़ना-लिखना छोड़ दिए हैं का?" दीनानाथ तो जैसे कुढ़कर बोले और सबकी तरफ़ घूरकर देखने लगे।

"स...स...सर हैं तो कई ले...ले...लेकिन अभी हॉस्टल में नहीं हैं और क...क...कब आएँगे... म...म...मालूम नहीं!" पियून ने हकलाते हुए कहा।

"तो फिर सातवाँ का क्या करें? कहाँ से आएगा एक और ब्राह्मण कुमार? एग्जाम आने वाला है, लेकिन ई ब्राह्मण कुमार लोग नपत्ता हैं। बताओ, अब हम का जवाब देंगे हरिमोहन तिवारी को?" दीनानाथ ने पियून को डपटते हुए ऐसे पूछा जैसे उसी ने अपने लिए ताज़ा नारियल लाने के लिए बाक़ी लड़कों को केरल भेज दिया था। पीयून ख़ुद में सिमट गया।

तभी शिवशंकर को खोजते हुए हाथ में बल्ला हिलाते हुए सलमान वहाँ आ पहुँचा, "अरे शिवशंकर! इहाँ का कर रहे हो बे? हम तुमको पूरे ब्लॉक में खोज के आ रहे हैं। मैच खेलने नहीं चलना है का?" सलमान और शिवशंकर का रूम एक ही ब्लॉक में दूसरे फ़्लोर पर अगल-बग़ल था। दोनों एक ही ज़िले से थे इसलिए अच्छे दोस्त बन गए थे और खाने-पीने से लेकर पढ़ने-खेलने और घुमक्कड़ी तक सब साथ ही करते थे।

"कहाँ से आएगा नहीं सर, आ गया! ये है सातवाँ ब्राह्मण!" शिवशंकर पाठक ने सलमान का जवाब देने के बजाय दीनानाथ की तरफ़ देखते हुए सलमान को पकड़ के सामने ला खड़ा किया और सात की गिनती पूरी करके मुस्कुराने लगा। सलमान हक्का-बक्का कभी शिवशंकर को देखने लगा तो कभी वार्डन दीनानाथ को। उसे कुछ समझ में नहीं आया कि वहाँ हो क्या रहा था!

"काहे का सातवाँ बे! और ब्राह्मण?" सलमान ने शिवशंकर को कोहनी मारते हुए धीरे से पूछा और कोने में दीवार से बल्ला टिकाकर दीनानाथ की तरफ़ देखने लगा।

"इसका क्या नाम है?" वार्डन दीनानाथ ने पूछा और अख़बार सोफ़े पर रख दिया। बिगड़ी बात बनानी थी, सो अब शुक्ला सबसे मुख़ातिब थे।

कुछ लम्हे के लिए सब चुप हो गए। दीनानाथ और लड़कों के बीच एक सन्नाटा आकर खड़ा हो गया। दीनानाथ जानते थे कि सलमान ब्राह्मण नहीं था, लेकिन इतना ज़रूर भूल गए थे कि वह मुसलमान था। बाक़ी लड़के जानते थे कि वह कौन था इसलिए जब शिवशंकर ने उसे सातवाँ ब्राह्मण बताया तो सबके मन में एक कशमकश चलने लगी कि आख़िर शिवशंकर कहना क्या चाह रहा था! लेकिन तभी शिवशंकर ने कहा, "सलमान मिसरा!"

शिवशंकर के मुँह से 'सलमान मिसरा' नाम सुनकर सारे लड़कों ने पहले एक-दूसरे की ओर देखा और दूसरे ही पल खी-खी करके हँसने लगे।

"सलमान मिसरा! ये कौन-सी प्रजाति से है भाई? मियाँ गोत्र भी है का कोई?" दीनानाथ ने तंज़ वाले लहजे में कहा और फिर हँसते हुए पूछा, "तुम्हरे अम्मी और अब्बू में से ब्राह्मण कौन है?"

यह सुनकर सलमान ग़ुस्से में दाँत पीसने लगा, लेकिन तभी शिवशंकर ने उसका हाथ दबाते हुए कहा, "स... स... सर, नाम तो इसका सलमान अहमद

है और इसके अम्मी-अब्बू भी मुसलमान ही हैं, लेकिन वो क्या है न... कि... कि कल भर के लिए इसे ब्राह्मण ही समझिए!"

"चोप्प! कल भर के लिए ब्राह्मण है ये? तुम अपने आप को बहुत स्मार्ट समझ रहे हो? वहाँ पंडित इससे कुछ पूछ देगा तो ई का बताएगा? ये बात सोचे हो? सिर्फ़ नाम से कोई ब्राह्मण नहीं होता, ब्राह्मण होने का एक संस्कार होता है। ये वो संस्कार कहाँ से लाएगा?" वार्डन दीनानाथ ने शिवशंकर को ज़ोर से डाँटा। डाँट सुनकर सब एकदम सकपका गए।

"अबे सलमान! कउनो स्लोक-व्लोक याद है का बे तुमको साले?" शिवशंकर ने बात बिगड़ते देखकर धीरे से पूछा। सलमान को अब बात कुछ-कुछ समझ में आने लगी थी कि आख़िर माजरा क्या है। उसने फ़ौरन अपने दिमाग़ को ब्राह्मण कुमार बनाने में लगा दिया।

"साले सिवसंकरा! मरवाओगे का बे? ई दीनानथवा छोड़ेगा नहीं हम सबको!" राजेश ने शिवशंकर के पास जाकर उसके कान में फुसफुसाया। अभी राजेश कुछ और कहता तभी सलमान की तरफ़ से गणेश वंदना के स्वर कॉमन हॉल में गूँजने लगे।

'गजाननं भूतगणाधिसेवितं कपित्थजम्बूफलचारुभक्षणम्।
उमासुतं शोकविनाशकारकम् नमामि विघ्नेश्वरपादपङ्कजम्॥'

सलमान ने दो सेकेंड दिमाग़ पर ज़ोर डाला और एक साँस में गणेश वंदना पढ़ गया। दरअसल, उसको लगा कि उसका दोस्त शिवशंकर वार्डन के किसी जाल में फँस गया था, इसलिए उसने जल्दी से गणेश वंदना सुना दिया कि शायद बात बन जाए। स्कूल के दिनों में कविता और श्लोक रटने के क्रम में उसे यह वंदना याद हो गई थी।

"देखा सर आपने? ये है सलमान मिसरा! ये है सलमान मिसरा!" काम बनते देख शिवशंकर ने जोश में आकर कहा। बाक़ी लौंडों के चेहरे पर एक अजीब-सी कशमकश बिखर गई।

"एक-दो श्लोक रट लेने से किसी में ब्राह्मण वाली खूबी आ जाती है का? अइसे तो पूरा देश ही श्लोक रट के ब्राह्मण हो जाएगा। नहीं?" दीनानाथ ने सवाल किया और घूरकर शिवशंकर और सलमान की ओर देखने लगे।

"सर, सलमान में ना सही, हम ब्राह्मणों में यही तो खूबी होती है न कि सत्ता

और पैसा चाहे जइसे भी हाथ आए, हम लेके ही रहते हैं। अब इस कड़की और महँगाई में सलमान मियाँ को हम सलमान मिसरा बना दें तो इसमें हरज का है सर?" शिवशंकर ने बड़ी ही शान से यह बात कही। बाक़ी सब के चेहरे पर भी मुस्कान उभर आई। लेकिन विशाल अब भी झल्लाया खड़ा था।

"हरज ना है... बिलकुल ना है... लेकिन जदि पूजा में कौनो व्यवधान हुआ तब का करोगे?" बात बनते देख दीनानाथ ने भी थोड़ा नरम होकर पूछा। वह शिवशंकर की बात से थोड़ा-सा प्रभावित तो हो ही गए थे।

"बात सही है, लेकिन यदि पंडीजी ही गलत-सलत मंत्रोच्चार करें तो इसमें सलमान मिसरा का का दोस? हम भी तो बाभन हैं, लेकिन जेतना बढ़िया ई गनेस बंदना पढ़ा है, उतना तो हमको भी नहीं आता! आपको आता है का सर?" शिवशंकर ने तर्क दिया। अक्सर सही तर्क के बाद कोई सवाल नहीं बचता। दीनानाथ के पास भी शिवशंकर के तर्क की काट नहीं थी। लेकिन उसका सवाल कि उन्हें भी गणेश वंदना याद थी क्या, इस पर शुक्ला ने शिवशंकर की ओर घूरकर देखा।

"बोलिए सर, याद है?" शिवशंकर ने दोबारा पूछा।

"नहीं याद तो नहीं है, लेकिन हम उच्च कुल के ब्राह्मण हैं तो हमरे लिए श्लोक-व्लोक याद करना जरूरी नहीं है, समझे!" शुक्ला ने अपनी उच्चता के गर्व में डूबकर कहा।

दीनानाथ के सामने सातवें ब्राह्मण के रूप में सलमान मिसरा खड़ा तो था लेकिन उनके दिमाग़ में गाँधीछाप की रंगीन पत्तियाँ लहरा रही थीं। दीनानाथ को पता था कि वो आज के लौंडे थे, जो किसी भी मुश्किल काम को करने के लिए कोई-न-कोई जुगाड़ लगा ही लेंगे। और वैसे भी, ब्राह्मण कुमारों के भोज निमंत्रण में एक मुसलमान लड़के को ब्राह्मण बनाकर भेजने में कोई रॉकेट साइंस तो था नहीं। बस ज़रा-सी एक्टिंग ठीक से कर ले जाए, जैसा अभी-अभी गणेश वंदना सुनाते हुए किया था। फिर भी अगर बात बिगड़ती है तो देखा जाएगा। वार्डन हैं और ब्राह्मण भी, इन लौंडे-लपाड़ियों को डाँटने-फटकारने में देर ही कितनी लगती है। यही सब सोचते हुए एक कुटिल मुस्कान के साथ वार्डन दीनानाथ शुक्ला सोफ़े से उठे।

"ठीक है, बेटा सलमान मिसरा जी! अगर कोई गड़बड़ी हुई तो तुम हॉस्टल

से बाहर समझो।" कहकर दीनानाथ आगे बढ़े और शिवशंकर को एक काग़ज़ थमाकर कॉमन हॉल से बाहर निकल गए।

उस काग़ज़ पर जगमोहन सिंह के घर का पता, पहुँचने का दिन और समय लिखा था।

सारे लड़के सलमान को अपने-अपने तरीक़े से ब्राह्मण होने की ख़ूबियाँ बताने लगे। सलमान उन सबको सुनकर हँसने लगा। वह उनकी ख़ूबियों को आत्मसात नहीं करना चाहता था क्योंकि उन ख़ूबियों को आत्मसात करना सबके बस की बात नहीं थी। बात शिवशंकर की दोस्ती की थी जिसके लिए ब्राह्मण कुमार बन जाना तो सलमान के लिए एक छोटी बात थी।

अगली सुबह पियून ने सबको जगाया। सब जल्दी-जल्दी तैयार होकर जगमोहन सिंह के घर पहुँच गए। जयंत ने सब ब्राह्मण कुमारों का स्वागत किया और उन्हें बाहर बने बड़े से बैठक में बिठाया। जलपान की व्यवस्था होने लगी। पंडित रामशरण भोरे-भोरे पधारकर पहले ही पुरोहिती का मोर्चा सँभाल चुके थे। थोड़ी देर में दीनानाथ शुक्ला भी पहुँच गए। स्वागत-सत्कार और फिर जलपान के बाद बाक़ी कार्यक्रम के लिए तैयारी होने लगी। पंडित रामशरण ने जयंत को बुलाकर उसे सात नई धोतियाँ और बनियान पकड़ाते हुए कहा कि ब्राह्मण कुमारों के स्नान की व्यवस्था हो ताकि वे सब पवित्र होकर धोती-बनियान पहन लें। जयंत ने 'जीपंडीजी' कहकर आज्ञा का पालन किया और लड़कों के पास जाकर सब कुछ समझा दिया। सब लड़के नहाने चले गए।

"साले सिवसंकरा! मुंडन भी होगा का बे?" सलमान ने आधा खीझ आधा मज़ाक़ में भरकर कहा। उसकी बात सुन सब हँसने लगे।

"ऐसा कुछ नहीं है बे, काहे टेंशन लिए हो!" शिवशंकर ने कहा और अपने कपड़े उतारने लगा।

"हम भाग जाएँगे साले, बता रहे हैं।" सलमान ने धमकी देते हुए कहा।

"भक्क साले! काहें भाग जाएगा बे? जइसे नमाज से पहले तुम लोग वो हाथ-पैर धोते हो न पवित्र होने के लिए, वइसहीं पूजा से पहले ई सब करना होता है। अब चुपचाप नहाकर आओ, फिर हम जाएँगे।" शिवशंकर ने समझाया।

थोड़ी देर में सब नहा-धोकर धोती-बनियान पहनकर पूजा-स्थान पर जाकर बैठ गए। सलमान को धोती बाँधने में देर हो गई। वह और शिवशंकर, दोनों

बाद में पहुँचे तो सलमान को देखकर सब लड़के दबे मुँह हँसने लगे। ज़िंदगी में पहली बार तो उसने धोती बाँधी थी, वह भी शिवशंकर की मदद से। इसलिए सँभाल नहीं पा रहा था।

"बेटा जनेउ कहाँ है तुम्हारा? संस्कार नहीं हुआ है क्या?" पंडित रामशरण ने चश्मे के ऊपर से झाँकते हुए सीधा सलमान से सवाल किया। वह बड़ी देर से धोती में अनकम्फ़र्टेबल सलमान को भाँप रहे थे।

सवाल सुनकर सारे लड़कों का दिल धक्क से कर गया। उनमें से किसी को भी इसका अंदाज़ा नहीं था कि सत्तर साल के बूढ़े पंडित रामशरण की नज़र सलमान की बनियान के भीतर घुस जाएगी। बाक़ी सबके जनेउ तो बनियान के इधर-उधर कोने-अतरे से थोड़ी-बहुत झाँक भी रहे थे। लेकिन सलमान के पास तो था नहीं! इसलिए उसकी तो जैसे फट पड़ी और उसे लगा कि भेद अब खुला तब खुला।

"अबे सलमान! जनेउ कहाँ गया बे तुम्हारा?" राजेश शर्मा के मुँह से अचानक उसका असली नाम निकल आया। बाथरूम में विशाल और शिवशंकर ने सबको समझाया था कि सलमान का कोई नाम नहीं लेगा। लेकिन क्या है न कि हड़बड़ी राज़ खोल ही देती है।

"हाँ बेटा बताओ! जनेउ कहाँ है तुम्हारा? हे हे हे..." हरिमोहन तिवारी ने अपने ही अंदाज़ में पूछा और एक ग़ुस्से में घुली हुई हँसी के साथ दीनानाथ शुक्ला की ओर देखने लगे। दीनानाथ शुक्ला के चेहरे पर हवाई उड़ रही थी, इसलिए उन्होंने चुप रहना ही बेहतर समझा और दूसरी तरफ़ देखने लगे जैसे उन्हें कुछ पता ही न हो।

"सलमान!" पंडित रामशरण चौंक पड़े यह नाम सुनकर। उनके चेहरे की झुर्रियाँ फड़कने लगीं। हाथ में थमा आम का पत्ता नीचे गिर गया जैसे कोई अशुभ होने वाला हो। वह कभी सलमान को देखते तो कभी जगमोहन सिंह को। और सलमान को तो जैसे काठ मार गया। दीनानाथ को साँप सूँघने जैसा लगा तो वहीं जगमोहन सिंह को लगा कि लौंडों ने पंडित रामशरण के साथ कोई बचकानी हरकत कर दी हो।

और सारे लड़कों के दिमाग़ में चलने लगा कि दक्षिणा गया हाथ से।

लेकिन हॉस्टल के लौंडे इतनी आसानी से हार कहाँ मानते हैं!

"स...स...स...सैलेंदर मिसरा नाम है इसका पंडीजी। ये...ये...ये सलमान खान का बड़का वाला फ़ैन है न, इसलिए हम सब इसे सलमान कहकर बुलाते हैं।" शिवशंकर ने हकलाते हुए बिगड़ती बात बनाने की कोशिश की। पंडित रामशरण किंकर्तव्यविमुढ़ थे। वह बार-बार कभी सलमान की ओर देख रहे थे तो कभी दीनानाथ शुक्ला की ओर तो कभी जगमोहन सिंह की ओर। चश्मे के भीतर से उनकी नज़र उस वक़्त काँटे की तरह चुभावनी लग रही थी।

सैलेंदर मिसरा यानी शैलेंद्र मिश्रा।

सलमान ख़ान का फ़ैन वाली बात सुनकर जगमोहन सिंह और उनकी पत्नी के अलावा हरिमोहन तिवारी को भी लगा कि सलमान कोई सलमान मिसरा नहीं, बल्कि सचमुच में शैलेंद्र मिश्रा ही है। जगमोहन सिंह तो ख़ुद भी अपने ज़माने में अमजद ख़ान कहे जाते थे। इसलिए उनका यह भ्रम और भी मज़बूत हुआ कि अक्सर कुछ लौंडे सिनेमा देखकर अपना नाम भी सिनेमाई रख लेते हैं।

"टू...टू...टूट गया था... पंडीजी!" सलमान ने हिम्मत जुटा के इतना ही कहा। उसने सोचा कि अब तो वह शैलेंद्र मिश्रा बन ही चुका था इसलिए अपने दोस्त शिवशंकर के हौसले की लाज रखने के लिए किसी-न-किसी बहाने का सहारा तो लेना ही होगा।

"का सलमान! तुमको कितनी बार बोले हैं कि नहाते समय जनेउ से पीठ का मैल मत छुड़ाया करो। मानते काहे नहीं हो बे! तोड़ के रख आए हॉस्टल में और बताए भी नहीं!" विशाल ने आगे की बात सँभालने की कोशिश की और सलमान को डाँटने लगा। अपने नक़ली ग़ुस्से में ख़ुद विशाल भी यह भूल गया कि सलमान का नाम नहीं लेने के लिए उसी ने सबको समझाया था, क्योंकि सबसे ज़्यादा वही डर भी रहा था। लेकिन उसकी तेज़ डाँट सुनके वहाँ मौजूद सबको लगा कि सचमुच नहाते सयम सलमान से जनेउ टूट गया होगा।

"पंडीजी! अ...अ...आपके पास तो ज...ज...जनेउ का धागा होगा ही... जल्दी से म...म...मंतर पढ़ के स...स...सलमान... म...मने सलेंदर मिसरा के लिए एक ठो ज...ज...जनेउ बना दीजिए न।" नितिन चौबे ने हकलाते हुए कहा और वार्डन दीनानाथ की तरफ़ देखने लगा। दीनानाथ बड़ी देर से ऐसे बैठे थे जैसे उठेंगे तो उनके हिलने से उनके बग़ल में बैठा साँप उनको डस लेगा।

"वो सब तो ठीक है, लेकिन तुम लोग इसे बार-बार सलमान क्यों कह रहे

हो?" पंडित रामशरण ने ऐसे पूछा जैसे उन्होंने झूठ पकड़ लिया हो। सब चुप रहे। किसी को बोलने के लिए कुछ सूझ ही नहीं रहा था।

"इसका नाम मुसलमा..." पंडित रामशरण इतना ही कह पाए थे कि सलमान अपनी आँखें बंद करके ज़ोर-ज़ोर से गणेश वंदना पढ़ने लगा-

"गजाननं भूतगणाधिसेवितं कपित्थजम्बूफलचारुभक्षणम्।
उमासुतं शोकविनाशकारकम् नमामि विघ्नेश्वरपादपङ्कजम्॥"

एक झटके में सबकी निगाह सलमान के चेहरे की तरफ़ घूम गई। सारे लोग उसको अचंभित होकर देखने लगे। अभी कोई कुछ समझ पाता, उससे पहले ही सलमान ने ज़ोर-ज़ोर से गायत्री मंत्र का जाप शुरू कर दिया, "ॐ भूर्भुवः स्वः। तत्सवितुर्वरेण्यं। भर्गो देवस्य धीमहि। धियो यो नः प्रचोदयात्।।"

सब अवाक् थे, एकदम अवाक्! बिना कुछ बोले सब एक-दूसरे का मुँह ताके जा रहे थे। एक अजीब-सी ख़ामोशी पसर गई थी जो जल रही अगरबत्ती की उठती गंध के साथ ऊपर की ओर बढ़ रही थी।

दरअसल, सलमान के हॉस्टल के ठीक पीछे वाले मंदिर से रोज़ सुबह-सुबह अनुराधा पौडवाल की आवाज़ में रिकॉर्ड यह गायत्री मंत्र बजता था। उसे सुनते-सुनते ही सलमान को शुद्धतम रूप में गायत्री मंत्र याद हो गया था।

सलमान का यह रूप देख हॉस्टल के सारे लड़के भी हक्का-बक्का हो गए। वह यहीं नहीं रुका। गायत्री मंत्र के जाप के बाद उसने फिर एक मंत्र पढ़ना शुरू कर दिया-

"मंगलम भगवान विष्णु, मंगलम गरुड़ ध्वजः।
मंगलम पुण्डरीकाक्ष, मंगलाय तनो हरि॥"

वह ऐसे पढ़ता जा रहा था जैसे किसी बच्चे को याद करने के लिए मास्टर साहब ने कोई सबक़ दे रखा हो और वह आँख बंद करके रट्टा मारे जा रहा हो। यह मंत्र उसने शादी के कार्डों से याद किया था। उसके घर में जब कभी भी हिंदू घरों से शादियों के निमंत्रण आते थे तो उन पर यही श्लोक लिखा होता था। चूँकि हर निमंत्रण में जाने की उसकी आदत थी, इसलिए वह कार्ड को पूरा पढ़ जाता था कि शादी किसकी थी और किस जगह पर थी। इस क्रम में वह यह श्लोक भी पढ़ जाता था। इस तरह उसे धीरे-धीरे यह श्लोक भी याद हो गया था।

अपनी आँखें बंद कर काँपते हुए सलमान को बार-बार ये सब पढ़ता

देखकर पंडित रामशरण के साथ वहाँ मौजूद सब लोग अचंभित थे। सब ख़ामोश थे कि पता नहीं आगे कौन-सा श्लोक सुनने को मिले। सलमान सुरीला तो था ही और सोनू निगम के गाने से हॉस्टल का बाथरूम रोज़ सुबह गायनघर बन जाता था। शिवशंकर को लगा कि यही मौक़ा है जब सलमान के सुर पर विश्वास दिलाने के लिए अपनी धौंस की ताल ठोंकी जा सकती है।

"देखा पंडीजी! सलमान... मेरा मतलब है सैलेंदर मिसरा ने क्या बढ़िया जाप किया है। सुद्ध ब्राह्मण है ये एकदम सुद्ध ब्राह्मण! इसको तो अभी बहुत सारे स्लोक याद हैं। पूरा सुंदर कांड सुना सकता है... पूरा सुंदर कांड!" शिवशंकर बिना कुछ सोचे-समझे जोश में आकर कहने लगा तो पीछे से उसकी पीठ पर चिकोटी काटकर विशाल ने उसे रोका कि अगर पंडित ने सलमान से सुंदर कांड सुनाने के लिए कह दिया तो!

"अरे पंडीजी! पूजा का महूरत निकल जाएगा। गणेश वंदना से सलमान मिसरा ने श्रीगणेश कर दिया है। अब जल्दी से इसको एक जनेउ पहनाइए और पूजा शुरू कीजिए। हम लोग को क्लास भी जाना है।" विशाल ने झल्लाते हुए कहा, क्योंकि उसको लगा कि शिवशंकर नहीं रुका तो जिस भेद को सलमान ने बड़ी चतुराई से अभी-अभी छुपा दिया था, वह सब खुल जाएगा।

"हाँ पंडीजी! ये लड़का ब्राह्मण ही है, हमको पूरा विश्वास है। एतना सुंदर पाठ एक ब्राह्मण कुमार ही कर सकता है। आप पूजा संपन्न कीजिए पंडीजी।" जगमोहन सिंह ने हाथ जोड़कर कहा। हरिमोहन तिवारी ने भी जगमोहन के साथ हाँ में हाँ मिला दिया।

दरअसल, जगमोहन नहीं चाहते थे कि पूजा में किसी व्यवधान से जयंत की नौकरी पर कोई परेशानी आए। हालाँकि, जयंत ने पूरी सरकारी प्रक्रिया से गुज़रकर नौकरी पाई थी, लेकिन हिंदुस्तानी माँ-बाप बिना धरम-करम किए, बिना पूजा-पाठ या कथा-वथा कराए कोई भी शुभ काम नहीं करते हैं तो नहीं ही करते हैं। ठीक भी है, आदमी के लिए तसल्ली ज़रूरी है।

जगमोहन सिंह के आश्वासन के बाद भी पंडित रामशरण का शक दूर हुआ कि नहीं, यह बात किसी को नहीं मालूम। लेकिन उन्होंने अपने झोले से एक जनेउ निकाला और सलमान को देकर पहनने के लिए कहा। जल्दी से शिवशंकर ने उसे जनेउ पहनाया, जिसे देखकर पंडित रामशरण सोचने लगे कि

अभी वह लड़का श्लोक और मंत्र पढ़े जा रहा था और अब उसे जनेउ धारण करना भी नहीं आ रहा है। शक या वहम अगर दिमाग़ में घर कर ले तो वह इतनी आसानी से नहीं निकलता। और सलमान के मामले में तो बात शक की थी ही नहीं। पंडित रामशरण को अब भी शक का कीड़ा काट रहा था इसलिए वह बैठे-बैठे अपने कूल्हे और पाँव की गतिविधियाँ बढ़ाने लगे, जो पहले शांत थे। उनके मन में कुछ चलने लगा। रह-रहकर उनकी नज़रें दीनानाथ शुक्ला के चेहरे पर गड़ जाती थीं। लेकिन वो जैसे बैठे थे वैसे ही बैठे रहे, बिना हिले, कहीं और देखते हुए।

"लीजिए पंडीजी! ई हो गया जनेउ संस्कार!" इधर सलमान को जनेउ पहनाने के बाद शिवशंकर गर्व की मुद्रा में पंडित रामशरण की तरफ़ मुड़ा ही था कि सलमान अपने कान में जनेउ लपेटने लगा। संजय दूबे बड़ी देर से चुप बैठा सब देख रहा था। उसने ग़ुस्से में सलमान के कान से जनेउ खींच के निकाल दिया।

"पंडीजी! आप पूजा शुरू करिएगा कि हम लोग जाएँ?" विशाल ने क़रीब चिल्लाकर पूछा।

"पंडीजी! जल्दी पूजा ख़त्म करें। ई बच्चा लोग के स्कूल जाए के है।" जयंत की अम्मा ने कहा, जो बहुत देर से मुँह दबाए बैठी थीं और भगवान से मना रही थीं कि इन लड़कों के चक्कर में कोई अशुभ न घटे और महूरत के भीतर ही पूजा संपन्न हो जाए।

"हाँ पंडीजी! जल्दी करिए। जयंत को भी ऑफ़िस जाना है। आज पहला दिन है। थोड़ा पहले जाएगा तो ठीक रहेगा।" जगमोहन सिंह ने हाथ जोड़कर पंडित रामशरण से कहा।

पंडित रामशरण ने बिना एक क्षण गँवाए मंत्र पढ़ना शुरू कर दिया। वह जो-जो करने को कहते गए लड़के सब करते गए। सलमान भी उन्हें फ़ॉलो करता गया। हर प्रक्रिया को करने से पहले वह पंडित रामशरण से नज़र बचाकर शिवशंकर की तरफ़ तिरछी नज़र से देखकर उसको फ़ॉलो कर रहा था। लेकिन पंडित की आँखें बहुत तेज़ थीं और वह चश्मे के ऊपर से सब देख रहे थे और मंत्र बुदबुदाए जा रहे थे। बेचारे पंडित रामशरण करते भी क्या, उनकी तो आदत ही थी जजमानों के कहे मुताबिक़ चलने की। उम्र के पच्चीसवें बसंत से

ही पुरोहिती कर रहे थे। अब जजमान लोगों से हर छोटी बात पर ऐतराज़ करते चले होते तो वह अपने बाल-बच्चों को अच्छा जीवन नहीं दे पाए होते। इसलिए क़रीब बीस मिनट में ही उन्होंने जल्दी-जल्दी पूजा संपन्न करा दिया।

पंडित रामशरण ने अपना दक्षिणा लिया और कहीं दूसरी जगह पूजा कराने का नेवता बोलकर वहाँ से फ़ौरन निकल गए। पुरोहिती में जजमान के यहाँ ज़्यादा देर तक ठहरना ठीक भी नहीं होता है। इधर एक जगह पूजा ख़त्म और उधर पंडित अगले जजमान के पास।

इधर ब्राह्मण कुमारों को भोजन कराया जाने लगा और उधर जगमोहन सिंह वार्डन दीनानाथ शुक्ला का शुक्रिया अदा करने लगे।

"प्रति ब्राह्मण कुमार एक हज़ार... और बाक़ी के तीन हज़ार आपके। बहुत धन्यवाद आपका! एकदम समय पर ब्राह्मण कुमारों की व्यवस्था कर दी आपने।" जगमोहन सिंह ने दीनानाथ को पाँच-पाँच सौ के बीस नोट यानी दस हज़ार रुपये पकड़ाते हुए कहा।

"अरे जगमोहन बाबू! इसमें धन्यवाद वाला का बात है! हम भी ब्राह्मण हैं, ई सब तो हमारे लिए पुन्य-धरम का ही काम है। अब जल्दी से भोजन कराइए। हमको भी हॉस्टल पहुँचकर एक जरूरी काम निपटाना है।" दीनानाथ शुक्ला ने कहा। अब वह कुछ ख़ुश नज़र आ रहे थे कि लड़कों ने बेड़ा ग़र्क़ होने से बचा लिया।

भोजन के बाद विशाल सीधे दीनानाथ के पास जाकर उनके कान में पूछा।

"हम लोग को दक्षिणा मिला नहीं अभी तक!"

"मिल गया है भाई। जादा उचको नहीं। आज तो तुम लोग डुबाने ही वाले थे। जैसे-तैसे तो मामला फिट हुआ है। पैसा हॉस्टल पहुँचकर वितरित होगा। अब तुम लोग सीधे वहीं पहुँचो।" दीनानाथ ने भुनभुनाते हुए कहा और उठकर जगमोहन सिंह को एक बार फिर से धन्यवाद कहकर अपनी गाड़ी की ओर चल दिए।

दस बजते-बजते सब लड़के हॉस्टल के कॉमन हॉल पहुँच गए। दीनानाथ ने सबको पाँच-पाँच सौ रुपये का नोट पकड़ाया और सौ रुपये पीयून को देकर बोले, "एकदम सबेरे-सबेरे जागकर तुम इन लोग को जगाए हो आज। तुम्हरा भी हक बनता है कि नहीं! ये लो, रख लो।"

"दक्षिणा के पइसा से हक बाँट रहे हैं? आपका सब काम करता है... कभी अपनी ओर से भी दे दिया कीजिए महराज!" विशाल ने तंज़ कसा तो सब हँसने लगे। दीनानाथ अभी नाक-भौंह फुलाते उससे पहले ही शिवशंकर ने 'सलमान मिसरा की जय' का नारा लगाया तो सब एक साथ 'सलमान मिसरा की जय' चिल्लाते हुए अपने कमरे की ओर बढ़ गए।

"गजबे एक्टिंग किए हो बे आज तुम!" विशाल ने सलमान से कहा।

"अरे नहीं भइया! हम तो डर ही गए थे कि कहीं भेद न खुल जाए। लेकिन बात हमारे दोस्त की थी, इसलिए थोड़ी एक्टिंग करनी पड़ी। आप तो देखबे किए, हम केतना काँप रहे थे।" सलमान ने हँसते हुए कहा।

पाँच-पाँच सौ रुपये लेकर सब अपने-अपने कमरे में चले गए। तभी सलमान को याद आया कि उसका बल्ला तो कल सुबह कॉमन हॉल में ही छूट गया था। वह फ़ौरन वापस मुड़ा और कॉमन हॉल की ओर जाने लगा।

कॉमन हॉल से कुछ ही दूरी पर वार्डन का ऑफ़िस था। सलमान जब कॉमन हॉल के पास पहुँचा तो वार्डन ऑफ़िस से दीनानाथ शुक्ला की ज़ोर-ज़ोर से हँसने की आवाज़ आ रही थी, जिसके बीच-बीच में 'सलमान मिसरा' भी सुनाई दे रहा था। सलमान को एकबारगी लगा कि उसके बारे में बात हो रही थी इसलिए सुननी चाहिए कि आख़िर बात क्या है! चुपके से वह ऑफ़िस के दरवाज़े के पीछे जाकर खड़ा हो गया।

"का बताएँ तिवारी जी, हम भी डर गए थे, लेकिन गज्जब का एक्टिंग किया लड़के ने, ही ही ही।" दीनानाथ फ़ोन पर हरिमोहन तिवारी से बात कर रहे थे। हरिमोहन तिवारी की आवाज़ सलमान नहीं सुन पा रहा था लेकिन दीनानाथ की सारी बात उसने सुन ली।

"हाँ आप सही कह रहे हैं प्रभु। 'औरन को धन चाहिए बावरी, बाभन के धन केवल भिक्षा!' ई सब भी तो हमीं लोग का बनाया हुआ है। लेकिन देखिए, आज कौन ब्राह्मण भिक्षा पर जीता है! हा हा हा!" दीनानाथ की हँसी तेज़ हो उठी।

"अरे कोई जा नहीं रहा था तिवारी जी, बड़ी मुश्किल से तो पाँच सौ रुपये दक्षिणा बोलके इन लोगों को तैयार किए थे। लेकिन देखिए जगमोहन बाबू जैसे जजमान को, हर लड़के का हजार-हजार पकड़ा दिए बेचारे। अब सलमान मिसरा का रिस्क हम लिए हैं तो बाक़ी सब तो हमरे रिस्क को ही मिलना चाहिए

न तिवारी जी... हा हा हा..."

सलमान को समझते देर नहीं लगी कि माजरा क्या था।

"आपका भी हक बनता है तिवारी जी... अरे अइसे ना मत कहिए... ब्राह्मण जदि दक्षिणा को ना कहेगा तो फिर जिएगा कइसे... हा हा हा!"

सलमान थोड़ी देर कशमकश में वहीं खड़ा रहा। लेकिन फिर कुछ सोचकर दीनानाथ से बात करने के लिए उसने हिम्मत जुटा ली। जगमोहन सिंह के घर पर उसने जो हिम्मत की थी, अब उसका विस्तार तो होना ही था। हिम्मत को भी बढ़ने की लत लगती है। एक बार जो बढ़ जाए तो बढ़ती ही जाती है।

सलमान दरवाज़ा खोलकर सीधा दीनानाथ के सामने जा खड़ा हुआ। लेकिन सलमान को इस तरह वार्डन ऑफ़िस में घुसते देखकर दीनानाथ विचलित नहीं हुए, बल्कि वह तो उसे शाबाशी देने लगे। मौक़े की नज़ाकत जो थी।

"शाब्बाश सलमान मिसरा शाब्बाश! बहुत शानदार एक्टिंग किए आज तुम।" दीनानाथ ने मुस्कुराते हुए कहा।

"हमारे हक में सेंध काहे मार लिए सर जी?" सलमान ने दीनानाथ से एकदम सीधे मुँह सवाल किया।

दीनानाथ को सलमान से ऐसे सवाल की उम्मीद नहीं थी, इसलिए उन्होंने अपने चेहरे की मुद्रा को फ़ौरन गंभीर बनाकर पूछा, "कैसा तुम्हारा हक?"

"हम लोग को दक्षिणा में मिला है एक हजार रुपया और आप दिए हैं पाँच सौ। ई सेंध मारना नहीं है तो का है?" सलमान ने कहा।

"सेंध नहीं मारे हैं बेटा। ई तो हमरा धरम-करम है। जगमोहन सिंह तक तो हमीं न पहुँचाए थे तुम लोग को? फिर हमरा दक्षिणा बनता है कि नहीं? पूजा-पाठ नहीं कराते हैं तो का हुआ, हैं तो हम भी ब्राह्मण ही न!" वार्डन ने एक शरारती मुस्कान के साथ कहा।

"धरम-करम? और ई सब?" सलमान को कुछ समझ नहीं आया।

"हाँ बेटा, धरम-करम! सैकड़ों साल से हम यही तो कर रहे हैं। भिक्षा, दान-दक्षिणा, पूजा-पाठ, व्रत-पर्व आदि हमारे बिना संभव है क्या, बताओ? अब जजमान किसको कितना दे रहा है, इससे हम जैसे ब्राह्मण को का फरक पड़ता है भला! लेकिन हम वादा किए थे कि पाँच सौ दिलवाएँगे, तो दिलवा दिए। इसलिए तुम लोग को भी फरक नहीं पड़ना चाहिए।" वार्डन ने अपनी

मूँछों पर ताव देते हुए कहा।

"कमाल है! सेंधमारी भी धरम-करम है कहीं!" सलमान ने अपना सिर खुजाते हुए कहा।

"ये तो तुम कह रहे हो न बेटा! हमरी दृष्टि में ये सेंधमारी है ही नहीं। ये तो कलजुग का मंत्र है। अब तो तुम आधा ब्राह्मण हो ही गए हो। कुछ तो समझ ही गए होगे, हा हा हा!" दीनानाथ शुक्ला तंज़ कसते हुए हँसने लगे।

"ये लो, रख लो, तुम एक्टिंग किए हो तो तुम्हारा पूरा हक बनता है। बाकी सबको बताना नहीं वरना समझ लो। मेरे पास और भी कई कलजुगी मंत्र हैं, चलाते देर नहीं लगेगी।" दीनानाथ अपनी कुर्सी से उठकर सलमान के पास आए और उसको पाँच सौ रुपये का नोट पकड़ाते हुए कहा। दीनानाथ ने एक तरह से धमकी ही दी और ऑफ़िस से बाहर निकल गए।

सलमान वहीं खड़ा अपने हाथ में लिए कलजुगी मंत्र को देर तक देखता रहा और सोचता रहा कि क्या उसका सलमान अहमद के मुक़ाबले सलमान मिसरा होना ख़ुद कलजुगी मंत्र नहीं था? लेकिन सिर्फ़ सोचने भर से कलजुगी मंत्र कहाँ चलता है! इसके लिए तो सलमान का जाति से ब्राह्मण होना ज़रूरी था।

सलमान अगर अपने दोस्तों को बताता तो उनको पैसे तो मिल जाते, लेकिन उसके बाद अगर वार्डन कोई कारण बताकर उसे हॉस्टल छोड़ने पर मजबूर कर देता तो उसके लिए मुश्किल खड़ी हो जाती। उसको पता था कि वहाँ उसकी एक्टिंग किसी काम नहीं आती और उसके ब्राह्मण दोस्त भी काम नहीं आते। जैसे कुछ दिन पहले रघुबर यादव के ख़ूब गिड़गिड़ाने के बाद भी दीनानाथ ने उसे हॉस्टल में दाख़िल नहीं होने दिया था। उसका गुनाह क्या था, यह किसी को नहीं मालूम। लेकिन किसी ने भी उसका साथ नहीं दिया था।

पाँच सौ रुपये के कलजुगी मंत्र को मुट्ठी में बंद किए सलमान ने ख़ामोश रहने का फ़ैसला किया। जनेउ उतारकर कॉमन हॉल के कोने में लगे आम के पेड़ की एक झुकी शाख में बाँध दिया और बल्ला लेकर सुस्त चाल से अपने रूम की तरफ़ जाने लगा।

नैन बंजारे

रात के साढ़े दस बज रहे थे।

ग्रीन पार्क मेट्रो स्टेशन पर ट्रेन रुकते ही प्लेटफ़ॉर्म नंबर दो की बेअक़्ल भीड़ को चीरते हुए एक लड़का झटके से ट्रेन से बाहर निकला और दायीं तरफ़ तेज़ी से आगे बढ़ने लगा। उसके चेहरे पर एक अजीब तरह की कशमकश दिख रही थी मगर मिज़ाज में एक आवारगी मचल रही थी। इधर-उधर देखते हुए अभी वह दो क़दम ही आगे बढ़ा होगा कि उसके दिमाग़ की बत्ती जल उठी और उसके चेहरे पर एक अलहदा चमक आ बैठी। वह एकदम से ठहर गया। उसकी आवारगी का ठहरना था कि कोई उसे रोक रहा था, रोज़ की तरह। काम की जद्दोजहद और मसरूफ़ शहर की भीड़ में उसके नैन बंजारे तक़रीबन हर शाम किसी की तलाश में निकल पड़ते थे।

प्यार की ज़मीन जब बंजर हो जाती है तो अक्सर उनके नैन बंजारे होकर सहराओं में भटकने ही लगते हैं।

महज़ एक लम्हा गुज़रा होगा। कशमकश को परे फेंककर लड़का अपोज़िट साइड में वहाँ जा खड़ा हुआ, जहाँ प्लेटफ़ॉर्म नंबर एक की बेंच पर ठीक सामने एक लड़की अपने मोबाइल स्क्रीन पर नज़र गड़ाए ऐसे बैठी थी, एकटक, जैसे कोई बगुला मछली पकड़ने के लिए पानी के किनारे बैठे टकटकी लगाए देखता रहता है। लड़की का चेहरा कुछ अनमना-सा बना हुआ था मगर एक हल्की मुस्कान लिए वो कभी-कभार एक नज़र उठाकर अपने आस-पास देख ले रही थी। एक नीम-ख़ामोशी के साथ वो लड़की जैसे ख़ुद से कहीं दूर होकर मोबाइल में ही ख़ुद को खोज रही थी। जैसे बंजारे शाम के पड़ाव के बाद अपनी गठरी में अपना वजूद खोजते-सहेजते रहते हैं कि मुई ये रात कटे तो अल-सुबह

किसी दूसरे पड़ाव के लिए कूच किया जाए।

जैसे-जैसे वो लड़का उसके क़रीब होता जा रहा था, लड़की पर एक कशमकश हावी होती जी रही थी। और एक वक़्फ़ा बीता नहीं कि ग़िज़ाल-सी उसकी आँखें मुस्कुराने लगीं मानो तन्हा बंजारन को एक अदद बंजारा मिल गया हो। और अगले ही पल, लड़का ठीक उसके सामने खड़ा था।

"नताशा!" लड़के ने अचानक उस लड़की पर झपक्का मारते हुए तेज़ आवाज़ में पूछा।

"विक्की!" लड़की ने भी चौंककर पूछा। दोनों की निगाहें यूँ चार हुईं कि बस कुछ ही पल में वो सिर्फ़ दो ही रह जाएँगी।

शायद विक्की ही था जिसकी वो मुंतज़िर थी। वह फ़ौरन अपने अनमने से बाहर आ गई और उसके होंठों पर 'दस बजकर दस मिनट' बज गए। लड़की ने लड़के के अंदाज़ को कॉपी किया और अपनी आँखें मटकाते हुए देखा। उसकी निगाहें लड़के के चेहरे पर कुछ लम्हों के लिए ठहर गईं।

"कहाँ थी अब तक ? कबसे खोज रहा था तुम्हें ! और तुम यहाँ कबसे बैठी हो ?" लड़के ने एक साथ तीन सवाल किए।

"यहीं थी ! मैं भी तो कबसे तुम्हें खोज रही थी ! और यहीं ठीक लगा तो बैठ गई !" लड़की ने भी ठीक उन्हीं तीन सवालों के साथ अपना भी सवालिया जवाब नत्थी कर लड़के के चेहरे पर चिपका दिया।

दोनों की सवालिया नज़रें अब एक-दूसरे के मुक़ाबिल थीं। दोनों के चेहरे की चमक टकराने लगी और एक-दूसरे को देखते हुए उनके चेहरे पर एक शोख़ मुस्कुराहट रक़्स करने लगी। नैन बंजारे दो से चार हुए ख़ामोश थे कि अब उन्हें फिर से दो होने के लिए एक पड़ाव मिल गया था।

दोनों खड़े हो गए। विक्की ने नताशा के दोनों कंधों पर अपने हाथ रख दिए और नताशा उसकी शर्ट के बटन को गोल-गोल घुमाने लगी। कुछ देर तक दोनों कुछ नहीं बोले। दोनों की आँखों की रोशनी एक-दूसरे से टकराकर दोगुनी हो रही थी। दोनों ऐसी हरकतें कर रहे थे, जैसे कल के बिछड़े हुए आज यहाँ आके मिले हों। जैसे एक ही कॉलेज से पास होकर आउट होने के अरसे बाद मेट्रो स्टेशन पर मिले हों। जैसे बरसों के याराने में एक 'सर्दी' हो और दूसरा 'जुकाम' हो। जैसे दोनों को अपने ब्रेकअप के बाद भी 'लव ऐट फ़र्स्ट साइट

वाला पहला प्यार' मिल गया हो। इस 'जैसे' की हालत में ही थोड़ी देर दोनों एक-दूसरे की ओर प्यार से देखते रहे। लेकिन बस! थोड़ी देर के लिए ही!

अचानक विक्की की पीठ पर एक ज़ोर का धचका लगा और उसका बैलेंस बिगड़ गया। ट्रेन से उतरी बेअक़्ल भीड़ में से एक लड़का धक्का मारकर सीढ़ियों पर दौड़ पड़ा था। विक्की ने सँभलते-सँभलते नताशा के दोनों कंधों को ज़ोर से पकड़ लिया, इत्तेफ़ाकन! इस अचानक के धचके के चलते नताशा भी ख़ुद को सँभाल नहीं पाई और विक्की के डिसबैलेंस होने के साथ ही उसने झटके से विक्की को थाम लिया और पीछे की तरफ़ बेंच पर लुढ़क गई।

दोनों एक साथ गिरे थे। विक्की अब नताशा के ठीक ऊपर था। थोड़ी घबराहट के साथ दोनों की उथली साँसें एक-दूसरे से उलझ गईं। यह देखकर पाजी वक़्त तफ़रीह करने लगा। दोनों के लरज़ते होंठों पर अब मंद-मुस्कान की सूई 'नौ बजकर पंद्रह मिनट' पर ठहर गई और उनके नैन बंजारे एक-दूसरे के पड़ाव में घुसकर दख़लअंदाज़ी करने लगे। कुछ देर के लिए वो पाजी वक़्त बर्फ़ की तरह जम-सा गया। न दिल्ली मेट्रो और न दिल्ली वाले, न कोई प्लेटफ़ॉर्म, न कोई बेअक़्ल भीड़, न चढ़ने-उतरने का शोर और न धक्कमपेल। कुछ भी नहीं, बस जमे हुए बर्फ़ का एक छोटा-सा टापू। और उस टापू पर सिर्फ़ दो जोड़ी वो नैन बंजारे- बोथ आर इम्बैलेंस्ड बट इन स्टिल पोज़ीशन! ऐसा चमत्कार लड़के-लड़कियाँ ही कर सकते हैं। या फिर शायद, सिर्फ़ 'नताशा' और 'विक्की' ही कर सकते हैं!

स्टिल पोज़ीशन में नताशा के ऊपर झुके विक्की का दिल तेज़ी से धड़कने लगा था। नताशा की साँसें भी तेज़ हो गई थीं, धौंकनी-सी। दोनों के जिस्मों में उस पल 'धड़कन-धड़कन हैरानी थी.. और साँस-साँस बहाराँ था', गोया उनके मिलने से गुल खिल गए हों।

दिल्ली मेट्रो को आए ढाई दशक बीत चुके हैं लेकिन दिल्ली वालों को मेट्रो में अभी तक सलीक़े से चढ़ना-उतरना नहीं आया है। और शायद कभी आएगा भी नहीं! प्लेटफ़ॉर्म पर बिखरे लोग ट्रेन आने पर उसके दरवाज़े के सामने ऐसे खड़े हो जाते हैं जैसे भीतर के यात्रियों को उतरना ही न हो। ऐसे तेज़ी से भीतर घुसते हैं, जैसे ट्रेन से किसी को उतरने ही नहीं देंगे। इनके पास इतनी भी तमीज़ नहीं होती कि आख़िर जब वे ट्रेन के दरवाज़े से हटेंगे ही नहीं, तो कोई उतरेगा

कैसे! कई बार तो लड़कियाँ, औरतें और बच्चे इन बेअक़्लों की धक्कमपेल के चलते उतर ही नहीं पाते और ट्रेन चल पड़ती है। ट्रेन से निकलकर लोग एस्केलेटर यानी स्वचालित सीढ़ियों पर भी ऐसे ही तेज़ी से दौड़कर ऊपर चढ़ते हैं, मानो पिछवाड़े पेट्रोल लिए फिर रहे हों।

लेकिन हाँ, बेअक़्ल भीड़ के धचके किसी को अच्छे भी लग सकते हैं, जैसा कि विक्की और नताशा अपनी साँसों के बीच धचके का शुक्रिया महसूस कर रहे थे।

"चलें?" नताशा ने कुछ शरारत में अपने होंठों और आँखों को गोल-गोल घुमाकर अपने ऊपर झुके विक्की के सीने पर हथेली से हल्का-सा ऊपर की ओर पुश करते हुए कहा।

"कहाँ?" विक्की ने सँभलने की कोशिश करते हुए पूछा।

"कॉफ़ी पीने।" नताशा ने अपने होंठों पर एक शरारत लाकर कहा और हौले से हँसते हुए उसके सीने पर एक हल्का धक्का दे दिया। वह कुछ रूमानी हो गई थी। वह उठ खड़ी होने को हुई लेकिन नहीं उठ पाई।

"कॉफ़ी!" विक्की ने मन में ही ख़ुद पूछा, लेकिन उसे समझने में ज़रा भी देर नहीं लगी कि नताशा ने 'कॉफ़ी' के लिए क्यों कहा। फिर भी विक्की ने मज़ाक़ के लहजे में कहा, "लेकिन अब तो कॉफ़ी शॉप बंद हो गई होगी।"

"किस कम्बख़्त को कॉफ़ी शॉप जाकर कॉफ़ी पीनी है! तुम्हारे घर चलना है न, ये तो तुम भी जानते हो। वैसे, तुम कॉफ़ी बना लेते हो न?" नताशा ने अपनी आँखों को गोल करके पूछा। विक्की ने कोई जवाब नहीं दिया, बस हौले से मुस्कुरा दिया।

दो नैन बंजारों को पड़ाव मिलने की ख़ुशी ऐसी थी कि सेंसुअस स्माइल के अलावा कोई जवाब ही नहीं देते बन रहा था।

विक्की ने सँभलने के साथ ही नताशा को सहारा देकर उठाने के लिए उसकी हथेलियों को अपने हाथ में लेकर अपनी ओर हल्के-से खींचा। मगर सहारा पाकर नताशा एक ज़ोर के झटके से उठी और विक्की के सीने से जा लगी। और फिर दोनों आमने-सामने एक-दूसरे की आँखों में ऐसे खड़े हो गए जैसे- टुकुर-टुकुर दीदम, दम न कशीदम!

वो मरीज़-ए-इश्क़ थे इसलिए 'टुकुर-टुकुर दीदम' तो उनका शगल ही था

तो देखते रहे एक-दूसरे की आँखों में। और इस तरह उस 'दम न कशीदम' में ही कुछ लम्हे बीत गए। नैनों का बंजारापन भी जैसे अब चला गया हो।

दोनों तक़रीबन अब सँभल चुके थे। विक्की ने एक अंग्रेज़ी नॉवेल में पढ़ा था- 'रोमांटिक मूड में कॉफ़ी पीने का इसरार करने का मतलब है छिपे तौर पर सेक्स ऑफ़र करना।' विक्की को अचानक उस नॉवेल की वह गर्ल कैरेक्टर याद आ गई और उसकी आँखों में हर्ट सिंबल चमकने लगा। हालाँकि, उसको अदरक वाली चाय ज़्यादा पसंद थी, लेकिन वह कॉफ़ी भी अच्छी बना लेता था। लेकिन फ़िलहाल तो मामला महज़ 'कॉफ़ी' का नहीं बल्कि 'कॉफ़ी फ़्लेवर' का लगता था!

अगली मेट्रो भी आ चुकी थी। धचका लगना अच्छा तो था लेकिन अब दोनों कुछ सजग हो गए थे कि कोई फिर से धक्का न मार जाए, इसलिए विक्की ने फ़ौरन नताशा की बायीं हथेली को अपनी दायीं हथेली में जकड़ा और उसे लेकर ऊपर जाने वाले एस्केलेटर की ओर चल दिया। नताशा ने भी विक्की की उँगलियों पर अपनी पकड़ मज़बूत कर दी और उसके साथ चल पड़ी। एक-दूसरे का हाथ पकड़े चलते हुए दोनों तिरछी निगाह से एक-दूसरे की ओर गाह-ए-बगाहे देख लेते थे।

ग्रीन पार्क मेट्रो स्टेशन के गेट नंबर-1 से बाहर निकलकर दोनों गौतम नगर की एक सँकरी गली में पहुँचे। वहाँ पीजी में रहने वाले लड़के-लड़कियों की एक बड़ी तादाद रहती थी। मेडिकल स्टूडेंट्स या फिर एम्स में प्रैक्टिस करने वाले नये डॉक्टरों की बड़ी संख्या गौतम नगर में और उसके आस-पास रहती थी। विक्की भी वहीं गली के आख़िर में मुख्य सड़क के किनारे एक बड़े से मकान में तीसरे फ़्लोर पर रहता था।

दोनों फ़्लैट पर पहुँच चुके थे।

"बैठो।" विक्की ने फ़्लैट में दाख़िल होते ही कहा।

"हम्म! शानदार फ़्लैट है! क्या सजावट की है तुमने कमरों की!" नताशा ने बेड पर बैठते हुए कहा। उसकी हथेलियाँ बेड पर सेंसुअसली फिसल रही थीं।

"क्या सजावट बेबी! अपना थोड़ी है, किराये का फ़्लैट है।" विक्की ने किचन में घुसते हुए कहा।

"हाँ! लेकिन जब तक तुम यहाँ रह रहे हो, तब तक तो यह तुम्हारा ही हुआ

न!" कहते हुए नताशा बेड से उठी और कमरे में चारों ओर देखने लगी। फिर दूसरे कमरे में खिड़की के पास जाकर खड़ी हो गई। उस कमरे की खिड़की बाहर सड़क की ओर खुलती थी।

नताशा ने खिड़की के परदे हटाते हुए पूछा, "दो कमरे के फ़्लैट में तुम अकेले रहते हो?"

"नहीं, वो कमरा उसका है! मतलब था!" विक्की ने जवाब दिया। नताशा को समझते देर नहीं कि उस कमरे में कौन रहता था।

नताशा बाहर सड़क पर देखने लगी। सड़क के अपोज़िट साइड में तीन दुकानें दिख रही थीं। एक पराठे की, एक मेडिकल स्टोर की और एक छोटी-सी टपरी जहाँ सिगरेट, गुटखे, बीड़ी, पान वग़ैरह मिलते थे। दुकानों के अगल-बग़ल काफ़ी जगह थी जहाँ कॉलोनी के लोगों की बाइक्स और कारें बेतरतीब ढंग से पार्क थीं। पराठे की दुकान पर कुछ लोग पराठे खा रहे थे, मेडिकल स्टोर पर पाँच-छह लोग थे और टपरी पर दस-बारह लोग खड़े थे। मेडिकल स्टोर पर नज़र पड़ते ही नताशा के होंठों पर एक अजीब तरह की मुस्कान आकर बैठ गई, वही सेंसुअस मुस्कान!

"हाँ वो तो है।" किचन से बाहर आकर विक्की ने कहा। उसने जींस और शर्ट चेंज करके बरमूडा और टी-शर्ट डाल लिया और फिर फ्रीज में रखा हुआ दूध लेकर किचन में घुस गया।

"तुम फ्रेश हो जाओ, मैं कॉफ़ी बनाता हूँ।" विक्की ने फेंटने के लिए मग में कॉफ़ी पावडर डालते हुए कहा। वह कॉफ़ी को मग में लेकर थोड़ा-सा दूध और चीनी के साथ दस-पंद्रह मिनट तब तक फेंटता था जब तक कि कॉफ़ी सफ़ेदी न छोड़ दे। फिर उसमें गर्म दूध डाल देता था। हालाँकि उसे यह मालूम था कि उस हॉट कॉफ़ी का नताशा के लिए कोई ख़ास मतलब नहीं था। लेकिन घर आए ख़ास मेहमान के साथ मेज़बानी अच्छी हो तो रुमानियत ख़ुद-ब-ख़ुद बढ़ जाती है।

"मैंने इस कॉफ़ी की बात नहीं की थी यार।" खिड़की से वापस आकर नताशा फिर बेड पर बैठ गई और अपने दोनों हाथों को ऊपर उठाकर अँगड़ाई लेते हुए बोली। उसकी आँखों में एक नशा छलक उठा था।

"तो फिर कौन-सी कॉफ़ी?" विक्की ने अनजान बनते हुए पूछा। वह अब

भी कॉफ़ी फेंट रहा था।

"कॉफ़ी फ़्लेवर्ड यार! तुम्हें पता नहीं है क्या? इस कॉफ़ी में टूटे हुए दिल का इलाज नहीं है मेरी जान!" नताशा ने अपने चेहरे पर थोड़ी नज़ाकत लाकर कहा और अपनी दोनों हथेलियों को एक साथ बाँधकर हाथों को ऊपर उठाकर दायें-बायें करते हुए अपना बदन तोड़ने लगी।

"मेडिकल जाना पड़ेगा बेबी।" वह खिड़की से बाहर नीचे सड़क पर मेडिकल स्टोर की ओर देखने लगा। बाहर वो दुकानें खुली हुई थीं मगर वहाँ इक्का-दुक्का लोग ही थे। रात के साढ़े ग्यारह बज चुके थे।

"तो जाओ जल्दी।" नताशा के इन शब्दों में शरारत से भरा एक हुक्म भी था, "दुकान बंद हो गई तो?"

विक्की ने फेंट रहे कॉफ़ी मग को किचेन में रख दिया। हैंगर पर टँगी जींस से वॉलेट निकाला और बरमूडा टी-शर्ट में ही बाहर जाने को हुआ। दरवाज़े से बाहर उसने दो ही क़दम रखा था कि नताशा ने आवाज़ दी।

"दो पराठे भी लेते आना। थकन से भूख लग जाएगी।" नताशा ने कहा। ओके कहकर वह सीढ़ियाँ उतरने को हुआ लेकिन नताशा की आवाज़ से फिर ठिठक गया।

"और सुनो! फ्रीज में दूध है न? अगर न हो तो एक-दो पैकेट दूध भी ले आना। कॉफ़ी के लिए। कॉफ़ी का भाप जब सिगरेट के धुएँ से मिलता है न... तो उसका नशा बढ़ जाता है क़सम से! ये 'उसने' बताया था।" नताशा ने सीढ़ियों से नीचे उतर रहे विक्की से कहा और सोचने लगा कि उसकी 'उसने' ऐसा कुछ बताया था या नहीं।

"ओके डियर! और कुछ?" इतना कहकर वह फिर दो-तीन सीढ़ियाँ उतरते हुए रुका और पलटकर पूछा और पूछने के बाद अभी वह एक ही सीढ़ी उतरा था कि तभी नताशा ने उसे फिर रोका।

"और कुछ बेंसन एंड हेजेज भी... अच्छा एक पैकेट ले लेना।" नताशा ने बड़े नाज़ से मुस्कुराते हुए कहा। विक्की पलटा और बिना कुछ बोले बंद होंठों से मुस्कुराते हुए सीढ़ियाँ उतर गया। लेकिन वह तो जीएफ़केएस यानी गोल्ड फ़्लैक किंग साइज़ का दीवाना था। वह सोचने लगा, सिर्फ़ आज रात के लिए अपनी जीएफ़केएस से ब्रेकअप करना पड़ेगा। वह थोड़ी नाराज़ तो होगी, बट

कल फिर उसे मना लेगा। लेकिन पिछले सप्ताह जिससे उसका ब्रेकअप हुआ था 'उसको' शायद वो कभी मना न पाए!

नताशा ने दरवाज़ा बंद किया और बेड पर जाकर बैठ गई। उसके होंठों पर शरारत से भरी मुस्कुराहट आई और वह पीछे की तरफ़ लुढ़क गई। मुस्कुराते हुए वह ऊपर की ओर ग़ौर से देखने लगी और अपनी लटों में उँगलियाँ फिराने लगी। देखते-देखते उसकी निगाह सिलिंग फ़ैन पर टिक गई। फ़ैन की तीनों पत्तियों पर तीन शक्लें उभरीं- एक उसकी ख़ुद की, दूसरी उसके एक्स ब्वॉयफ्रेंड की जो 'वैलेंटाइन डे' के दिन मिलने का वादा करके नहीं आया और न तो विश ही किया, और तीसरी शक्ल विक्की की थी। नताशा ने महसूस किया कि विक्की की शक्ल में एक चमक थी, एक बंजारापन भी था।

विक्की ने भी नताशा के चेहरे पर वही चमक देखी थी जब वह मेट्रो प्लेटफ़ॉर्म पर उसे पहली बार देखा था।

ब्रेकअप की उदासी ने नताशा के दिल पर आँसुओं के कुछ क़तरे उड़ेल दिए थे, लेकिन विक्की की शक्ल की चमक ने उन क़तरों पर फ़ौरन गर्माहट फेर दी और क़तरे सूख गए।

नैन बंजारे रोते हुए अच्छे कहाँ लगते हैं! हालाँकि, ख़ुश-रंग चढ़ा शख़्स रोग़न को तरस जाए तो उसे भी कुछ अच्छा कहाँ लगता है! नताशा 'उसको' सोचकर पल में दुखी होती थी तो 'विक्की' को सोचकर दूसरे पल ख़ुश भी हो जाती थी। नैन बंजारे की ज़िंदगी यूँ ही एक पल में आँसू दूजे पल में ख़ुशी से होकर ही तो गुज़रती है।

'उसको' परे करके नताशा काफ़ी देर तक विक्की की शक्ल को सेंसुअसली देखती रही और अपने बालों में उँगलियाँ उमेठती हुई शरारत से मुस्कुराती रही। विक्की को देखने के लिए उसका दिल मचल उठा। वह उठी और दूसरे कमरे में जाकर खिड़की के बाहर देखने लगी। बाहर पराठे की दुकान पर विक्की पराठे बनवा रहा था। नताशा ने देखा- मेडिकल स्टोर की रैक पर कॉफ़ी फ़्लेवर्ड का पैकेट उचककर ऊपर उसी की ओर देख रहा था। दाँतों में उँगली दबाए नताशा मुस्कुरा उठी।

विक्की की अपनी अलग ही उलझन थी। वह भी अपने कमरे की खिड़की की तरफ़ बार-बार देख रहा था। इस बार खिड़की में नताशा को देखकर वह

हौले से मुस्कुराया और इशारे से कहा- 'बस अभी आया बेबी!' आवाज़ नताशा तक नहीं पहुँची मगर होंठों को पढ़कर उसने समझ लिया कि विक्की ने क्या कहा था इसलिए उसने भी इशारे से कहा- 'इट्स ओके बाबा।' और फिर वह बाथरूम में घुस गई। एक-दूसरे को यूँ ही बेसबब तसल्ली देकर दोनों ने अपनी-अपनी उलझनों को सुलझन कर लिया। झूठी तसल्लियाँ अक्सर ही उलझनों की सुलझन बन जाती हैं।

फ़रवरी महीने के तीसरे सप्ताह की वह रात थी। माहौल में खुनकी थी। सर्दी अभी पूरी तरह से गई नहीं थी और गरमी अभी पूरी तरह से आई नहीं थी। महज़ दो ही दिन बीते वैलेंटाइन डे के दिन इस बार कई दिल टूटे थे। उनके टूटे हुए दिल अभी ख़ुद को सँभालने में लगे हुए थे और नैन बंजारे बने इधर-उधर फिर रहे थे। उनमें से कुछ जो फ़ौरन उबर चुके थे, वे अब नये प्यार की तलाश में जुट गए थे। इसलिए उनके लिए फ़रवरी की रातें बहुत सर्द थीं और दिन बहुत गर्म। नताशा और विक्की भी इन्हीं में शुमार थे। दोनों के जिस्म रात होने लगे और उनकी रूहें दिन होने लगीं।

नताशा बाथरूम से फ्रेश होकर निकली ही थी कि दरवाज़े पर विक्की ने दस्तक दी। उसके दोनों हाथ पराठे, चिप्स, दूध पैकेट, बेंसन एंड हेजेज और कॉफ़ी फ़्लेवर्ड से भरे हुए थे। विक्की के दरवाज़ा बंद करते ही कॉफ़ी फ़्लेवर्ड की ख़ुशबू पूरे कमरे में बिखर गई। बाक़ी सामानों की कौन कहे, आलू के पराठे की ख़ुशबूदार धौंकनी भी किसी काम नहीं आई। अपना ऐसा वजूद देखकर कॉफ़ी फ़्लेवर्ड चहक उठा।

नताशा ने एक झटके से विक्की को अपनी बाँहों में कस लिया। अभी वह कुछ समझ पाता, तब तक नताशा के होंठों ने उसके होंठों को गुलाबी करना शुरू कर दिया। विक्की के हाथों में थमा सारा सामान फ़र्श पर गिरकर बिखर गया। अब उसके दोनों हाथ ख़ाली थे। विक्की की रगों में भी मुहब्बत दौड़ने लगी और उसने अपने जिस्म को ढीला छोड़ दिया। कुछ ही पल में वह नताशा को पागलों की तरह बोसा देने लगा। और दोनों बेड पर गिरकर लिपलॉक हो गए। इश्क़ रोशनज़दा होकर उनके जिस्मों में रक़्स करने लगा।

अभी कुछ ही पल बीते होंगे कि दोनों के जिस्मों के दरमियान कुछ भी नहीं रह गया। हवा भी नहीं! अगर कुछ था, तो बस दोनों की दहकती साँसें

थीं, जो एक-दूसरे के जिस्म पर फिसल रही थीं। एक-दूसरे का रूमानी लम्स था, एक-दूसरे की छुअन थी, जो रूह तक पहुँचने को बेताब हो रही थी। फिर तो प्लेज़र ने अपनी रफ़्तार पकड़नी शुरू कर दी। उसे तेज़ चलकर जिस्म से रूह तक का सफ़र तय करना था। मगर उसके लिए पहले कॉफ़ी फ़्लेवर्ड को हमजिस्म होना था।

फ़र्श पर पड़े कॉफ़ी फ़्लेवर्ड ने ख़ुद को पैकेट में घुटता हुआ पाया और वह फ़ौरन चिल्लाया- 'हवा को भले न आने दो, लेकिन मेरा हक़ तो मत छीनो कमीनों!'

नताशा ने कॉफ़ी फ़्लेवर्ड की चीख़ सुन ली। कॉफ़ी फ़्लेवर की ख़ुशबू उसे अपनी ओर खींचने लगी। लिपलॉक और बॉडीलॉक हुए विक्की को फ़ौरन साइड करके नताशा ने फ़र्श से कॉफ़ी फ़्लेवर्ड का पैकेट उठाया और उसे खोलकर देर से भीतर घुट रहे कॉफ़ी फ़्लेवर्ड को आज़ाद कर उसका हक़ उसे नसीब कर दिया। अब नताशा और विक्की के दरमियान उनकी दहकती साँसों के साथ कॉफ़ी फ़्लेवर्ड भी था। पूरा कमरा एक रूमानी ख़ुशबू से भर गया और मुहब्बत बरसने लगी। जिस तरह तेल से मालिश हुए जिस्म पर शॉवर की हल्की बूँदें जब हौले से फिसलती हैं, तो पूरा जिस्म रूमानियत से सिहर उठता है, ठीक उसी तरह उनकी साँसें भी एक-दूसरे के जिस्म पर बूँदों की तरह फिसल रही थीं और उनके पोर-पोर सिहर रहे थे।

कॉफ़ी फ़्लेवर्ड के हमजिस्म होने के कुछ ही देर में प्लेज़र की स्पीड तेज़ हो गई और कुछ ही मिनट बाद प्लेज़र दोनों की रूहों तक जा पहुँचा, जहाँ ऑर्गेज़्म उनका इंतज़ार कर रहा था। लेकिन बड़ा बेसब्र इंतज़ार था वह, तक़रीबन ग्यारह मिनट में ही पूरा हो गया।

अब दोनों ख़ामोश थे। एकदम तरो-ताज़ा, एकदम फ़्रेश। एक हल्के चादर में दायीं करवट लेटा विक्की और बायीं करवट लेटी नताशा, दोनों ख़ामोशी से एक-दूसरे को देख रहे थे। विक्की के बायें बाज़ू पर नताशा का सिर ऐसे रखा था जैसे टेबल पर सलीक़े से गुलाब से भरा गुलदान रखा हो- सो स्टिल...

दोनों के चेहरे पर एक रूमानी सुकून था और होंठों पर मुहब्बत से भरी मुस्कुराहट थी। उनके ब्रेकअप की उदासी कहीं पीछे छूट चुकी थी और उनके सोगवार दिल को क़रार ने अपनी पनाह देकर उन्हें ख़ुशदिल बना दिया था।

विक्की ने हौले से नताशा के गाल पर अपने होंठों का अक्स रख दिया और उसकी ज़ुल्फ़ों में अपने हाथ फिराने लगा। नताशा भी विक्की के सीने के हल्के बालों में अपनी उँगलियाँ उलझाकर उससे खेलने लगी। दोनों अब चित्त लेटे ऊपर की ओर ऐसे देखते रहे जैसे वहाँ छत हो ही नहीं, बस एक नीला आसमान हो। ऐसे लेटे थे कि जैसे बंजारे खुले आसमान के नीचे यूँ आराम फ़रमाते हैं, न कोई दर न कोई दीवार।

दोनों काफ़ी देर तक ऐसे ही बने रहे, बिना कुछ बोले- ख़ामोश और ताज़ा दम। सिर्फ़ उनकी आँखें एक-दूसरे से बात कर रही थीं।

लेकिन कब तक बात करतीं!

"कॉफ़ी फेंटकर किचन में ही रखा रह गया था। कॉफ़ी बनाएँ, पियोगी?" विक्की ने नताशा की तरफ़ मुँह करके उसके बालों से खेलते हुए ही कहा।

"हाँ! लेकिन भूख लग आई है, पराठे भी गरम कर देना।" नताशा ने भी पलटकर विक्की के सीने के छोटे-छोटे बालों को ज़ोर से खींचते हुए जवाब दिया।

"आउच! क्या कर रही हो! दर्द हो रहा है।" विक्की चिल्लाया और उससे अलग होकर फ़ौरन चादर फेंककर दूर हट गया।

"वाइल्ड होने का मूड बन रहा है और तुम भाग रहे हो! हुँह!" नताशा ने बुरा-सा मुँह बनाकर शिकायती लहजे में कहा।

"इस तरह कौन वाइल्ड होता है बेबी?" विक्की ने तेज़ी से बेड से उतरते हुए कहा।

"हम होते हैं, बंजारे!" नताशा ने अपने होंठों को दाँतों से काटते हुए कहा।

"ओह हाँ! हम बंजारे!" विक्की ने बरमूडा और टी-शर्ट पहनते हुए कहा और हँस पड़ा। फ़र्श पर बिखरे सारे सामानों को उठाया और फिर किचन की ओर बढ़ गया। नताशा ने एक झूठे ग़ुस्से में किचन की ओर बढ़ रहे विक्की पर तकिया फेंक मारा। विक्की पलटा, तकिया वापस बेड पर रखा, मुस्कुराया और किचन में घुस गया। विक्की के इस ख़ामोश रिएक्शन पर नताशा को सचमुच ग़ुस्सा आने लगा।

"तब तक एक बेंसन ही जला के दे दो यार!" नताशा थोड़ा ग़ुस्से में बोली। वह उठ बैठी और बेड पर बैठे-बैठे ही चादर में अपने जिस्म को ऐसे लपेट

लिया, जैसे सर्दियों में शॉल ओढ़ते हैं।

विक्की सिगरेट जलाकर दे गया। चादर में जिस्म लपेटे हुए ही नताशा देर तक बैठी रही और बेंसन एंड हेजेज की राख बेड से नीचे झाड़ती रही। उसका ग़ुस्सा अब जाता रहा। वह कश पे कश लेने लगी और अपने होंठों को गोल करके धुँए को गोल बनाने लगी।

"तुम जल्दी से नहा लो, मैं कॉफ़ी के साथ पराठा गर्म करता हूँ।" विक्की ने किचेन से आवाज़ दी। वह फिर कॉफ़ी फेंटने लगा।

"ओके बेबी! बस पाँच मिनट में आई।" गोल्डेन कश लेकर नताशा ने बेंसन का टुर्रा कोने में उछाला, जिस्म से चादर हटाई और उसे बेड पर फेंककर तेज़ी से बाथरूम की तरफ़ भागी।

क़रीब पाँच मिनट बाद ही नताशा नहाकर टॉवेल में बाथरूम से बाहर आई और किचेन में जाकर विक्की से कहा, "जाओ तुम भी नहा लो अब।"

विक्की ने उसे टॉवेल में ऊपर से नीचे तक ग़ौर से देखा, मुस्कुराकर हामी भरी और नहाने चला गया।

बेड पर ही विक्की ने खाना लगा दिया। गर्म पराठे, सॉस, अचार और कुछ चिप्स। खाने के आधे घंटे बाद विक्की ने कॉफ़ी बनाई और बेंसन सुलगाकर दोनों कॉफ़ी-कश लेने लगे। दोनों काफ़ी देर तक इधर-उधर की बातें करते रहे। बीच-बीच में 'उसका' और 'उसकी' बातें करके उन्हें कोस भी रहे थे कि अब तो बंजारापन ही बेहतर है।

रात के एक बजने को थे।

"नींद आ रही है।" नताशा ने विक्की के सीने पर सर रखते हुए कहा।

"हम्म! सो जाओ।" विक्की ने उसे अपनी आग़ोश में भर लिया और नताशा उसमें समा गई। विक्की ने ख़ुद पर चादर खींच ली।

सुबह जब विक्की की नींद खुली तो सात बजने को थे। नताशा किसी बच्ची की तरह विक्की की आग़ोश में दुबकी-चिपकी-सी गहरी नींद में सो रही थी। विक्की ने आहिस्ते से उसे हटाने की कोशिश की, लेकिन नताशा ने उसे और ज़ोर से पकड़ लिया।

थोड़ी देर में उसकी नींद खुली तो वह रोने लगी, न जाने क्यों। विक्की उसे प्यार से थपकियाँ देने लगा, बिना चुप कराए।

"सात बज रहे हैं। उठने दो बेबी। मुझे बाथरूम जाना है।" विक्की ने नताशा के गाल पर थपकी देते हुए कहा।

"म्म्म! अभी नहीं।" गाल पर लुढ़क आए आँसू के क़तरों को नताशा ने पोछा और विक्की पर अपनी गिरफ़्त और भी मज़बूत कर दी।

"थोड़ी देर में साढ़े सात बज जाएँगे।" विक्की ने उसे तक़रीबन जगाते हुए कहा।

"बज जाने दो।" नताशा ने नींद में ही कहा।

"साढ़े सात बजे 'कॉफ़ी पीने' का सबसे बेहतरीन टाइम होता है बेबी। पता है न?" विक्की ने उसे झकझोरते हुए कहा।

"कॉफ़ी का नहीं बेबी 'कॉफ़ी फ़्लेवर्ड' का।" नताशा ने अपनी आँखें खोलते हुए कहा और उठकर बैठ गई। विक्की उठा और बाथरूम चला गया। उसके जाते ही नताशा तकिये को दबोचकर फिर सो गई।

"फिर सो गई! उठो यार अब!" विक्की ने बाथरूम से बाहर आते ही कहा और उसे जगाने के लिए बेड की ओर बढ़ा। जैसे ही वह बेड के पास पहुँचा, वैसे ही नताशा उस पर झपट पड़ी। विक्की अभी सँभलता तब तक नताशा ने उसके होंठों पर अपने गर्म होठ रख दिए। दोनों लिपलॉक हो गए।

लाइट ऑफ़ थी। कमरे में एक बार फिर कॉफ़ी फ़्लेवर्ड की ख़ुशबू फैल गई। और तक़रीबन बीस-पच्चीस मिनट तक दोनों के जिस्म रोशन रहे।

सुबह के साढ़े आठ बज रहे थे। विक्की किचन में कॉफ़ी बना रहा था और नताशा दूसरे कमरे की खिड़की के पास खड़ी आख़िरी बचे बेंसन एंड हेजेज के कश ले रही थी। बीच-बीच में एक-दो कश लेने के लिए विक्की किचन से नताशा के पास आ जाता। पहले तो नज़ाकत से नताशा इनकार करती, लेकिन जब वह पलटकर जाने को होता तो नताशा ख़ुद ही उसको अपनी ओर खींचकर उसके कंधों पर अपनी बाँहें फैलाकर उसके होंठों पर अपने गोल-गोल कश रख देती। ऐसा उसने कई बार किया।

खिड़की के बाहर सड़क पर पराठे की दुकान पर काफ़ी भीड़ थी। मेडिकल अभी खुला नहीं था और सिगरेट-गुटका वाला अभी अपनी दुकान खोल ही रहा था। नताशा ने देखा कि मेडिकल के शटर पर कॉफ़ी फ़्लेवर्ड की तस्वीर उभर आई थी। वह हँस पड़ी। फिर उसने सिगरेट-गुटखे की दुकान पर नज़र डाली,

जहाँ सिगरेट के छल्ले उड़ रहे थे। तभी पराठे की ख़ुशबू ने शोर करना शुरू कर दिया। अब नताशा को भूख लग आई और कॉफ़ी फ़्लेवर्ड की ख़ुशबू कहीं ग़ायब हो गई। ज़ाहिर है- हर भूख का अपना वक़्त होता है।

नौ बज चुके थे। दोनों ने शॉवर बाथ लिया और थोड़ी ही देर में तैयार होकर रूम से बाहर निकल गए। पराठे की दुकान पर दोनों ने एक-एक पराठे खाए। मेडिकल स्टोर से माउथ फ्रेशनर लेकर अपनी-अपनी जेबों में भर लिया। सिगरेट की दुकान से एक-एक बेंसन एंड हेजेज सुलगाई और मेट्रो स्टेशन की तरफ़ बढ़ गए।

रास्ते चलते दोनों में काफ़ी देर तक ख़ामोशी बनी रही। शायद इस बात के डर से कि अब जुदा होना है। दोनों कभी-कभार एक-दूसरे को तिरछी नज़र से देख भर लेते थे, और बस ज़रा-सा मुस्कुरा भर देते थे।

मेट्रो स्टेशन आ गया। दोनों ने कार्ड टच कर एंट्री ली और सीढ़ियों से उतरकर प्लेटफ़ॉर्म पर पहुँच गए।

दोनों की ज़ुबान पर अब भी जैसे ताले लगे हुए थे लेकिन उनकी आँखों के झरोखे में एक-दूसरे के एहसास आ-जा रहे थे। कल रात साढ़े दस बजे के क़रीब जब दोनों मिले थे, उस वक़्त का चंचल झपक्का कहीं नहीं था। सिर्फ़ एक गहरी ख़ामोशी थी जो इस बात की तस्दीक़ कर रही थी कि कुछ ही दिन पहले टूटा दिल अभी जुड़ा नहीं है। और कॉफ़ी फ़्लेवर्ड कुछ देर का ही सुकून दे सकता है, हमेशाहमेश की मुहब्बत नहीं।

दोनों प्लेटफ़ॉर्म नंबर एक पर पहुँच चुके थे।

"अब फिर कब मिलोगे ?" नताशा की आँखों ने पूछा।

"हम बंजारे हैं न, जब भी मिलेंगे, फिर से पहली बार मिलेंगे। बार-बार तो वो मिलते हैं जिनके अपने फिक्स ठिकाने होते हैं।" विक्की की आँखों ने जवाब दिया। वह तेज़ी से पलटा और प्लेटफ़ॉर्म नंबर दो की ओर बढ़ गया।

दोनों की आँखों ने एक-दूसरे के सवाल-जवाब को हवा में दर्ज कर लिया।

दोनों पहली बार ही मिले थे और अगली बार दोनों जब भी मिलेंगे, तब भी पहली ही बार मिलेंगे, अपने नये नाम के साथ।

शिकस्ता दिलों के ख़्वाब की ज़िंदगी ऐसी ही होती है, जिसमें रोज़ एक नया नाम और एक नई शक्ल अपना वजूद पाती है। आँसुओं के क़तरे गालों पर नहीं

उभरते, बल्कि भीतर-ही-भीतर कहीं जज़्ब हो जाते हैं। और ये मरीज़-ए-इश्क़ जब यक़ीन से हार जाते हैं तब ऐसे ही तन्हा रातों के नैन बंजारे बन जाते हैं, जिस तरह 'अंजली' और 'अविनाश' बन गए थे।

प्लेटफ़ॉर्म नंबर एक पर मेट्रो आ गई। अंजली ने अविनाश की तरफ़ पलटकर नहीं देखा। उसे देखना भी नहीं था। वह मेट्रो में दाख़िल हो गई। मेट्रो का ऑटोमेटिक दरवाज़ा बंद हुआ और वह बोगी में कहीं खो गई।

दो दिलों में कसक भरी एक धुन उठने लगी...

कुछ मिनट बाद प्लेटफ़ॉर्म नंबर दो पर भी मेट्रो आ गई। अविनाश ने भी पलटकर अंजली को नहीं देखा और मेट्रो में दाख़िल हो गया। वह भी बोगी में कहीं गुम हो गया। दोनों एक-दूसरे को जानते भी कहाँ थे जो पलटकर देखते, अलविदा कहने के लिए या फिर जुदा होने पर अफ़सोस करने के लिए!

दोनों एक-दूसरे के इतने अपने भी कहाँ थे जो पलटकर देखते! भीड़ भरी दुनिया में वो तन्हा बंजारे थे। दोनों ट्रेनों की दिशाएँ भी एक-दूसरे की अपोज़िट थीं। भीड़ भरे शहर में बोझिल दिन को किसी तरह काम का धक्का देकर ख़ाली आने वाली शाम के इंतज़ार में दो नैन बंजारे एक नई जगह पर पड़ाव डालने के लिए निकल चुके थे, कि शायद रात ख़ाली न रहे!

सुबह के साढ़े दस बज रहे थे।

नैन बंजारों को फिर एक बोझिल-सा दिन काटना होगा इस इंतज़ार के साथ कि शाम के बाद फिर एक नया पड़ाव लेकर रात आएगी...

फिर क्या बुद्धू!

अक्टूबर जैसे-तैसे अपने आख़िरी दिन काट रहा था और सर्दियों का मौसम अपने बिस्तर से पाँव लटकाए ओस उतारती चप्पलों को पहनकर एक नये सफ़र पर चलने को तैयार था। हल्के कंबल गर्म होने लगे थे और रज़ाइयाँ गुनगुनी धूप में सूखने लगी थीं। दिन चढ़े धूप का टप्पा सुकून देने लगा था। ज़ुबान का ज़ायक़ा बदल रहा था और साथ ही जिस्म की हरारतें भी अपनी हरकतें बदल रही थीं।

सुबह क़रीब ग्यारह बजे मंडी हाउस मेट्रो से बाहर एनएसडी यानी नेशनल स्कूल ऑफ़ ड्रामा के दफ़्तर जाने के लिए सीढ़ियाँ चढ़कर मुड़ते ही दो क़दम आगे बढ़ा ही था कि एक पल को मेरी नज़र उन दोनों पर पड़ी। एकदम से मेरे क़दम वहीं ठिठक गए। इतनी जल्दी वे दोनों यहाँ इस तरह मिलेंगे, मुझे इसका बिलकुल भी अंदाज़ा नहीं था। लेकिन यह उम्मीद तो थी ही कि ये दोनों कहीं-न-कहीं ज़रूर मिलेंगे ही। इसलिए उनको मिलते देख मुझे हैरानी नहीं हुई, बल्कि ख़ुशी हुई कि मुहब्बत जितनी जल्दी सबके दिलों में अपने पाँव पसार ले, उतना ही बेहतर है। वर्ना तो नफ़रतों से भरी ये दुनिया मुहब्बत के लिए बहुत छोटी होती चली जा रही है।

मुझे वहाँ ठिठके देख लड़की थोड़ी असहज हुई लेकिन फिर लड़के से मुख़ातिब हो गई। तब तक मैं दूसरी तरफ़ देखने लगा था। यूँ ही किसी का इंतज़ार करने के बहाने से मैं वहीं पास में खड़ा हो गया और दूसरी तरफ़ मुँह करके मोबाइल से झूठी कॉल करने लगा। रह-रहकर मैं उन दोनों की ओर घूमकर एक चोर नज़र से उनको देख भी लिया करता था। मेरा ऐसा करना निहायत ही ग़लत बात थी, ये मैं समझता था। लेकिन मैं जानना चाहता था कि

वे दोनों किस हाल में हैं, ख़ास तौर पर लड़की किस हाल में है!

लंबे चबूतरे पर बड़े-बड़े गमलों में लगे पौधों के बीच ज़रा-सी जगह बनाकर दोनों अगल-बग़ल बैठे न जाने कब से बातें कर रहे थे। प्यार भरी बातें। दोनों बहुत ख़ुश थे। पूरी दुनिया से बेफ़िक्र अपनी दुनिया में गुम थे। एकदम नई-नई मुहब्बत में डूबे उनके चेहरे ऐसे चमक रहे थे, जैसे किसी पौधे में खिल आए दो ताज़े फूल एक-दूसरे को देखकर मुस्कुरा उठे हों। बहुत प्यारे लग रहे थे दोनों, फूलों की तरह।

ब्लू जींस और व्हॉइट टॉप में लड़की बेहद ख़ूबसूरत लग रही थी, ख़ुशदिल थी। उसकी आँखों से मुहब्बत का नूर फूट रहा था। मासूम अदाओं के साथ उसके चेहरे पर थोड़ी शर्म उतर आई थी जिसे वह बार-बार उतार फेंककर होंठों का पाउट बनाकर इस सलीक़े से सेल्फ़ी लेने लगती थी जिससे कि मोबाइल के फ्रेम में लड़का भी सलीक़े से आ जाए। सेल्फ़ी लेने के बाद मचलकर लड़के की शक्ल पर कुछ फ़िक़रे कसती और फिर फ़ाई-फ़ाई करके हँसने लगती। रूई के फ़ाहों जैसी उसकी शोख़ हँसी हवा में घुल जाती और दूर तक माहौल को हल्का कर देती। मोबाइल हैंडबैग में रखकर लड़की जब लड़के से हम-चश्म होती तो उसकी तिरछी आँखें भी जैसे सेल्फ़ी लेने लगतीं।

लड़का कुछ धीर-गंभीर था। उसके पास एक फ़ाइल थी जिसे अपनी गोद में रखकर वह उससे बातें कर रहा था। ऐसा लग रहा था जैसे उस दिन की तरह वह आज भी कहीं इंटरव्यू देने जा रहा था। ब्लैक पैंट और लाइट ब्लू शर्ट में वह फब रहा था। उसका लुक किसी एक्ज़ीक्युटिव सरीखा था और वह बार-बार अपने मोबाइल में वक़्त देख रहा था। और फिर मोबाइल को पैंट की जेब में रखकर वह उस लड़की की आँखों में देखने लगता था, प्यार से। मुहब्बत ऐसे ही दिल तक जाने का अपना रास्ता बनाती है, आँखों में उतरकर।

“सारिका! पता है, तुम हँसती हुई बेहद ख़ूबसूरत लगती हो।” लड़के ने उसके कंधे पर थपकी देते हुए आहिस्ते से कहा।

“सच्ची रोहित?” लड़की ने मचलकर पूछा।

“हाँ सच्ची! क्योंकि जो लड़कियाँ रोती हुई अच्छी लगती हैं, वह हँसती हुई तो और भी ख़ूबसूरत लगती हैं। ये बात मैंने अभी-अभी महसूस की है।” लड़के ने शरारत में कहा।

"अच्छा! तो मैं कल रोती हुई अच्छी लग रही थी तुम्हें?" लड़की ने कुछ ग़ुस्से में कहा। अचानक उसका चेहरा उतरने लगा जिसे देखकर लड़का ज़ोर से हँसने लगा।

"हा हा हा... कितनी क्यूट हो यार तुम! मज़ाक़ भी नहीं समझती?" लड़के ने उसके चेहरे पर गिर आए उसके बालों को कानों के पीछे ले जाते हुए कहा।

"तुम भी हँसते हुए अच्छे लगते हो, सच्ची!" लड़की ने फ़ौरन अपना मूड बदला और उसके साथ हँसने लगी।

"लेकिन तुमने मुझे रोते हुए तो देखा नहीं? फिर हँसते हुए मैं..." लड़के ने अभी इतना ही कहा था कि लड़की उसकी बात काटते हुए बोली, "मुझे रोता देखकर कल तुम्हारी आँखें भले न रोई हों लेकिन दिल तो रो ही रहा था न! इसलिए कहा कि तुम भी हँसते हुए अच्छे लगते हो।"

"हम्म! नॉटी गर्ल!" इतना कहकर वह हँसने लगा।

हँसी ऐसी चीज़ है कि वक़्त सही हो तो नाराज़गी को राज़ी कर लेती है, लेकिन वक़्त ख़राब हो तो राज़ी को भी नाराज़ बना देती है। और दुनिया की सबसे ख़ूबसूरत हँसी होती है प्रेम में पग रहे लड़का-लड़की का रूमानी बातों पर एक साथ हँसना, बेलौस हँसना!

'ओह! तो लड़की का नाम सारिका है और लड़के का नाम रोहित।' मैंने अपने मन में कहा। नहीं-नहीं... मैंने अपने आप को उन दोनों का नाम बताया। कान पर झूठ-मूठ का मोबाइल चिपकाए मैं कुछ बड़बड़ाता रहा जैसे मैं किसी से बात कर रहा हूँ।

दोनों को मुहब्बत में डूबा छोड़कर आगे बढ़ने को हुआ लेकिन फिर न जाने क्यों ठहर गया। एकदम थम गया जैसे किसी ने पीछे से मेरे पाँव पकड़ लिए हों। या कि उनकी बातों ने मुझे जाने नहीं दिया कि कम-से-कम यह तो मालूम होना ही चाहिए कि आख़िर इतनी जल्दी वे दोनों इतने क्लोज़ कैसे हो गए? एक दिन पहले ही इत्तेफ़ाक़न हुई उनकी मुलाक़ात इतनी जल्दी प्यारी-सी 'हमजोली भरी दोस्ती' या शायद 'पहले प्यार' में कैसे बदल गई! मैं यह बात उन दोनों से पूछ तो सकता नहीं था, लेकिन इस जानकारी के मुझ तक पहुँचने का इंतज़ार तो कर ही सकता था।

"सॉरी रोहित! मेरी वजह से कल तुम्हारा इंटरव्यू छूट गया!" सारिका ने अपने चेहरे पर उदासी लाते हुए कहा।

"वो तो आज भी एक इंटरव्यू छूट गया! लेकिन मेरी दोस्ती में सॉरी की कोई जगह नहीं है, जब तक कि कोई ग़लती न हुई हो। और वैसे भी, तुम्हारा रोना कैसे देख सकता था मैं यार!" रोहित ने सारिका की आँखों में प्यार से देखते हुए कहा।

"हम्म!" सारिका ने हामी भरी और एक अदा के साथ उसे ऐसे देखने लगी मानो कितना प्यार भरा हो रोहित की आँखों में।

"और इंटरव्यू का क्या है, वह तो रोज़ ही कहीं-न-कहीं होता ही रहता है। आज न सही, कल दे आएँगे! तुम्हारी ख़ुशी से बढ़कर कोई इंटरव्यू नहीं हो सकता।" रोहित की ये बात सुनकर सारिका ने कुछ नहीं कहा बल्कि वह ख़ुश हो गई। अपने और रोहित के बीच में रखा अपना बैग परे हटाकर उसने बैठे-बैठे ही उसको गले लगा लिया।

कभी-कभी कोई दिन बहुत ख़ूबसूरत होता है न! मानो पिछली रात के आधे पहर में अचानक हमारी आँख खुल गई हो और हम यह दुआ माँग बैठे हों कि- 'या रब! मुहब्बत ज़िंदा रख!' और फिर सुबह होते ही रब ने हमारे पास मुहब्बत की ऐसी मिसाल भेज दी हो। और यहीं से शुरू हुआ हो दो जवाँ दिलों के इश्क़ का सफ़र।

दुनिया का सबसे ख़ूबसूरत सफ़र है- इश्क़ का सफ़र! यही वह सफ़र है जो मंज़िल-ए-मक़सूद से बेफ़िक्र रहता है। ये वह सफ़र है जो ख़त्म होने का नाम नहीं लेता। इश्क़ को मंज़िल मिल जाए तो इश्क़ फ़ना हो जाता है। अधूरापन ही इसकी ख़ूबसूरती है और मक़सूद भी। जिस किसी ने भी इस सफ़र में मंज़िल की तलाश की, गोया उसने इश्क़ को रुसवा किया।

कल ही की तो बात थी, जब इश्क़ के इस सफ़र की शुरुआत की पहली झलक देखी थी मैंने। सारिका और रोहित के इश्क़ की शुरुआत।

दोपहर दो बजे के क़रीब मैं करोलबाग़ पहुँचा था, किसी काम से। करोलबाग़ मेट्रो स्टेशन से बाहर निकलते ही एक कोने में यही लड़की यानी सारिका खड़ी रो रही थी। जाने कैसी तकलीफ़ थी उसकी जो स्टेशन पर ही उसकी आँखों में

मोटे-मोटे आँसू लेकर धमक आई थी। क़रीब इक्कीस-बाईस साल की सारिका को रोते हुए वहाँ आते-जाते लोग एक नज़र देखते और फिर बाहर निकल जाते। उसके कंधे पर एक छोटा-सा पर्स था और हाथ में रुमाल झूल रहा था, जिससे बार-बार वह अपने आँसू पोंछ रही थी।

उसे रोता देखकर मैं ठिठक गया। मैं वहाँ कुछ पल के लिए यह सोचकर ठिठका था कि उसके रोने की वजह पूछ लूँ और शायद कुछ मदद कर दूँ या तसल्ली ही दे दूँ कि सब ठीक हो जाएगा, अगर वह ग़ुस्सा न करे तो, लेकिन तभी मेरा मोबाइल बज उठा। दूसरी तरफ़ से जल्दी पहुँचने की कॉल पर मेरा ध्यान भटका तो मैं तेज़ी से बाहर मार्केट जाने वाले रास्ते पर बढ़ गया।

अभी थोड़ी ही दूर चला था कि वह काम कितना ज़रूरी था कितना नहीं, यह बात मेरे ज़ेहन से निकलती चली गई और हर अगले क़दम पर मुझे यह मलाल खाने लगा कि उससे रोने की वजह पूछ लेनी चाहिए थी। कई बार मैंने कुछ ऐसी ख़बरें पढ़ी थीं कि फ़लाँ मेट्रो स्टेशन के प्लेटफ़ॉर्म पर फ़लाँ लड़की ट्रेन आते ही कूद गई या फ़लाँ लड़का ट्रेन के आगे कूद गया। इस भयानक डर ने मेरे सीने पर थपकी दी, मेरे दिल से धक्क से आवाज़ आई, तो उस मलाल ने मुझे आगे बढ़ने से रोक दिया। और वहीं से उल्टे पाँव मैं वापस लौट आया, उस लड़की के पास।

तक़रीबन दस मिनट का वक़्फ़ा गुज़रा होगा जब मैं वापस वहाँ पहुँचा जहाँ सारिका अब भी अपने आँसू पोंछते हुए वैसे ही रो रही थी। अब उसका चेहरा स्टेशन की दीवार की तरफ़ था। मुझे लगा शायद आते-जाते लोग उसके आँसू न देख सकें, इसलिए उसने अपना रुख़ दीवार की ओर कर लिया हो। अब उसकी सिसकियाँ तेज़ हो गई थीं।

मैं सारिका के पास पहुँच तो गया लेकिन उससे यह पूछने की हिम्मत नहीं हो रही थी कि वह क्यों रो रही थी। हालाँकि मैंने उसे आवाज़ दी, लेकिन वो आवाज़ एक डर में लिपटी हुई इतनी धीमी थी कि उसका लड़की तक पहुँचना मुश्किल था। मैं सोचने लगा, अगर वजह पूछूँ और उसने ग़ुस्से में झिड़क दिया तो ? इस ख़याल से मेरे क़दम थम से गए थे मानो किसी ने उसे जकड़ रखा हो। मेरी हिचकिचाहट और क़दम-क़ब्ज़े की वजह में मेरी उम्र का एक तक़ाज़ा भी था। सारिका आज की लड़की थी और मैं उसकी उम्र के दशकभर पहले का

आदमी था इसलिए मेरा डरना लाज़मी था।

अभी मैं अपने इस कशमकश से बाहर आता कि तभी मुझे क्रॉस करते हुए वह लड़का यानी रोहित सीधा सारिका के पास पहुँचा। ऑफ़िशियल ड्रेस में फब रहे रोहित के हाथ में एक फ़ाइल थी और बायें कंधे पर एक बैग लटक रहा था जिसमें शायद लैपटॉप रहा होगा। मुझे समझते देर नहीं लगी कि वह कहीं इंटरव्यू देने जा रहा था।

मैं यक़ीन से नहीं कह सकता, लेकिन रोहित भी शायद मेरे पीछे खड़े-खड़े ही कुछ देर से सारिका का रोना देख रहा था। सारिका दीवार की तरफ़ मुँह करके खड़ी थी इसलिए वह कुछ देर तक ठीक उसके पीछे खड़ा रहा। रोहित को वहाँ इस तरह देखकर मेरे ज़ेहन से कुछ पूछने का ख़याल जाता रहा और एक नया ख़याल आता रहा कि रोहित उससे कैसे और क्या पूछेगा और सारिका भी उसे कैसे और क्या जवाब देगी! रोहित की उम्र यही कोई तेईस-चौबीस साल की रही होगी।

मैंने अपने सारे सवाल और उसे पूछने के सोच रहे तरीक़ों को रोहित के हवाले कर दिया। सारिका और रोहित गर्लफ्रेंड-ब्वॉयफ्रेंड थे या नहीं, मालूम नहीं। लेकिन जिस तरह से उसकी मासूम निगाहें सारिका को देख रही थीं, लगता था उसके साथ वह भी रो पड़ेगा। रहा होगा कोई अनकहा रिश्ता उन दोनों में, जो कहे को मुकम्मल करने का ऐसा ही वक़्फ़ा खोज रहा हो, और शायद वह पा भी गया हो!

रोहित कुछ देर तक चुपचाप खड़ा रहा। आते-जाते कुछ लोग कभी रोहित को तो कभी सारिका को देख रहे थे, तो कुछ लोग उन दोनों को घूरते हुए अपने मन में एक तस्वीर बना रहे थे कि मामला लड़की के रूठ जाने और लड़के के उसे मना नहीं पाने की हालत में डरकर चुपचाप खड़े होने का है। लेकिन सबकी नज़रों से बेफ़िक्र रोहित गुमसुम-सा सारिका को ही देखे जा रहा था। शायद उसके दर्द को महसूस कर उसके आँसुओं को अपनी हथेली देना चाहता था।

किसी के आँसुओं को जिस पल किसी की हथेली मिल जाए तो वह पल उसके लिए बहुत सुकून देने वाला होता है।

रोहित ने सारिका के कुछ क़रीब जाकर लरज़ती ज़ुबान में पूछा, "हे! क्या हुआ? क्या नाम है तुम्हारा? और रो क्यों रही हो इस तरह... यहाँ?"

रोहित के इस सवाल के साथ ही मालूम चल गया कि सारिका और रोहित एक-दूसरे को जानते नहीं थे। मैंने सोचा कि मेरी तरह ही सारिका को रोता देख रोहित का दिल पिघल गया होगा इसलिए वह उसके पास जाकर वजह पूछने लगा। सारिका ने पलटकर एक वक़्फ़े के लिए रोहित की तरफ़ देखा और फिर वापस दीवार की ओर रुख़ करके और ज़ोर से सिसकने लगी। रोहित अब उसके बिलकुल पास खड़ा था। कुछ देर तक उसने कुछ नहीं कहा या शायद उसकी भी हिम्मत नहीं हुई। बस चुपचाप उसकी सिसकियाँ सुनता रहा।

दुख और उदासी में भरे लोग इतनी जल्दी जवाबदेह नहीं हो पाते। उनके आँसू फ़ौरन वक़्त नहीं देते कि वे कोई जवाब दे सकें। सारिका भी इसी हालत में थी। अगर उसे किसी से कुछ कहना ही होता तो वह इस तरह दीवार की तरफ़ रुख़ करके यूँ ही नहीं रो रही होती।

रोहित की बेचैनी बढ़ने लगी थी। अब वह इधर-उधर देखने लगा था और दोबारा सारिका के रोने की वजह पूछना चाहता था। रह-रहकर उसके होंठ हिलते थे और फिर कुछ सोचकर थम जाते थे। थोड़ी-थोड़ी देर में वह जेब से मोबाइल निकालता और उसमें समय देखकर फिर बेचैन हो उठता था। एक कशमकश थी जो वहाँ तीनों के बीच फैल गई थी- मेरे, रोहित और सारिका के बीच। हालाँकि इन तीनों में मैं कहाँ था, मुझे भी मालूम नहीं था। लेकिन वे दोनों कहाँ थे, यह मैं अच्छी तरह समझ गया था।

मैं धीरे से आगे बढ़ा और रोहित के पास जाकर उसकी पीठ की तरफ़ अपनी पीठ करके चुपचाप खड़ा हो गया ताकि उन्हें मेरी आड़ मिल जाए और आते-जाते लोगों का ध्यान उन दोनों की तरफ़ न जाए। तभी अचानक मेरा मोबाइल बजा, करोलबाग़ मार्केट से मेरे दोस्त की कॉल थी जहाँ मुझे पहुँचना था और कॉल के साथ आए उसकी झल्लाहट के मुताबिक़ मैं देर कर रहा था। 'अभी आता हूँ' कहकर मैंने कॉल कट किया ही था कि मेरे पीछे रोहित की आवाज़ सुनाई दी।

"ए...ए...एनी प्रॉब्लम? यू नीड... एनी हेल्प?" उसने हिचकिचाते हुए सारिका से पूछा।

रोहित की आवाज़ में एक अपनापन था और उसके शब्द एहसास से भरे हुए थे। मैं और सारिका दोनों एक साथ रोहित की तरफ़ पलटे। मैं रोहित के पीछे

था और सारिका उसके आगे। सिसकती हुई ही सारिका ने रोहित को एक नज़र देखा और अपने आँसुओं के गुच्छे को रुमाल में समेटकर हल्का-सा झटका तो उसके हाथ से रुमाल छूटकर नीचे गिर पड़ा। सारिका उसे उठाती उससे पहले ही रोहित ने यह मौक़ा गँवाए बिना फ़ौरन रुमाल उठाकर उसे थमाते हुए ठीक उसके सामने खड़ा हो गया। अब दोनों की दो-दो आँखें चार थीं। कुछ लम्हे तक सारिका ने उसे ग़ौर से देखते हुए रुमाल थाम लिया और फिर अचानक एक झटके से रोहित के सीने से लिपटकर ज़ार-ज़ार रोने लगी।

जब दिल बहुत तकलीफ़ में हो और उस तकलीफ़ को समझने के लिए सामने कोई अंजान भी आ जाए, तो उससे लिपटकर ख़ूब रोने का मन करता है। दिल दर्द में डूबा हो तो हमदर्द को गले लगाने का जी करता है, चाहे वह कोई भी हो।

सारिका काफ़ी देर से रो रही थी लेकिन किसी ने उसकी हालत पर ध्यान नहीं दिया। किसी ने भी एक पल रुककर यह पूछने की ज़हमत नहीं उठाई कि आख़िर वह क्यों रो रही थी? सब अपने ज़रूरी काम से आ-जा रहे थे। शहर की यही तो बेगानगी है जो उसे शहर बनाती है। अपने काम से काम रखने वाले वहाँ सैकड़ों की उस भीड़ में रोहित अकेला था जो सारिका के रोने से परेशान हुआ था। सारिका को यह बात समझते ज़रा भी देर नहीं लगी। लड़कियाँ ऐसे लड़कों को फ़ौरन पहचान जाती हैं।

सारिका के अचानक गले लिपटने से रोहित हक्का-बक्का रह गया था। लेकिन उसने मज़बूती से ख़ुद को सँभाला और फिर आहिस्ते से सारिका के सिर पर हाथ रखकर उसे तसल्ली देने लगा, "अच्छा अब रोना बंद करो। बात क्या है बताओ। यू नीड एनी हेल्प?"

लेकिन सारिका कुछ नहीं बोली, रोहित के सीने पर सिर रखे हुए रोती रही। उन्हें इस तरह देखकर आते-जाते हुए लोग क्या सोच रहे होंगे, इस बात से दोनों एकदम ही बेपरवाह थे। दोनों की बाँहें एक-दूसरे को कसने लगी थीं। मैं वहाँ से पलटा और मार्केट की तरफ़ बढ़ गया। मेरा दिल एक अंजानी ख़ुशी से भर गया और मेरे होंठों पर मुस्कान बिखर गई। मुहब्बतों को ज़िंदा होते देखकर मेरी उम्र में कुछ इज़ाफ़ा हो जाता है।

मैं कल के इस वाक़ये में खोया हुआ ही था कि तभी मेरा मोबाइल बज उठा। एनएसडी से मेरे दोस्त की कॉल थी। मैंने कॉल रिसीव की और वहाँ से कुछ दूर हटकर बात करने लगा। बात ख़त्म कर मैं वहीं एक-दूसरे गमले के बग़ल बैठ गया।

सारिका अपने मोबाइल कैमरे के साथ अब पाउट-पाउट खेल रही थी जिसे देखकर रोहित हौले-हौले मुस्कुरा रहा था। सेल्फ़ी-वेल्फ़ी लेने के बाद थोड़ी देर में वह कुछ गंभीर हुई और फिर उसने रोहित का बायाँ बाज़ू पकड़कर उसके कंधे पर अपना सिर रख दिया। रोहित समझ गया कि वह अब कुछ कहने वाली थी।

"रोहित!" सारिका ने कहा और ख़ामोश हो गई।

"हम्म ?" रोहित ने उसके कंधे को अपनी बाँहों में कसते हुए कहा।

"तुम मुझे नहीं मिलते न, तो सच्ची मैं तो कल कुछ कर ही जाती!" सारिका ने कहा।

"ऐसे कैसे कुछ कर जाती ?" रोहित ने गरदन झुकाकर उसकी आँखों में झाँकते हुए कहा, "और हम दोनों को तो मिलना ही था।"

"हम्म!" सारिका इस हम्म के साथ ही रोहित के इस यक़ीन पर गर्व से मुस्कुराने लगी।

"कल तो तुमने कुछ बताया नहीं। तुम रो क्यों रही थी ?" रोहित ने पूछा।

"मैं आज तुमसे मिलने का मौक़ा नहीं चूकना चाहती थी इसलिए कल नहीं बताया।" सारिका ने जवाब दिया।

"ओह! अच्छा! तो इसलिए तुम आज भी उसी जगह मेरा इंतज़ार कर रही थी कि शायद मैं फिर से मिल जाऊँ ?" रोहित ने पूछा।

"हाँ... और देखो तुम मिल भी गए। यक़ीन था मुझे कि तुम आज ज़रूर आओगे।" सारिका ने रोहित के कंधे पर अपना सिर रख दिया।

"यक़ीन तो मुझे भी था तुमसे मिलने का, पर इतनी जल्दी नहीं। बाय द वे... कल तुम रो क्यों रही थी, अब तो बता दो ?" रोहित ने उसके कंधे पर थपकी देते हुए कहा।

"घर वाले मेरी शादी करना चाहते हैं यार, लेकिन अभी मैं आगे पढ़ना चाहती हूँ। ग्रेजुएशन कर चुकी हूँ लेकिन आगे पढ़ने का कोई चांस नहीं बन

पा रहा है। मेरा नंबर कम था इसलिए इस साल मेरा एमए में एडमिशन नहीं हो पाया। इसीलिए घर वाले मुझे बोझ समझने लगे हैं। रिश्तेदार ताना मारने लगे हैं इसलिए तभी से मम्मी-पापा भी कहने लगे हैं कि शादी करके घर बसाओ, पढ़ाई-वढ़ाई से कुछ नहीं होगा। मेरे मना करने पर भी हर कोई मुझे डाँटता रहता है। कल भी मेरे घर पर लड़के वाले मुझे देखने आने वाले थे। मुझे कुछ समझ में नहीं आ रहा था कि मैं क्या करूँ। मैंने मम्मी को मना कर दिया तो उन्होंने भी मुझे ख़ूब डाँटा। मेरा घर जाने का मन नहीं हुआ, अजीब-अजीब ख़याल आ रहे थे, कुछ कर जाने के ख़याल। इतनी जल्दी शादी को सोचकर मुझे डर लगता है, इसलिए मुझे कल ख़ूब रोना आ रहा था। तभी तुम आ गए। तुमने रोने की वजह पूछी तो मैं ख़ुद को रोक न सकी और तुमसे लिपट गई।" सारिका पूरी बात बताती चली गई और रोहित चुपचाप सुनता चला गया।

"कल सैकड़ों की भीड़ में अकेले तुमने ही मेरा हाल जानने की कोशिश की। मुझे बहुत अच्छा लगा। इनफ़ैक्ट रोहित! जब तुमने रुमाल उठाकर मुझे दिया, तभी मेरे दिल ने कहा कि शायद मुझे तुम्हारा ही इंतज़ार था। और मुझे लगा तुम्हारा साथ मिला तो मैं इस मुश्किल से निकल सकती हूँ।" सारिका ने अपनी बात में अपना यक़ीन जोड़ दिया।

"तुमको इतना भरोसा है मुझ पर?" रोहित ने पूछा।

"हम्म... बहुत! कम-से-कम तुम फ़ौरन शादी के लिए तो नहीं कहोगे न!" इतना कहते हुए सारिका ने उसके कंधे से सिर उठाया और घूमकर रोहित के सामने खड़ी हो गई। इस यक़ीन के साथ कि उसके सवाल का उसके मन मुताबिक़ जवाब मिलेगा।

"हाँ वो तो नहीं कहूँगा लेकिन एक ही दिन में इतना भरोसा? अभी तो हम दोनों एक-दूसरे को अच्छी तरह से जानते भी नहीं!" रोहित ने पूछा। उसे यह सब जल्दबाज़ी लग रहा था।

"हम दोनों के कंधे मिल चुके हैं और अब देखो... हमारे दिल भी मिल रहे हैं। अब क्या बचा है कुछ और जानने को! और वैसे भी, मुझे कुछ और जानना भी नहीं है!" सारिका ने जवाब दिया।

"फिर भी..." रोहित ने कुछ और कहना चाहा तभी सारिका ने उसके होंठों पर उँगलियाँ रख दी।

"फिर क्या बुद्धू, प्यार हो गया है तुमसे! बस!" सारिका ने अपना चेहरा उठाया और रोहित की आँखों में अपना अक्स रख दिया। दोनों के दिल की धड़कनें आपस में मिलने लगीं। रोहित उसे कुछ देर तक देखता रहा और फिर कुछ सोचकर बोल पड़ा।

"तो फिर चलो, तुम्हारे मम्मी-पापा से बात करते हैं कि वह तुम्हारी शादी के बारे में बिलकुल भी न सोचें। पढ़ाई पूरी होने तक तो बिलकुल भी नहीं। और तुम एमए में एडमिशन भी लेना।" रोहित ने उसके चेहरे को देखते हुए कहा तो वह अक्स उसकी आँखों के रास्ते दिल तक पहुँच गया। रोहित की आँखों ने भी कह दिया था कि उसे भी सारिका से प्यार हो गया है।

"हम्म चलो, नेक काम में देरी कैसी!" सारिका ने कहा और उससे अलग होकर अपना सामान समेटने लगी। वो बहुत ख़ुश थी।

दोनों उठे और मेट्रो स्टेशन के गेट की तरफ़ बढ़ गए। दोनों के चेहरे पर एक-दूसरे का यक़ीन चिपक गया था। उनकी मुस्कुराहट में एक भरोसा था जिसकी बुनियाद में मुहब्बत थी। उनकी मुहब्बत का अंजाम क्या होगा, ये तो नहीं मालूम। लेकिन यह तो अच्छा था कि उनके इश्क़ के सफ़र की शुरुआत हो चुकी थी।

मैं एनएसडी जाने के लिए वहाँ से आगे बढ़ गया। सारिका का रोहित को बुद्धू कहने का अंदाज़ मुझे बार-बार याद आ रहा था। और मुस्कुराते हुए मेरे होंठ दोहराते जा रहे थे- 'फिर क्या बुद्धू, प्यार हो गया है तुमसे!'

गुड़िया नानी

"क्या! गुड़िया नानी नहीं रहीं? कब?" मैंने चौंककर पूछा।

"सुबह क़रीब आठ बजे।" अम्मी ने कहकर फ़ौरन कॉल कट कर दिया। वो रो पड़ी थीं शायद!

ऑफ़िस पहुँचे अभी कुछ ही देर हुए थे कि अम्मी ने ये मायूसी भरी ख़बर दी थीं।

नानी को अम्मी बहुत प्यार करती थीं। और नानी भी अम्मी को बहुत मानती थीं। ख़ूब चाहती थीं। दिलो-जान से चाहने वाला कोई बुज़ुर्ग दुनिया को अलविदा कह जाता है, तो लगता है मानो हमारा सरमाया चला गया हो। जैसे कोई सायादार पेड़ हमारे सिर से उठ गया हो।

हाँ सचमुच! एक साया ही तो थीं वह हम सबके लिए। मेरे नाना-नानी के गुज़रने के बाद भी कभी उनकी कमी महसूस नहीं होने दी थी उन्होंने। मेरी अम्मी और मामू-ख़ाला के लिए न उनके माँ-बाप की कमी, और न हमारे लिए नाना-नानी की कमी। नाती-नवासियाँ हों या पड़पोते-पोतियाँ, हम सब बराबर थे उनके लिए।

वह हमारी अम्मी की दादी थीं। उनका नाम 'जैनब' था। हमारे पूरे ख़ानदान में सबसे उम्रदराज़ थीं जैनब नानी। लेकिन मैं और मेरी बहन सादिया के लिए वह हमारी प्यारी 'गुड़िया नानी' थीं। छुटपन में हम दोनों ने यही नाम दिया था उनका- 'गुड़िया नानी!'

हमने उन्हें पहली बार तब देखा था, जब हम ननिहाल गए हुए थे। तब हम कोई चार-पाँच साल के रहे होंगे। वह अपने चेहरे पर बुज़ुर्गी की एक शदीद झुर्रियाँ ओढ़े हुए थीं और उनके सारे बाल सफ़ेद हो चुके थे। भौहें भी चाँदी

पहन रखी थीं। वह एक छोटी-सी छड़ी के सहारे थोड़ा झुककर चलती थीं।

उस दिन सादिया वापस घर चलने के लिए कहकर रोने लगी थी तो शाम को मामू उसके लिए बाज़ार से सफ़ेद बालों वाली एक गुड़िया लेकर आए। गुड़िया पाकर सादिया ख़ुश हो गई थी और उसके रेशमी सफ़ेद बालों पर हाथ फिराते हुए ख़ूब चहकने लगी थी। उसे गुड़ियों से खेलना बेहद पसंद जो था।

"भइया ये देखिए! इस गुड़िया और नानी के बाल बिलकुल एक जैसे हैं न? सुफ़ेद-सुफ़ेद?" सादिया ने मुझसे कहा।

"अरे हाँ, सेम टू सेम! ये गुड़िया बेबी है और वह गुड़िया नानी हैं।" मैंने कहा तो सादिया खिलखिलाकर हँसने लगी। उसकी हँसी ने जैसे उस नाम को क़ुबूल कर लिया था- 'गुड़िया नानी!'

उस दिन के बाद हम उन्हें गुड़िया नानी कहने लगे। ये सुनकर गुड़िया नानी ने हमें डाँटा नहीं, बल्कि वह भी हमारे साथ हँसने लगीं। हमारे गालों को पकड़कर प्यार से हिलाने लगीं और 'दूधो नहाओ पूतो फलो' की दुआएँ देने लगीं। मानो नानी ने अपने नये नाम में अपने बचपन वाली गुड़िया को पा लिया हो।

एक-दो दिन में ही गुड़िया नानी हमारी हो गईं। सिर्फ़ हमारी। कोई और बच्चा उनके पास जाता, तो हम उसे भगा देते और झट से नानी की गोद से चिपक जाते। और सादिया तो घर जाने की बात ही भूल गई, मानो उसकी ज़िद गुड़िया नानी के पोंपले गालों में कहीं खो गई हो।

गुड़िया नानी को भी हम पर ख़ूब प्यार आता। और वह रोज़ हमें अपने पास बिठाकर दूध-रोटी खिलातीं और रात गए चोर, डाकू और सिपाहियों की उल्टी-पुल्टी मसालेदार कहानियाँ सुनातीं।

सप्ताह भर बाद हम दुखी मन से अपने घर लौट आए। लेकिन थोड़ा-थोड़ा हम वहीं छूट गए थे। नानी की हँसी के पास। हम अपनी शरारतें वहीं छोड़ आए थे और अपने खिलौनों की झोली में गुड़िया नानी की दुआएँ बटोर लाए थे। सादिया तो लगता था पूरी की पूरी वहीं छूट गई थी। घर आकर रोज़ अम्मी से गुड़िया नानी के पास जाने की ज़िद करती थी।

कहीं किसी से मन लग जाए तो वहाँ से वापसी का यही तो असासा होता है न कि हम थोड़ा-सा उसे भी अपने साथ लेकर लौटें। बस इसी असासा के

साथ सादिया ने भी कुछ ही दिन में ख़ुद को मना लिया कि चलो गुड़िया नानी के साथ बीते लम्हे तो हैं ही उसके पास। कुछ जगहें हम भले ही छोड़ आते हैं लेकिन वो जगहें हमसे कभी नहीं छूटतीं।

कुछ साल बाद जब हम तक़रीबन सात-आठ साल के हुए तब एक दफ़ा नानी बहुत ज़्यादा बीमार हुई थीं। अम्मी के साथ हम उन्हें देखने ननिहाल चले गए। उस दिन मुझे मालूम हुआ कि गुड़िया नानी नब्बे साल की हो चुकी थीं! मेरे मामू के पास एक बहुत पुरानी डायरीनुमा कॉपी थी, गुड़िया नानी के बाबा जान का, जिसमें नानी का जन्मदिन तो नहीं लेकिन उनके पैदा होने का साल दर्ज था। उसी से पता चला कि वो नब्बे साल की हो चुकी थीं और तब से ही मैं उनकी उम्र-ए-रफ़्ता का हिसाब-किताब रखने लगा था। जाने कैसा फ़ितूर था वह मेरा। उनका जन्मदिन मुझे पता होता तो हर साल मनाता भी। लेकिन अफ़सोस, उनका कोई रिकॉर्ड था ही नहीं।

"भइया! गुड़िया नानी अब अल्लाह के पास चली जाएँगी?" सादिया ने मुझसे पूछा।

"ना रे पगली। वह हमेशा हमारे साथ रहेंगी।" मैंने कहा।

"लेकिन बाहर जब्बार मामू तो कह रहे थे कि नानी अब कुछ दिन की मेहमान हैं। जल्दी ही अल्लाह उनको अपने पास बुला लेंगे।" सादिया ने मायूसी भरे लहजे में कहा।

"नानी उनको दूध-रोटी नहीं खिलातीं न, इसलिए वो ऐसा कह रहे हैं। तुम देखना। वह जल्दी अच्छी हो जाएँगी और हम दोनों को दूध-रोटी खिलाएँगी।" मैंने सादिया को समझाया।

हम बच्चों के सवाल ऐसे ही होते हैं, मासूमियत से भरे हुए। और उनके जवाब, उम्मीद से भरे हुए।

मेरी उम्मीद पर अल्लाह ने हामी भर दी थी और तीसरे दिन ही गुड़िया नानी ने बिस्तर छोड़ दिया और उठ खड़ी हुईं। एकदम भली-चंगी हो गईं, जैसे उन्हें कुछ हुआ ही न हो। अम्मी ने तो मन्नत तक माँग ली थी कि नानी ठीक हो जाएँ तो वह खुरमे बाँटेंगी। इसलिए उन्होंने मामू से मँगा भेजा था।

"देखो, तुम्हारी अम्मी खुरमे बाँट रही है! एक वो भी ज़माना था, जब मन्नत पूरी होने पर मैं बादाम और अख़रोट बाँटती थी।" गुड़िया नानी ने अम्मी को

देखकर तंज़ कसा, तो अम्मी हँस दीं। नानी ऐसी ही थीं।

"बादाम और अखरोट! सच में नानी?" मैंने चौंककर पूछा और अपनी गोल-गोल आँखें उनके चेहरे पर टिका दी।

"और नहीं तो क्या! मेरे बाबा जान का कारोबार था। बादाम और अखरोट का। दो-तीन कमरे तो हमेशा बादाम और अख़रोट की बोरियों से भरे रहते थे। हमारा जब मन करता, तो हम घोघियों में ख़ूब सारे बादाम भर लेते और खेलते-कूदते खाते रहते।" नानी ने कहा तो उनका चेहरा दमकने लगा। हम सब बिना कुछ बोले उन्हें सुनते रहे।

तभी सादिया ने पूछा, "घोघियों क्या होता है नानी?"

"घोघी नहीं जानती? अरे तुम्हारे फ्रॉक में अंदर-बाहर सिली हुई जो जेब है न, उसी को घोघी कहते हैं।" नानी ने सादिया के फ्रॉक को हाथ में लेकर उसे समझाते हुए बताया।

"दादी, वह घी वाला क़िस्सा सुना दीजिए इन सबको।" अम्मी ने गुज़ारिश की और खुरमे की प्लेट लिए आगे निकल गईं।

"अरे वह तो पूछो ही न बिटिया!" इतना कहकर वह आगे बताने लगीं, "आज तुम लोग दाल में घी डालते हो न, बेटा! उस ज़माने में हम घी में दाल डाल के खाते थे!" नानी ने हवा में हाथ लहराकर कहा।

"हें! घी में दाल! ऐसा क्यों नानी?" मैंने चौंककर उनसे पूछा।

"वो क्या है न कि हमारे बाबा जान को पहलवानी का बड़ा शौक़ था। खाने में दूध-दही की कमी न हो इसलिए उन्होंने पचास भैंस पाल ली। फिर क्या! घर में घी के कूपे भरने लगे और वक़्त के साथ भैंसों की तादाद भी बढ़ती चली गई। हमारे खाने से जो घी बच जाता तो बिक भी जाता था। आज की तरह नहीं कि पहले बेच लो, फिर बच जाए तो खाओ।"

ये कहते-कहते नानी अपने बाबा जान के दौर के ख़ूबसूरत ख़यालों में पहुँच गईं। मुस्कुराती हुई वह आसमान की तरफ़ देखने लगीं। उनकी शदीद झुर्रियाँ ऐसे लग रही थीं, मानो उनके चेहरे पर तवारीख़ की ख़ूबसूरत लाइनें दर्ज हो गई हों। हम उनके चेहरे की ख़ुशी देखते रहे और सुनते रहे... एकटक!

ऐसे बुज़ुर्गों का इतिहास लिखा जाए तो न जाने तहज़ीब की कितनी ही रवायतें और अजूबों की कितनी ही परतें हमारे सामने आ खड़ी होंगी। मगर इतिहास की

भी अपनी सीमाएँ होती हैं न। शासकों-हुक्मरानों ने जो कुछ लिखवाया, इतिहास में वही दर्ज हुआ। कुछ-कुछ बाहर से कोशिशें भी हुईं, और वही कोशिशें एक इतिहास को इतिहास बनाती हैं।

और गुड़िया नानी ? उनके लिए न इतिहास की कोई सीमा थी, और न ही उम्र की।

दिल उदास हो जाए तो किसी काम में मन नहीं लगता। मैं अपने केबिन से निकला और थोड़ी देर में आने के लिए बॉस को बोलकर ऑफ़िस के बाहर चला गया। और कैंटीन के एक कोने में जाकर बैठ गया। लंच में अभी काफ़ी वक़्त था इसलिए भीड़ कम थी।

बाहर का मौसम ख़ुशगवार था, लेकिन मुझे वो अच्छा नहीं लग रहा था ज़रा भी। और हवाएँ तो सोगवार-सी थीं, मानो अभी-अभी गुड़िया नानी को साँसें देने की नाकाम कोशिश करके लौटी हों।

"चाय लेंगे सर ?" कैंटीन वाले ने पूछा।

"ज़िंदगी का शहद चला गया यार ! चाय ठीक नहीं लगेगी अब !" मैंने कहा और मोबाइल में गुड़िया नानी की तस्वीर खोजने लगा। गैलरी से निकलकर वह स्क्रीन पर मुस्कुराने लगीं।

कितनी ख़ुशमिज़ाजी और कितना नूर था उनके चेहरे पर। लगा कि अभी स्क्रीन से बाहर आकर मेरे गाल पकड़कर खींच लेंगी और कहेंगी- 'कितना दुबला हो गया है तू। दूध-रोटी खाया कर पगले।'

उम्र सिर्फ़ एक नंबर भर नहीं होती कि हम इतने साल जिए। उम्र तो एक किताब होती है जिसमें तवारीख़ के सारे अच्छे-बुरे पन्ने दर्ज रहते हैं। उम्र एक सरमाया होती है, जिसमें अनगिनत रवायतें साँस ले रही होती हैं। उम्र एक दुनिया होती है, जिसमें ज़िंदगी की सारी अलामतें मौजूद होती हैं।

गुड़िया नानी की उम्र एक किताब थी, एक सरमाया थी और एक मुकम्मल दुनिया भी थी, जिसमें ज़िंदगी के सारे रंग-ओ-रुआब मौजूद थे।

बड़ी ही लंबी उम्र पाई थी गुड़िया नानी ने। कुल जमा 111 बसंत देखकर इस दुनिया को अलविदा कहा था। जैसे ऊपर वाले ने उन्हें उम्र का शगुन देकर भेजा था कि एक सौ ग्यारह से पहले आना नहीं है।

उम्र बड़ी ही कंजूस होती है। वो किसी-किसी को ही सैकड़ा लगती है।

गुड़िया नानी को उम्र ऐसे ही लगी थी कि उनके तीन-तीन बेटे-बेटियों ने पैंसठ-सत्तर साल की भरी-पूरी उम्र जीकर एक-एक कर उनकी गोद में दम तोड़ा था। उनके सबसे छोटे बेटे की सबसे बड़ी बेटी हमारी अम्मी थीं। हमारे नाना-नानी भी कुछ ही साल पहले इस दुनिया से रुख़सत हुए थे।

माँ-बाप के लिए दुनिया का सबसे बड़ा दुख होता है अपनी गोद में अपने बच्चों की रूह को निकलते देखना! बहुत भारी बोझ है ये। लेकिन गुड़िया नानी अपनी झुकी पीठ पर न जाने कब से ये बोझ उठाए फिर रही थीं। या शायद, इसी बोझ से उनकी पीठ झुक गई थी!

मज़ाक़ में कुछ रिश्तेदार अक्सर उनसे जब कह देते कि उनके बेटों की उम्र लग गई थी उन्हें! तब वह छड़ी को ज़मीन पर रखकर बैठ जाती थीं और कहने लगती थीं, "कहाँ तो बच्चों की गोद में मेरी रूह निकलनी थी। और कहाँ बच्चों का जनाज़ा देखना पड़ा मुझे। या अल्लाह! किसी दुश्मन को भी तू ऐसे दिन न दिखाए!"

ये कहकर वह सिसकियाँ लेकर रोने लगती थीं। मगर उनकी आँखों में आँसू नज़र नहीं आते थे। मानो वह सूख गए हों। हमने उन्हें हमेशा ख़ुश देखा था। इसलिए हम उनके दर्द को कभी नहीं समझ पाए।

आँसुओं का सूख जाना दर्द की इंतेहा है।

ख़ुदा ने गुड़िया नानी की ज़िंदगी का निज़ाम उलट दिया था, या शायद उनकी उम्र को इस तरह दराज़ करने में उसकी कोई और ही मसलेहत शामिल थी! ये उसके सिवा कौन जान सकता था भला!

उम्र लंबी होने के साथ-साथ ज़िंदगी भी बड़ी हो जाए, ये कोई ज़रूरी तो नहीं है न। लेकिन ये इतिहास तो है ही न। और इतिहास बनने की ख़बर तो दुनिया को लग ही जाती है।

इधर मेरा अठारहवाँ लगा और उधर गुड़िया नानी सौवें साल में दाख़िल हो गईं।

हम कितने ख़ुश थे कि गुड़िया नानी ने उम्र का शतक जड़ दिया और वह अब भी नाबाद थीं। एकदम स्वस्थ थीं। खाने में उन्हें सिर्फ़ दूध-रोटी चाहिए। बाक़ी कुछ भी नहीं।

शुरुआती अगस्त की वह रिमझिम शाम थी। गाँव के प्रधान जी ने मेरे मामू को बुलाया और बाक़ी लोगों से भी बात की। नानी का जन्मदिन किसी को मालूम नहीं था। इसलिए सबने मिलके ये तय किया कि आने वाले 15 अगस्त, यानी आज़ादी के दिन नानी का सौवाँ जन्मदिन धूमधाम से मनाया जाएगा।

बहरहाल, जन्मदिन मनाने की तैयारी भी होने लगी। गाँव के हर शख़्स ने इसमें बढ़-चढ़कर हिस्सा लिया और खाने-पीने के साथ ही अपनी-अपनी ताक़त के मुताबिक़ गिफ़्ट वग़ैरह देने का भी इंतज़ाम कर लिया।

तब टीवी इक्का-दुक्का घरों में ही हुआ करती थी मगर अख़बार ख़ूब छपते थे। इसलिए अख़बारों में इसकी एक छोटी-सी ख़बर भी दे दी गई ताकि अख़बार के रिपोर्टर लोग आकर गुड़िया नानी के बारे में जान सकें और फिर ख़बर छापकर पूरी दुनिया को बता भी सकें।

उस दिन सुबह आज़ादी का जश्न कुछ ज़्यादा ही ख़ूबसूरत लग रहा था। पूरे गाँव को दावत दी गई थी। मामू के अहाते में पूरे गाँव भर के लिए मिठाइयाँ और पकवान बन रहे थे। हलवाइयों ने हर घर में मिठाई भिजवाई थी और सब नौजवान लड़कों ने मिलकर गुड़िया नानी के घर को फूल-पत्तियों से अच्छी तरह सजा दिया था।

मम्मी गुड़िया नानी के लिए उनकी पसंद की एक नई साड़ी ले गई थीं जिसे पहनकर वह बहुत ख़ुश थीं। लोग आते रहे और नानी की ख़ैर-ख़ैरियत लेकर उनको जन्मदिन की बधाइयाँ भी देते रहे। सब उनकी अच्छी सेहत की दुआ कर रहे थे, क्योंकि नानी गाँव की सबसे बुज़ुर्ग महिला थीं और शायद पहली महिला भी थीं जिन्होंने उम्र का शतक लगाया था।

वह लोगों की दुआ ही तो थी जो उनकी उम्र दराज़ कर रही थी। क्योंकि इतने साल से उन्हें किसी ने लड़ते-झगड़ते नहीं देखा था। हर वक़्त उनकी ज़ुबान पर सिर्फ़ अच्छी बातें और रवायती कहानियाँ रहा करती थीं। बचपन में मैं और सादिया जब भी ननिहाल जाते थे, तब उनसे कहानियाँ सुने बग़ैर सोते ही नहीं थे। कहानी सुनाते वक़्त बीच-बीच में उनका 'समझे कि नहीं?' पूछना बहुत ही अच्छा लगता था हमें। और जब तक वो पूछती नहीं थीं तब तक हम 'हूँ' भी नहीं कहते थे।

15 अगस्त का वह महान दिन आया।

नानी का सौवाँ जन्मदिन धूमधाम से मनाने की तैयारी पूरी हो चुकी थी।

अख़बार के रिपोर्टर और कैमरामैन आ चुके थे। तस्वीरें क्लिक होने लगी थीं। सवाल पूछे जाने लगे थे। और गुड़िया नानी सबके सवाल का आहिस्ते से जवाब दिए जा रही थीं। मेरी अम्मी वहीं उनके पास बैठी थीं।

मैंने महसूस किया कि हम जवानी की दहलीज़ पर आ खड़े हुए थे। लेकिन गुड़िया नानी अब भी वैसी की वैसी ही थीं, जैसे मेरे बचपन में थीं। एकदम सौम्य। एकदम तनदुरुस्त। मानो उम्र को थाम लिया हो उन्होंने।

गुड़िया नानी के मुँह में एक भी दाँत नहीं बचे थे, लेकिन उनकी आवाज़ में ज़रा-सी भी लर्ज़िश नहीं आई थी। वह एक-एक लफ़्ज़ बिलकुल साफ़ बोलती थीं।

रिपोर्टर हैरान थे कि सौ साल का कोई आदमी दाँतों के बग़ैर अपने ख़ाली मुँह से इतना साफ़ कैसे बोल सकता है भला?

'ज़िंदगी जब्र-ए-मुसलसल की तरह काटी है
जाने किस जुर्म की पाई है सज़ा याद नहीं'

एक ख़ासा उम्रदराज़ रिपोर्टर ने शायर सागर सिद्दीक़ी का ये शे'र गुनगुनाया और वह अपनी डायरी में कुछ लिखने लगे। उन्होंने गुड़िया नानी से एक भी सवाल नहीं पूछा। बस दूर से उन्हें देखते रहे और उनकी ज़िंदगी की किताब से कुछ मख़्सूस पन्ने अपने एहसास के झोले में जमा करते रहे। लेकिन हाँ, वहाँ मौजूद गाँव वालों से गुड़िया नानी की आदतों, ज़रूरतों और हसरतों के बारे में उन्होंने कई सवाल पूछे।

अपनी ज़िंदगी के जो सच हम छुपा जाते हैं, कभी-कभी उनका पता हमारे आस-पास के लोगों से मिलता है। गाँव की एक बूढ़ी औरत ने उस रिपोर्टर को बताया कि गुड़िया नानी हमेशा ही जवान रहने की हसरत रखती थीं। मगर उम्र-ए-रफ़्ता कहाँ किसी को जवान रहने देती है। और अगर वह ठहर जाए तो जीना भी कितना मुश्किल कर देती है।

मगर गुड़िया नानी की आँखें अब भी जवान थीं। मानो पच्चीसवें साल पर ठहरी हुई हों। सौवाँ बसंत देख रहीं नानी की आँखों पर अब तक चश्मा नहीं लगा था। और वह दूर तक सब कुछ देख सकती थीं, एकदम साफ़। अम्मी ने बताया कि उनतीस का चाँद देखने में उन्हें कोई मशक्कत नहीं करनी पड़ती।

फ़ौरन देख लेती थीं।

"इतनी लंबी ज़िंदगी पाकर कैसा लगता है आपको?" बड़ी देर से ख़ामोश बैठे एक नौजवान रिपोर्टर ने पूछा।

"जिसके सामने उसके बच्चे दुनिया से रुख़सत हो चुके हों, उसके लिए ये लंबी ज़िंदगी किस काम की, बेटा? किसी को भी इतनी लंबी उम्र नहीं मिलनी चाहिए कि उसके बच्चे उससे पहले ही गुज़र जाएँ!" कहकर नानी चुप हो गईं। उनकी पल्कों पर उम्र का बोझ आकर ठहर गया।

किसी भी चीज़ की ज़्यादती अच्छी नहीं होती। चाहे वह उम्र ही की क्यों न हो। लंबी ज़िंदगी का ये ख़सारा है कि ज़रा-सा वक़्त काटना भी पहाड़ लगने लगता है। गुड़िया नानी के पास परिवार की भरी-पूरी दुनिया थी। किसी चीज़ की कोई कमी नहीं थी, लेकिन उनकी बूढ़ी हड्डियाँ भी तो थीं जो उनसे चुपके से कह देती होंगी कि अब जिस्म का भार ढोया नहीं जाता।

मन को तो हमेशा जवाँ रहने की हसरत पाले रहने की आदत होती है। मगर तन का क्या? उसे तो एक छोटी-सी उम्र चाहिए ताकि वक़्त पूरा हो और वह दुनिया-ए-फ़ानी से विदा हो ले।

"ऊपर वाले से कोई मलाल। जो... जो... जो आप बताना चाहती हों, हम सबको?" एक दूसरे रिपोर्टर ने पूछा।

"मलाल तो है, बेटा। उससे बहुत नाराज़ हूँ मैं। लगता है अल्लाह मेरी उम्र का बही-खाता कहीं रखकर भूल गया है, इसलिए वह मुझे अपने पास नहीं बुला रहा है।" कहकर वह रोने लगीं। अम्मी ने उन्हें बाँहों में भर लिया और तसल्ली देने लगीं। उनकी आँखों के कोर भी नम हो गए।

फिर किसी ने कोई सवाल नहीं पूछा।

बड़ी ज़िंदगी के सामने सवाल अक्सर कम पड़ जाते हैं। और आँसू के पुरनम कोर उन सवालों के जवाब दे देते हैं।

ऑफ़िस में मेरा मन नहीं लग रहा था। मेरे ज़ेहन में बार-बार गुड़िया नानी की आवाज़ घुल रही थी। और आँखों के सामने उनका चेहरा किसी तस्वीर की तरह आ लटकता था। लैपटॉप में सादिया की शादी की ख़ूब सारी तस्वीरें थीं, जिनमें गुड़िया नानी भी थीं। मैं उन ख़ूबसूरत तस्वीरों को बहुत देर तक देखता

रहा, नम आँखों से।

पिछले साल की ही तो बात थी, जब सादिया की शादी थी, तो मैं उन्हें अपने घर ले आया था। तब उनके आने से मेरा पूरा घर कितना ख़ुशनुमा हो गया था। सबसे ज़्यादा तो अम्मी ख़ुश थीं। और उनके खाने-पीने से लेकर बाक़ी सभी हाजतों का पूरा-पूरा ख़याल रख रही थीं। हर वक़्त।

तब नानी एक सौ दसवें साल में थीं। लेकिन तब भी माशाअल्लाह वह एकदम सेहतमंद थीं! अम्मी कह रही थीं कि झुककर चलने के बावजूद उन्होंने कभी कमर दर्द की शिकायत नहीं की थी, न कभी डॉक्टर के पास गईं। जाने किस मिट्टी से अल्लाह ने उन्हें बनाया था। या शायद इसलिए वह अपने पास नहीं बुला रहा था कि जब तक वह सही-सलामत हैं, रहने दो। या फिर कोई और बात थी। ख़ुदा जाने!

"अब तुम भी दुल्हन ले आओ।" नानी ने मुझसे कहा, तो मैं शरमा गया।

"हाँ बेटा। दादी भी अब कितने दिन रहेंगी?" मेरी ख़ाला ने लुक़्मा जोड़ा।

"अरे अभी तो इसके बच्चों को दूध-रोटी खिलाना है। उनके कान उमेठने हैं और उनको छड़ी से डराना है। इतनी जल्दी नहीं है अल्लाह को, जो मुझको अपने पास बुला ले। मेरे आख़िरी सफ़र का टिकट काटकर वो कहीं भूल गया है। न वो टिकट भेजेगा न मैं यहाँ से कहीं जाऊँगी।" गुड़िया नानी ने कहा तो सब मुस्कुराने लगे।

"नानी, मुझे तो नहीं डराया कभी?" सादिया ने कहा।

"क्या डराती! उससे पहले ही तो तुम एँ-एँ करके रोने लगती थी।" नानी ने सादिया के रोने की एक्टिंग करते हुए कहा। तो सब हँस पड़े।

अक्सर बड़े-बुज़ुर्ग जब हँसी-मज़ाक़ करते हैं तो वो बचपन के किरदार में ढल जाते हैं।

सादिया के हल्दी-उबटन से लेकर उसके निकाह और फिर विदाई तक गुड़िया नानी ने जैसे-जैसे कहा, अम्मी ने सब कुछ वैसा ही किया। वो हमारी सरपरस्त थीं इसलिए उनको यह हक़ मिला हुआ था। अम्मी तो हर रिवाज को, हर रस्म को नानी से चर्चा करने के बाद ही अदा करती थीं। वह सब अम्मी और नानी के लिए उनकी पुरानी रवायतें थीं, लेकिन हम सब के लिए नये तजुर्बे थे।

सादिया की शादी के कुछ दिनों बाद गुड़िया नानी को लेकर मैं ननिहाल

पहुँचाने गया। और जब वहाँ से लौट रहा था तो मेरे सिर पर हाथ रखके उन्होंने कहा था, "नहीं मालूम अभी कितनी ज़िंदगी बाक़ी है, मेरे बेटे। मैं चाहूँगी कि अल्लाह मेरी बाक़ी ज़िंदगी तुम्हारी उम्र में जोड़ दे और जल्दी मुझे अपने पास बुला ले।"

"नहीं नानी, बिलकुल नहीं! अभी तो मेरे बच्चों को दूध-रोटी खिलाएँगी आप।" ये कहते हुए मैं रो पड़ा था और नानी को अपनी बाँहों में भर लिया था। वो मेरे सीने से ऐसे लिपटी थीं मानो अपना पूरा वक़ार मेरे जिस्म में पिरो देंगी। उनसे दूर होना कितना मुश्किल लग रहा था उस वक़्त। बहुत भारी मन से उन्हें छोड़कर वापस लौटा था।

और अब देखो, क्या पता था गुड़िया नानी का कहा इतनी जल्दी सच हो जाएगा!

मैंने दुआ की, "अल्लाह उनको जन्नत में आला मक़ाम अता फ़रमाए! आमीन!"

ऑफ़िस से दस दिन की छुट्टी लेकर गुड़िया नानी से आख़िरी बार मिलने के लिए मैंने फ़्लाइट पकड़ ली।

अरेंज-लव मैरिज

अरमान अब्बास के व्हॉट्सएप पर एक बीस साल पुराने ख़त की पिक आई, जो उसकी सत्रह साल की बेटी फ़ायरिश ने उसे सेंड की थी। पिक के नीचे फ़ायरिश ने लिखा था- 'माई लवली पापा! व्हॉट ए क्यूट लव लेटर यू हैव रिटेन टू मॉम! इट इज़ सो रोमांटिक, पापा!'

अरमान चौंका मगर उसके चेहरे पर जवानी की मुस्कान आ बैठी।

"आप ने मम्मा को ये लेटर कब लिखा था, पापा?" फ़ायरिश ने व्हॉट्सएप चैट में पूछा।

"अल्लाह! तुम्हें ये लेटर कहाँ से मिला फ़ायरा?" अरमान ने व्हॉट्सएप ही पर हैरत से पूछा। वह उसे फ़ायरा कहता था।

"आपकी आलमारी में रखी डायरी से।" फ़ायरिश ने रिप्लाई किया।

"हम्म!" लिखकर अरमान ने मुस्कुराने वाली इमोजी भेज दी और अपने केबिन से निकलकर कॉफ़ी लेने चला गया।

कैंटीन में एक हाथ में कॉफ़ी मग पकड़े चुस्कियों के साथ दूसरे हाथ में मोबाइल पर अरसा पहले अपने लिखे उस लेटर को देखने लगा। लेटर को देखकर अरमान की आँखों में एक दौर उतर आया और सारी यादें एक पल में ताज़ा होकर उसकी आँखों के परदे पर चलने लगीं।

लेटर का रंग पीला पड़ चुका था लेकिन उस पर लिखे हर्फ़ आज भी बिलकुल वैसे ही थे, जैसे अभी-अभी वे क़लम के पोर से निकलकर काग़ज़ पर आ बैठे हों। अरमान की उँगलियों में हरकत होने लगी और लेटर के हर एक लफ़्ज़ को व्हॉट्सएप पर रीड करने लगीं। अगर बातें ख़ूबसूरत हों तो बरसों पुरानी उन बातों का एहसास हमेशा ही नया होता है।

ख़त-ओ-किताबत के तौर-तरीक़ों ने क़लम से व्हॉट्सएप तक अरमान की ज़िंदगी ने बीस साल का एक लंबा सफ़र तय तो कर लिया था, लेकिन उसके एहसास अब भी वहीं ठहरे हुए थे, जब उसने अपनी होने वाली बीवी के लेटर के जवाब में वह लेटर लिखा था। वैसे भी पहले प्यार के एहसास को उम्र कहाँ लगती है भला!

"मम्मा का ख़त भी वहीं होगा, वह नहीं मिला तुमको?" कॉफ़ी एक बड़ी घूँट लेकर अरमान ने चैट में ही पूछा।

"हाँ पापा, वो भी मिला है, पर मम्मा ने उसे छीनकर मुझसे छुपा लिया है। वो शरमा रही हैं।" फ़ायरिश ने सैड वाली इमोजी के साथ रिप्लाई किया।

"ओह! "डोंट वरी डार्लिंग! मैं तुम्हें बताऊँगा कि तुम्हारी मम्मा ने क्या लिखा था।" अरमान ने अपनी बेटी को एक हँसने वाली इमोजी भेज दी।

"सच पापा!"

"हाँ बिलकुल!"

"आपको अब तक याद है कि मम्मा ने क्या लिखा था?" फ़ायरिश ने चौंकते हुए पूछा।

"हाँ फ़ायरा, एक-एक लफ़्ज़ याद है, एक-एक लफ़्ज़!" कहते हुए अरमान बीते ख़यालों की तरफ़ जाने लगा। "और कैसे न याद होता? हज़ारों बार पढ़ा है मैंने उस ख़त को। उस्ताद के दिए हुए सबक़ की तरह मैंने रटा हुआ है उसको। प्यार का पहला ख़त था बेटा, भूलता कैसे!" अरमान ने जवाब दिया।

"वाउ! इट्स ग्रेट!" फ़ायरिश ने रिप्लाई किया। माँ-बाप की रोमांटिक लव स्टोरी से फ़ायरा के रोम-रोम पुलक उठे और वह भी अपने भीतर रोमांस को महसूस करने लगी।

"हम्म... जब तुम्हारी मम्मा तुम्हारी नानी के पास चली जाती थी, तब हर रोज़ रात को उस ख़त को मैं कई-कई बार पढ़ता था। बिना पढ़े तो नींद ही नहीं आती थी, जैसे वह कोई लव लेटर न हो बल्कि फ़लसफ़े का कोई बेहतरीन चैप्टर हो। या फिर गहरी नींद ले आने की कोई आयत हो।" अरमान ने लिखा और एक लव वाली इमोजी भी भेज दी।

"हाउ नाइस पापा! यू बोथ आर अमेज़िंग! रियली, अमेज़िंग!" फ़ायरिश ने भी लव वाली इमोजी के साथ रिप्लाई किया।

कॉफ़ी ख़त्म कर वह फ़ायरिश से चैट करते हुए ही आकर अपने केबिन में बैठ गया। उसने अपने मोबाइल स्क्रीन पर अपनी बीवी के साथ बरसों पुरानी खिंचवाई एक तस्वीर निकाली और उसे प्यार से देखने लगा। उसके चेहरे का रंग निखरता-सा लगा।

थोड़ी ही देर में ऑफ़िस के अपने केबिन में बैठे अरमान अब्बास की आँखों में उसकी ज़िंदगी की फ़िल्म चलने लगी। वह पुराने ख़यालों में कहीं खो गया। ख़तों की दुनिया ऐसी ही होती है, पुराने दौर में खींच ही ले जाती है। मगर ख़तों की दुनिया कभी पुरानी कहाँ होती है भला! पढ़कर लगता है, अभी कल ही की तो बात हो जैसे!

अक्टूबर महीना गुज़रने वाला था और सर्दियाँ शुरू होने को थीं। संडे की सुबह अरमान को देखने के लिए लड़की वाले आने वाले थे। पूरा घर उसी की तैयारियों में बिजी था। लेकिन अरमान इससे ख़ुश नहीं था। नहीं-नहीं, उसकी नाख़ुशी की वजह उसकी शादी की बात नहीं थी। दरअसल, वह चाहता था कि उसकी शादी एक लव मैरिज हो, कोई एग्ज़ाम्पल बने। जैसा उसके ख़ानदान में सदियों से कभी नहीं हुआ था तो लव मैरिज से एक मिसाल क़ायम हो।

अरमान को अरेंज़ मैरिज बिल्कुल भी पसंद नहीं थी। जिसको न कभी देखा हो न जाना हो, उस अजनबी से शादी करने को वह अच्छा नहीं मानता था। लेकिन मसला यह था कि उसे अब तक कोई लड़की मिली भी नहीं थी, इसलिए अभी वह शादी करना भी नहीं चाहता था। वह तो अरसे से मुंतज़िर था कि कोई आकर उसे 'आई लव यू' कहे और उसके जवाब में वह भी उसको 'लव यू टू' कहके मुस्कुराए। थोड़ा वो शरमाए और अरमान भी कुछ सहमे। मगर अपनी ख़्वाहिशें आसानी से अपना कहा कब मानती हैं! ख़्वाहिशें रंगबदलू भी होती हैं। प्यार के मामले में वो किसी और के साथ तो शादी के मामले में किसी दूसरे के साथ।

एक दिन सुबह अचानक अरमान के अब्बू ने उसको फ़रमान सुना दिया कि आज लड़की वाले आ रहे हैं, कहीं जाना नहीं। बस इसी बात से वह परेशान था कि आख़िर अब्बू को वह कैसे समझाए कि उसकी क्या ख़्वाहिश थी? अरमान अपने अब्बू की बहुत रिस्पेक्ट करता था इसलिए डर रहा था कि

आख़िर अब्बू को कुछ दिन रुकने के लिए कैसे कहे? जिन घरों में अपनी बात रखना भी बग़ावत हो, वहाँ कोई बात क्या रखे! बड़ी शान से हम कहते हैं कि भारत दुनिया का सबसे बड़ा लोकतंत्र है, लेकिन शर्मनाक बात तो यह है कि भारत के परिवारों में लोकतंत्र देखने-सुनने तक को भी नहीं मिलता, व्यवहार में होना तो बहुत दूर की बात है। भारतीय परिवार तो सामंतवाद की सबसे बेहतरीन फ़ैक्ट्री हैं। इन्हीं परिवारों से ऊँच-नीच वाला भेदभाव निकलता है, जो समाज में पहुँचकर कभी-कभार सांप्रदायिकता बन जाता है।

बीते ज़माने में कुछ भारतीय मुस्लिम परिवारों में शादी की बेहद वाहियात और एक कूड़ा व्यवस्था चलती थी। इतनी वाहियात कि लड़का-लड़की की शादी के लिए लड़का-लड़की को ही कुछ नहीं बताया जाता था। कितनी हास्यास्पद बात है यह। लड़के का बाप तो लड़के से एक बार बात कर भी लेता था, वह भी कहीं-कहीं ही, कभी-कभी ही, लेकिन लड़की का बाप तो इतना भी नहीं कर पाता था। और रोना तो वह इस बात का रोता था कि दुनिया में सिर्फ़ एक वही 'लड़की का बाप' है जिसके कंधे पर सबसे बड़ा बोझ है। वहीं लड़के का बाप तो अपने फ़र्ज़ी ग़ुरूर और दिखावटी ठसक से बाहर ही नहीं निकल पाता था कि वह एक 'लड़के का बाप' है।

ये हालात तो आज भी कहीं-कहीं नज़र आ ही जाते हैं। एक तरफ़ लड़की का बाप अपने कंधे के बोझ को उतार फेंकना चाहता है तो वहीं दूसरी तरफ़ लड़के का बाप अपने ग़ुरूर को बनाए रखना चाहता है। बोझ और ग़ुरूर के इन दो पाटों के बीच लड़का-लड़की हमेशा ही पिसते रहे हैं। लड़का-लड़की चुपचाप इस रिश्ते को क़ुबूल कर लें तो अच्छे बच्चे कहलाते हैं, और अगर वे इस रिश्ते को क़ुबूल न करना चाहें या थोड़ी-सी आवाज़ ऊँची कर लें तब तो वे जैसे दोनों अपने-अपने बापों की 'नाक का क़त्ल' करने पर बन आए हों। और अगर कहीं ग़लती से लड़का या लड़की 'लव मैरिज' की बात कर ले, तब तो 'बाप को खाप बनते' ज़रा भी देर नहीं लगती। अब भला इस हालत में लड़का-लड़की के अपने वजूद और ख़्वाहिशों का क्या है? कुछ भी नहीं! उनकी मुहब्बतों का क्या है? कुछ भी नहीं! उनकी पसंद का क्या है, कुछ भी नहीं! और उनकी ज़िंदगी का क्या है, कुछ भी तो नहीं!

अगर वो किसी अजनबी रिश्ते को क़ुबूल कर भी लें और लड़का या

लड़की दोनों अपने परिवारों से शादी की बात चलने से पहले एक-दूसरे की तस्वीर माँग लें, तब एक दूसरी ही मुसीबत खड़ी हो जाती है कि इनमें तो संस्कार नाम की चीज़ ही नहीं है। क्या गज़ब है- 20-25 साल से वे संस्कारी बच्चे थे लेकिन जिससे शादी हो रही है उसकी तस्वीर माँग ली तो वे संस्कारहीन हो गए! कई बाप तो यह भी कहते थे कि तस्वीर का क्या करना, शादी के बाद तो उम्र भर देखना ही है! है न कमाल की बात! एक पाव अंगूर ख़रीदने के लिए हर गुच्छे से एक-एक अंगूर चखकर खट्टा-मीठा पता करने वाले ये महान बाप लोग अपने बच्चों की शादी के लिए उनके जीवनसाथी की तस्वीर तक नहीं देखने देते। हालाँकि लड़का-लड़की की शादी के लिए अंगूर की मिसाल देना भी ठीक नहीं है, लेकिन शादी के सिस्टम को जिस तरह से सामंती बना दिया गया है, उसके लिए ऐसी ही मिसालें दी जा सकती हैं।

कई बाप तो ऐसे भी हैं, जो बच्चों की इस हरकत पर 'बाप से खाप बनते' हुए सीधा फ़रमान ज़ारी कर देते हैं- 'फ़ोटो क्यों भेजना, घर वाले आकर देख लें। शादी-व्याह बच्चे नहीं तय किया करते हैं, ये तो माँ-बाप का काम है।' अब अगर इस बात का कोई विरोध करे तो झट से एक फ़र्ज़ी लाइन उछाल दी जाती है कि माँ-बाप अपने बच्चों का बुरा थोड़ी न सोचेंगे कभी!

क्या बात! जैसे शादी लड़का-लड़की की नहीं, बल्कि घरवालों की हो रही हो! इससे भी बड़ी शर्म और विडंबना की बात तो यह है कि यह कूड़ा व्यवस्था पीढ़ियों से चली आ रही है, लेकिन जो इसका भुक्तभोगी होता है, वही फिर से कुछ साल बाद अपने ही बच्चों के साथ वैसा ही सुलूक करने लगता है, जैसा उसने ख़ुद भुगता होता है। कभी इज़्ज़त के नाम पर, तो कभी ज़िम्मेदारी के नाम पर, और तो और, कभी ग़ुरूर के नाम पर यह कूड़ा सिस्टम पीढ़ियों से चलकर पीढ़ियों तक आगे बढ़ता रहता है। ढोल-नगाड़े, बैंड-बाजे बजते रहते हैं, जिनके शोर में मासूम लड़के-लड़कियों की ख़्वाहिशें दम तोड़ देती हैं।

अरमान नहीं चाहता था कि वह भी इस कूड़ा सिस्टम का हिस्सा बने। लेकिन वह अपने अब्बू को जानता था, इनकार करता तो उसका अंजाम एक हद तक बुरा भी हो सकता था। अरमान के पास अभी कोई नौकरी भी नहीं थी। हालाँकि वह कोशिश कर रहा था कि उसकी कहीं नौकरी लग जाए। सरकारी नौकरी तो उससे कोसों दूर थी, इसलिए प्राइवेट नौकरी के लिए कई शहरों में

कुछ अच्छी कंपनियों में अप्लाई कर रखा था। यानी फ़िलहाल पूरी तरह से उसकी निर्भरता उसके अब्बू पर ही थी, इसलिए वह कुछ नहीं बोल पाया और सुबह मेहमानों के आने का इंतज़ार करने लगा।

संडे का वो ख़ुशनुमा दिन था। लड़की वाले थोड़ा वक़्त से पहले चले आए। उन्हें दोपहर 12 बजे तक आना था, लेकिन वे सुबह दस बजे ही आ गए। लड़की वाले थे न, इसलिए ज़रा-ज़रा-सी बात के लिए फ़िक्र की पोटली लिए चलते थे अपने साथ। वक़्त की फ़िक्र भी उनमें एक थी। लड़की के माँ-बाप के साथ उसके दोनों चाचा-चाची, फूफा, बड़ी बहन, बड़ा भाई और भतीजा-भतीजी भी आए हुए थे। सबको बाहर वाले मेहमानखाने में बिठाया गया।

अरमान के अब्बू ने ख़ूब अच्छे से मेहमानों की खातिर-बातिर की। ढेर सारे सवालात के साथ ठीक तरह से देख-सुन लेने के बाद लड़की वालों को अरमान पसंद आ गया। दोनों तरफ़ से दिलों में छुहारे फूटने लगे और सबके मुँह में गुलगुले घुलने लगे। हालाँकि अरमान को अभी नौकरी नहीं मिली थी, लेकिन उसके अब्बू ने लड़की वालों को यह ऐतबार दिलाया कि उनका बेटा पढ़ा-लिखा है, जल्दी ही नौकरी मिल ही जाएगी। इसी बात पर शादी की बात बन गई। लेकिन अरमान था कि जैसे उसके चेहरे पर काँटे उग आए हों और उसकी ज़ुबान थी कि उस पर करेला चिपक गया हो। मुश्किल यह थी कि उसकी यह हालत किसी के ख़याल में भी नहीं थी।

शाम के तक़रीबन चार बज रहे होंगे, जब लड़की वाले चाय की चुस्की लेकर विदा होने वाले थे। अरमान अपने घर के एक कोने के पास तख़्त पर चुपचाप अकेला बैठा हुआ था। वह अभी शादी नहीं करना चाहता था, इसलिए ख़ुद के पसंद किए जाने पर उदास तो हो ही गया था। चुपचाप बैठा ख़ुद की क़िस्मत को कोस रहा था कि उसको आज तक कोई लड़की क्यों नहीं मिली, जिससे वह लव मैरिज करता। इत्तेफ़ाक़न अगर लव मैरिज नहीं भी होती तब भी कम-से-कम अपने प्यार का किसी से इज़हार तो करता ताकि ज़िंदगी भी इस बात का कोई मलाल ही न रहे।

अरमान सुबह से कुछ खाया भी नहीं था, सिवाय अपने अब्बू से डाँट खाने के। उसकी उदासी जायज़ भी थी। आख़िर वह अपने दिल का क्या करता, जो शादी के लिए गवारा ही नहीं कर रहा था। शादी के नाम पर अरसे से किसी के

इंतज़ार में धड़क रहा था। किसी को अपने दिल में छुपाने को वह मचल रहा था। उसके दिल में जितनी भी प्यार भरी बातें थीं, उन्हें वह किसी को बताना चाहता था और उसके दिल की सारी बातें जान लेना चाहता था। ख़ूब टूटकर किसी को प्यार करना चाहता था और उतना ही वह उससे प्यार पाना भी चाहता था। लेकिन अरमान के अरमानों की माला की मोतियाँ एक-एक कर टूटने को थीं और माला बिखरने को थी। सारी उम्मीदें गुमगश्ता-सी थीं, लेकिन अभी पूरी तरह ख़त्म नहीं हुई थीं। उम्मीद एक ज़िंदा लफ़्ज़ है, गर शिद्दत से पाल ली जाए तो इतनी आसानी से ख़त्म नहीं होती।

तभी, लड़की का भतीजा ताहिर एक कप में चाय लेकर अरमान के पास पहुँचा और चाय पकड़ाते हुए मुस्कुराने लगा। तख़्त पर उचककर बैठ गया और अपने पाँव हिलाते हुए अरमान की तरफ़ देखने लगा। ताहिर काफ़ी देर से इस फ़िराक़ में था कि अरमान अकेले में हो तो वह उससे मिले। लेकिन उसे ऐसा मौक़ा नहीं मिल पा रहा था। जब मौक़ा मिलता था तब उसकी अम्मी उसे बुला लेती थी कि कहीं कोई शरारत न कर बैठे। ताहिर था तो सिर्फ़ आठ साल का लेकिन था बहुत होशियार।

"बुआ ने आपको सलाम कहा है।" ताहिर ने मुस्कुराते हुए कहा और फिर इधर-उधर देखने लगा कि उसकी अम्मी उसे बुला तो नहीं रही।

"वालेकुमअस्सलाम!" अरमान ने जवाब दिया और ख़ामोशी से दूसरी ओर देखने लगा। चाय उसके हाथ में ठंडी हो रही थी। उसे चाय की तलब भी नहीं थी और न पीने का मन ही कर रहा था। ताहिर भी थोड़ी देर चुप रहा, वह समझ गया कि शायद 'फूफा' कुछ उदास हैं- ताहिर के होने वाले फूफा अरमान अब्बास!

"बुआ ने कुछ भेजा है।" ताहिर ने कहा और अरमान के चेहरे की ओर ग़ौर से देखने लगा ताकि उस चेहरे के बदलाव को समझ सके।

"क्या?" अरमान ने फ़ौरन ताहिर की ओर पलटकर देखा और पूछा।

"बुआ ने आपके लिए कुछ भेजा है!" ताहिर ने दोहराया और अपनी जेब से एक काग़ज़ निकालने लगा।

"मेरे लिए? क्या भेजा है, और क्यों भेजा है?" अरमान ने कुछ उजलत में आकर पूछा और ताहिर को काग़ज़ निकालते देखने लगा। उसका दिल धड़कने

लगा था। उसके मन में अंजाने अंदेशों के वलवले फूटने लगे।

"ये भेजा है।" ताहिर ने कई तह में लपेटा हुआ एक काग़ज़ अरमान को पकड़ा दिया और चुपचाप अपने दादा के पास जाकर बैठ गया। वह अरमान के उजलत से भरे चेहरे को देखकर मुस्कुरा रहा था।

अरमान ने उसे खोलकर देखा। वह समझ गया कि वह एक ख़त था, जो शायद उसके लिए ही लिखा गया था। उसने इधर-उधर देखा कि कोई उसे देख तो नहीं रहा और चुपके से शर्ट की जेब में ख़त रखकर घर के भीतर जाने लगा। उसका दिल तेज़ी से धड़कने लगा। मन में बुलबुले फूटने लगे थे। न जाने उसने क्या लिखा होगा उस ख़त में! पहली बार किसी लड़की ने उसे ख़त लिखा था। पहली बार वह किसी लड़की के हाथों लिखा ख़त पढ़ने वाला था। पहली बार उसके दिल की धड़कनों में एक नई रफ़्तार ने जगह बनाई थी। जेब में रखा ख़त जैसे उसके दिल पर गुदगुदी करने लगा। ख़त पर लिखे लफ़्ज़ जैसे उसे छेड़ने लगे कि वह जल्दी उन्हें पढ़े। अरमान के दिल और चेहरे की कैफ़ियत रूमानी हो गई।

अपने कमरे में जाकर अरमान ने आहिस्ते से वह ख़त खोलना चाहा कि तभी बाहर कोई खटपट हुई। उसने ख़त को झट से वापस जेब में रखा और चुपके से दबे पाँव छत की ओर भागा। छत के एक कोने पर ऐसी जगह जाकर बैठ गया जहाँ कोई भी शख़्स उसे अचानक नहीं देख सकता था। किसी की चाहत में दिल धड़कने के लिए हमें तन्हाई चाहिए होता है। मगर अरमान को अभी किसी से चाहत तो थी नहीं। हाँ, मगर एक ख़त चाहत की शुरुआत तो हो ही सकती थी।

अरमान को वह ख़त आफ़िया जहाँ ने लिखा था। वही आफ़िया जहाँ जिसके घरवाले मेहमानख़ाने में बैठे बातें कर रहे थे। अरमान और आफ़िया का रिश्ता पक्का करने के बाद वे सब बहुत ख़ुश थे। लेकिन आफ़िया और अरमान का दिल अभी पक्का नहीं हुआ था। पक्का होता भी कैसे? दोनों की ख़्वाहिशों का ख़याल तो किसी ने नहीं रखा! दोनों एक-दूसरे को जानते भी तो नहीं थे।

ख़त वाले काग़ज़ से एक लज़ीज़ ख़ुशबू आ रही थी, जैसे बग़ल में बैठा कोई ज़ायकेदार पुलाव खा रहा हो। ख़त क्या था, एक काग़ज़ पर कुछ लिखकर उसे ही फ़ोल्ड कर दिया गया था, जिसमें एक पासपोर्ट साइज़ तस्वीर भी थी,

आफ़िया की तस्वीर। अरमान बायें हाथ में ख़त पकड़े और दायें हाथ में उस तस्वीर को लिए कुछ देर तक देखता रहा। उसके चेहरे पर एक रूमानी एहसास बिखरने लगा था। वह ख़त पढ़ने लगा-

अस्सलामुअलैकुम!

अल्लाह के करम से मैं अच्छी हूँ और उम्मीद करती हूँ कि आप भी अच्छे होंगे। मेरा ख़त लिखना आपको पसंद आया या नहीं, मुझे नहीं मालूम। लेकिन मुझे अपने दिल की बात आपसे कहनी है इसलिए मैंने आपको ख़त लिखना मुनासिब समझा। बुरा लगे तो मुआफ़ी चाहूँगी। अगर अच्छा लगे तो ख़त का जवाब भी चाहूँगी, जो मेरा हक़ है। और मुमकिन हो तो ताहिर के हाथों ख़त का जवाब भेज दीजिएगा।

ये ख़त आपको इसलिए भी लिखा क्योंकि बरसों से किसी को ख़त लिखने की तमन्ना थी जो पूरी नहीं हो पाई। ज़िंदगी ने कभी इसका मौक़ा ही नहीं दिया। शायद मेरी ख़ुशनीसीबी ऐसी थी ही नहीं। इसलिए जब आपके घर जाने के लिए मेरे घर वाले तैयार हो रहे थे तब मेरे दिल में ये ख़याल आया कि क्यों न आपको ही पहला ख़त लिखूँ! मेरी कोई तो तमन्ना पूरी हो! बहरहाल, जब तक आपके हाथ में यह ख़त पहुँचेगा तब तक तो शायद हमारा रिश्ता भी पक्का हो चुका होगा शायद!

अपनी ज़िंदगी से मैं बेहद मायूस हूँ, क्योंकि मैं अरेंज मैरिज नहीं चाहती। मेरी ख़्वाहिश थी कि मेरी लव मैरिज हो लेकिन यह मुमकिन न हो सका। कुछ घर के हालात ठीक नहीं थे तो कुछ अपनी तरबियत ही ऐसी थी, इन दोनों ने किसी के मिलने का मौक़ा ही नहीं दिया। एक तलाश थी मुझे या यूँ कहें कि अब भी है, कि कोई राज़दार मिले, लेकिन वक़्त इतनी तेज़ी से गुज़रा कि तलाश को भी वक़्त नहीं दे पाई। और देखिए कि मेरे लिए आपको निकाह में तय पाने के लिए मेरे घर वाले आपके पास पहुँच गए। मैं अपने अब्बू को जानती हूँ। वह आपको पसंद कर लेंगे और रिश्ता पक्का भी करके आएँगे। क्योंकि वह यहाँ से यही इरादा करके गए हैं। फिर क्या, कुछ दिनों में हमारी शादी हो जाएगी और मेरी तलाश उम्र भर के लिए एक ख़लिश बनकर मेरे सीने में दफ़्न हो जाएगी। कुछ मुहब्बतें ऐसी भी होती हैं, जो कभी हो नहीं पातीं या

फिर उम्र भर वक़्त के हाथों में फँसकर तलाश ही बनी रह जाती हैं। अफ़सोस इस तलाश-ए-मुहब्बत का!

इस ख़त के साथ मेरी एक तस्वीर है जिसे कुछ ही साल पहले मैंने बीए के दाख़िले के दौरान खिंचवाई थी। अब्बू ने आपके यहाँ जाने का वक़्त इतनी जल्दी तय किया कि मुझे कुछ समझ में नहीं आया कि क्या करूँ! इतनी जल्दी में नई तस्वीर भी नहीं खिंचाई जा सकती थी। इसलिए, बस यही तरीक़ा ठीक लगा तो आपको ख़त लिख दिया। ये पहले प्यार या इक़रार का ख़त नहीं है बल्कि आपको आपका हक़ देने की एक छोटी-सी कोशिश है। आख़िर आप मुझसे निकाह करने वाले हैं, आपका इतना तो हक़ है न कि आप यह देख सकें कि आप किसे अपना शरीक-ए-हयात क़बूल करने जा रहे हैं। मैं भले ही आप को न देख सकूँ, लेकिन आप तो मुझे देख ही सकते हैं। थोड़ा दुखी हूँ, इसलिए सोचा कि चलो आप से ही अपना दुख बाँट लूँ। अब तो उम्र भर एक साथ दुख-सुख बाँटना ही है।

क्या कहूँ, उजलत ऐसी कि क़ायदे का लिफ़ाफ़ा तक नहीं जुटा सकी ख़त को रखने के लिए। पुलाव बना रही थी, उसी को मसलकर काग़ज़ को चिपका दिया। आप भी सोचेंगे कि कैसी लड़की है जो पुलाव से ख़त चिपकाकर भेज दिया। भला ऐसे भी कोई ख़त लिखता है क्या किसी को! इस बात के लिए भी मुआफ़ी चाहूँगी।

कितनी सारी बातें हैं आपको बताने के लिए, अपने बारे में और कितनी ही बातें हैं जो आपके बारे में जाननी हैं। लेकिन वक़्त और हालात मुझे इसकी इजाज़त नहीं दे रहे। अब इससे ज़्यादा कुछ समझ में भी नहीं आ रहा कि और क्या लिखूँ। आप मेरी दुआ में शामिल हैं। मुझे भी अपनी दुआ में याद रखें। बस इतना ही।

ख़ुदा हाफ़िज़!

आफ़िया जहाँ

यह ख़त लिखने के बाद काग़ज़ को फ़ोल्ड करके आफ़िया ने पुलाव को मसलकर उससे ही चिपका दिया था इसलिए ही उससे पुलाव की ख़ुशबू आ रही थी। महज़ एक पन्ने के उस ख़त में आफ़िया ने जो बात लिखी थी, अरमान

के दिल में मुहब्बत पैदा करने के लिए वो काफ़ी थी। वह मचल उठा और कई-कई बार उस ख़त को पढ़ गया। एक दफ़ा ख़त पढ़ता और फिर कुछ देर तक आफ़िया की उस पोस्टकार्ड साइज़ तस्वीर को हथेली में रखे प्यार से देखता रहता। कुछ साल पहले की तस्वीर थी इसलिए उम्र कुछ कम होने से वह और भी प्यारी लग रही थी। वह सोचने लगा कि शायद अब भी वह ऐसी ही दिखती होगी, जैसी तस्वीर में थी।

बैठक में हलचल बढ़ी तो अरमान को याद आया कि अब मेहमानों के जाने का वक़्त हो आया था। वह तेज़ी से भागकर अपने कमरे में गया और अपनी आलमारी में रखे फ़ोटो एलबम से अपनी एक तस्वीर निकाल लाया और उसी उजलत में वह भी जल्दी से आफ़िया के ख़त का जवाब लिखने बैठ गया।

अस्सलामुअलैकुम!

मुझे ख़त लिखने के लिए बहुत शुक्रिया आपका! यह मुझ पर आपका बहुत बड़ा एहसान है क्योंकि पहली बार किसी लड़की ने मुझे ख़त लिखा है। आप ने अपनी दुआओं में मुझे शामिल कर लिया है तो बेशक मैं बहुत ख़ुशक़िस्मत हूँ। अब आप भी मेरी दुआ में शामिल हैं। आपने सच ही लिखा है। आपको मुबारकबाद कि आपके अब्बू न सिर्फ़ मुझे पसंद कर लिए हैं बल्कि हमारी शादी भी पक्की कर चुके हैं। कुछ देर पहले तक तो मैं भी मायूस था लेकिन आपका ख़त पाकर अब मैं बहुत ख़ुश हूँ और मुझे भी उम्मीद है कि आप भी हमारे रिश्ते से ख़ुश होंगी जब मेरा यह ख़त आपको मिलेगा।

भला आपका ख़त लिखना बुरा क्यों लगेगा मुझे? बल्कि मैं तो इस बात से हैरान हूँ कि हम दोनों की ख़्वाहिशें किस क़दर एक जैसी हैं! मेरी भी तलाश अभी अपने रास्ते पर कहीं खो गई थी, लेकिन आपके ख़त ने उसे सही रास्ता दिखा दिया है। या यूँ कहें तो ज़्यादा अच्छा होगा कि मेरी तलाश आपकी तस्वीर पर पहुँचकर और आपका ख़त पढ़कर वहीं ठहर गई है। कुछ मुहब्बतें ऐसी भी तो होती हैं जो तस्वीर के रास्ते किसी के दिल तक पहुँचती हैं। देखिए, मेरा ख़त पढ़कर आप मुस्कुरा उठी हैं और मैं यह महसूस कर रहा हूँ कि अब आप भी मेरी तरह अपना दुख भूल गई होंगी।

वक़्त और हालात के मारे हम दोनों हैं और सच बताऊँ तो आपका ख़त

मिलने के पहले तक मैं भी उदास बैठा था और बहुत दुखी था कि मेरी तलाश अधूरी ही रह जाएगी। लेकिन देखिए, आपने यह मेहरबानी कर दी और अब मुझे सब कुछ अच्छा लगने लगा है। क्या हुआ हम दोनों कभी नहीं मिले! क्या हुआ हम दोनों ने एक-दूसरे से कभी बात नहीं की! क्या हुआ जो हम दोनों एक-दूसरे के बारे में नहीं जानते! लेकिन आपकी तस्वीर से मिलकर मैं आप से मिल चुका हूँ। और आपका ख़त पढ़कर आप से बात भी कर ली है। हम दोनों अपना-अपना दुख एक दूसरे के साथ बाँट रहे हैं, फिर इससे ज़्यादा क्या है एक-दूसरे के बारे में जानने को! अब सच यही है कि आपने मुझे ख़त लिखकर अपने बारे में सब कुछ बता भी दिया है और छिपे तौर पर अपनी मुहब्बत भी ज़ाहिर कर दी है। हो सकता है जिसकी आपको तलाश है, वह मैं ही हूँ! और मुझे जिसकी तलाश थी, वह आप ही हों! अब मेरी तलाश तो पूरी हो गई है। अब मेरे दिल से आपके दिल की राह है और सच पूछिए तो मुझे आपसे अब कुछ-कुछ लगाव-सा होने लगा है।

मैं बहुत ख़ुश हूँ कि अब हमारी शादी अरेंज मैरिज नहीं मानी जाएगी, सचमुच। कम-से-कम मेरी तरफ़ से तो नहीं ही मानी जाएगी। मैंने आपको अपना मान लिया है और मैं ख़ुश हूँ कि मेरी शरीक-ए-हयात एक ऐसी लड़की है जिसे मैं चाहने लगा हूँ। इसलिए मेरी शादी तो अब लव मैरिज ही है। मुझे यह भी उम्मीद है कि आप भी इस रिश्ते से बहुत ख़ुश होंगी और आपके लिए भी हमारी शादी लव मैरिज ही होगी जैसी कि आपकी ख़्वाहिश थी, या हम दोनों की ख़्वाहिश थी। है न?

मैं कितना मशकूर हूँ आपका, ये मैं ज़ाहिर नहीं कर पा रहा। मैं भी अपनी एक तस्वीर आपको भेज रहा हूँ, क्योंकि आपको भी हक़ है कि आप मुझे शादी से पहले देखें। और एक बात, आपने पुलाव से जो ख़त चिपकाया था, वह कमाल का था। क्योंकि उसमें आपके हाथों की मस शामिल है जो ख़ुशबू बनकर मेरे पास चली आई है। उम्र भर मैं इस ख़ुशबू को कभी भूल नहीं पाऊँगा, सच्ची। ऐसा लगता है कि महज़ एक छोटा-सा ख़त लिखकर आप ने मेरी सारी ख़्वाहिशें पूरी कर दी हैं। फिर भी, अपनी ख़ुशी और ख़्वाहिशों के बावजूद, मैं एक बात ज़रूर कहना चाहूँगा कि आप अपनी शादी का फ़ैसला ख़ुद लें। क्योंकि यह आपका हक़ है। मेरी तस्वीर अब आपके हाथ में है। अगर ज़रा

भी नापसंदगी हो, तो आप फ़ौरन इनकार कर दें और मुझ तक ख़बर भेजवा दें, मैं ख़ुद ही आपके अम्मी-अब्बू से कहकर यह रिश्ता तोड़ दूँगा और इसका इल्ज़ाम अपने सर ले लूँगा। क्योंकि मैं यह नहीं चाहता कि आपके इनकार पर आपके घर वाले आप को कुछ बुरा-भला कहें। ये मुझे बिलकुल भी अच्छा नहीं लगेगा कि आपके हक़ की बात को भी कोई ग़लत समझ बैठे।

अच्छा अभी इतना ही। अब्बू आवाज़ दे रहे हैं। बैठक में सब मेरा इंतज़ार कर रहे हैं। ऐसा लगता है मेरे अब्बू की तरह आपके अब्बू भी कहीं जाते हैं तो जल्दी-जल्दी मचाए रहते हैं। अल्लाह ने चाहा तो फिर बात होगी।

ख़ुदा हाफ़िज़!

आपका, अरमान अब्बास

एक छोटे वाले लिफ़ाफ़े में ख़त के साथ अपनी एक तस्वीर रखकर अरमान ने उसे अच्छी तरह चिपका दिया। वह अक्सर नौकरी के लिए फ़ॉर्म भरता रहता था इसलिए उसके पास अक्सर लिफ़ाफ़ा वग़ैरह मौजूद रहता था। लिफ़ाफ़ा पैंट की जेब में रखकर अरमान कमरे से बाहर निकल आया। अब उसे वह ख़त ताहिर को देना था। लेकिन ताहिर को उसकी अम्मी इधर-उधर जाने ही नहीं दे रही थीं। ताहिर था तो होशियार लेकिन अम्मी की थप्पड़ से उसे बहुत डर लगता था। कहीं और की हुई शरारत का हिसाब घर पहुँचर उसे थप्पड़ जो मिलता था।

"अरे भई अरमान! मेहमान जाने वाले हैं और तुम नामालूम कहाँ हो। जाओ मोड़ पर खड़ी गाड़ी तक उन्हें छोड़ आओ, मुझसे उतनी दूर नहीं चला जाएगा।" अरमान के अब्बू ने इधर-उधर देखते हुए आवाज़ लगाई।

"जी अब्बू।" भीतर से आते हुए अरमान ने कहा। उसके चेहरे की ख़ुशी देखकर अब्बू समझ गए कि लड़का पसंद किए जाने को लेकर ख़ुश है। जैसे ही अरमान उनके पास पहुँचा वह फिर कहने लगे, "अगले हफ़्ते ही जाना है शादी का दिन रखने। तब चलूँगा जितना चलना पड़ेगा इनके घर।" इतना कहकर वह दरवाज़े तक पहुँचे और वहीं से सबको विदा करके अपने कमरे में लौट आए। मेहमान चलने को हुए।

मोड़ तक जाने में अच्छी-ख़ासी दूरी थी। पूरा मुहल्ला पार करके वहाँ गाड़ी तक पहुँचना होता था। अरमान इस फ़िराक़ में था कि कब ताहिर उसकी ओर

देखे। जैसे-जैसे सब आगे बढ़ रहे थे वैसे-वैसे अरमान के दिल की धड़कन भी तेज़ हो रही थी और पैंट की जेब में रखा ख़त भी भीतर मचलने लगा था।

अरमान सब मेहमानों के पीछे चल रहा था। उसने दुआ करनी शुरू कर दी और मन में भुनभुनाहट भी कि 'बेटा ताहिर, तेरा फूफा हूँ बेटा, एक बार तो देख ले इधर!' तभी कहीं से हवा में एक ग़ज़ल तैर उठी- 'ताबीज़ें भी बँधवाओगे जब इश्क़ तुम्हें हो जाएगा...'

ग़ज़ल के लफ़्ज़ों के साथ अरमान की दुआ क़ुबूल हुई। ताहिर ने पलट के देखा ही था कि बेचैनी में अरमान का हाथ इशारे से बुलाने के लिए ख़ुद-ब-ख़ुद उठ गया। ताहिर को समझते देर नहीं लगी कि माजरा क्या है। उसे तो उसकी बुआ आफ़िया ने समझा-बुझाकर ही भेजा था। फिर क्या, समझदार ताहिर मियाँ को अरमान के हाथ का इशारा ही काफ़ी था। ताहिर ने फ़ौरन अम्मी से कहा कि उसे दादा के साथ चलना है, जो पीछे-पीछे अरमान के साथ चलते हुए उससे बातें कर रहे थे। और थोड़ा रुककर ताहिर पीछे आ रहे अपने दादा के साथ चलने लगा।

इस बार अरमान ने ताहिर को एक और इशारा किया। उसका इशारा पाकर ताहिर थोड़ा-सा धीमा हुआ तो उसके दादा कुछ आगे निकल गए। अरमान ने फ़ौरन जेब से ख़त निकालकर ताहिर की जेब में रख दिया। ख़त के साथ बीस रुपये का नोट भी था। ताहिर ने फ़ौरन ख़त को जेब में अंदर ठूँस लिया और नोट हाथ में लेकर उलट-पलटकर देखने लगा। नोट देखकर उसका बाल मन ख़ुश हो गया।

महज़ एक ख़त ने अरमान अब्बास और आफ़िया जहाँ की तलाश मुकम्मल कर दी और उन्हें अपनी मुहब्बतें नसीब हो गईं। महज़ दो महीने बाद ही दोनों की शादी हो गई। कहाँ वो दोनों अपनी अरेंज मैरिज पर दुखी थे लेकिन उस ख़त ने उसे लव मैरिज में तब्दील कर दिया।

आफ़िया अपने साथ अरमान का लिखा ख़त भी लाई थी। सुहागरात में उसने वह ख़त अरमान को दिखाया और दोनों एक-दूसरे का ख़त पढ़कर ख़ूब देर तक हँसते रहे। पहली रात वाली मुँह दिखाई की रस्म कहीं पीछे छूट गई और उनकी ख़्वाहिशें पूरी होने की ख़ुशी उन दोनों की हमनवा बन गई। हँसते-हँसते

उनके दिल की धड़कनें बढ़ने लगीं और फिर न जाने कब उनकी मुहब्बत अपने जिस्मानी अंजाम पर पहुँच गई, उन्हें पता भी नहीं चला।

अगली सुबह दोनों की जब नींद खुली तो देखा बेड के पास रखे छोटे मेज़ पर दोनों के ख़त एक-दूसरे से लिपटे सुकून पा रहे थे। अरमान और आफ़िया दोनों ने एक-दूसरे की तरफ़ एक नज़र देखा और फिर थोड़ा मुस्कुराए। उनकी आँखों में रात की शर्म उतर आई तो दोनों ने एक-दूसरे के गले से लगकर उस शर्म को दूर करना ही मुनासिब समझा कि अब तो वह 'कार-ए-रोज़' है।

"आई लव यू! वो... फ़िल्मों में ऐसे ही बोलते हैं न!" आफ़िया ने शरारत में पूछा।

"हाँ... आई लव यू टू! और इस तरह उसका जवाब भी देते हैं।" अरमान ने कहा और दोनों एक-साथ हँस पड़े।

अरमान ने ख़तों को एक डायरी में सहेजकर आलमारी में रखते हुए आफ़िया से कहा, "इन दोनों ने ही तो हमारी 'अरेंज लव मैरिज' कराई है। अब हम इन्हें भी मिलाकर एक जगह रख देते हैं, हमेशा के लिए।"

अचानक अरमान का मोबाइल बज उठा। अपने ख़यालों की दुनिया में खोए हुए अरमान को पता ही नहीं चला कि न जाने कब से उसके व्हॉट्सएप पर उसकी बेटी फ़ायरिश मैसेज पर मैसेज किए जा रही थी। जब उसने देखा कि पापा मैसेज रीड नहीं कर रहे तब उसने कॉल कर दिया।

"हे... हे... हेलो फ़ायरा!" अरमान ने घबराकर कॉल रिसीव कर पूछा।

"क्या हेलो, पापा! कब से मैसेज किए जा रही हूँ, आप कोई रिप्लाई क्यों नहीं देते!" फ़ायरिश ने कुछ नाराज़ होकर कहा।

"वो... वो... बिज़ी था बेटा। ऑफ़िस में हूँ पता है न! ब...ब...बहुत काम होता है यहाँ!" अरमान ने अटक-अटककर जवाब दिया।

"मुझे मम्मा का ख़त पढ़ना है।" फ़ायरिश ने बच्चों की-सी ज़िद में कहा।

"तो मम्मा से लेकर पढ़ लो..." अरमान ने कहा लेकिन उसकी बात तब तक फ़ायरिश काट चुकी थी।

"वह तो कब की उसको न जाने कहाँ छुपा चुकी हैं। पूरे तीन घंटे से मना रही हूँ लेकिन मेरी सुनती ही नहीं।" फ़ायरिश ने शिकायती लहजे में कहा।

"अच्छा ज़िद न करो, मैं सुना दूँगा।" अरमान ने कहा।

"आप दोनों की मैरिज एनीवर्सरी कब है? मम्मा से पूछ रही हूँ तो वह नहीं बता रही हैं। पता नहीं क्यों शरमा रही हैं।" फ़ायरिश ने अचानक ख़त की ज़िद छोड़कर टॉपिक बदलते हुए पूछा।

"अगले महीने 15 दिसंबर को है। क्यों पूछ रही हो?" अरमान ने कहा।

"वो इसलिए कि अब मैं आप लोगों की मैरिज एनीवर्सरी प्लान कर रही हूँ। इतने सालों बाद आज तो पता चला है कि आप दोनों की शादी लव मैरिज थी। बड़ी मुश्किल से मम्मा से उगलवाए हैं। आप दोनों ने कभी इस बात का अंदाज़ा ही नहीं होने दिया कि आप दोनों की लव मैरिज थी और कितनी ख़ामोशी से इतने साल गुज़ार दिए। हाँ, अंदाज़ा होने कैसे देते? कभी लड़ते-झगड़ते तो हैं नहीं आप लोग, और न कभी किसी बात पर नुक़्स ही निकालते हैं। पता तो तब चलता न जब झगड़ों में कोई बात निकलती और फिर वह दूर तलक जाती। है कि नहीं?" फ़ायरिश बिना रुके बोलती रही।

"क्या मैरिज एनीवर्सरी बेटा! हमारे लिए तो हर रोज़ एनीवर्सरी है।" अरमान ने समझाना चाहा।

"बिलकुल नहीं सुननी आप दोनों की। बहुत सीधे हो आप लोग। आप जल्दी से घर आइए और आकर जल्दी से मम्मा का ख़त सुनाइए। मुझसे रहा नहीं जा रहा है।" फ़ायरिश फिर वापस ख़त की ज़िद पर आ गई।

"अच्छा ठीक है। तुम ज़िद न करो। मैं ख़त भी सुना दूँगा और मैरिज एनीवर्सरी की शॉपिंग के लिए तुम्हें पैसे भी दे दूँगा। तुम मम्मा को परेशान मत करना, ठीक है?" अरमान ने समझाया।

"वाह! वाह! वाह! मान गई आप दोनों के प्यार..." फ़ायरिश अभी कुछ और कहती, तभी उसकी माँ आफ़िया ने पीछे से आकर उसका मोबाइल छीन लिया।

"सुनिए! इसकी बातों में मत आइए। इसका तो काम है जब देखो तब शरारत करना। आई लव यू!" आफ़िया ने मुस्कुराते हुए कहा और कॉल कट करके मोबाइल फ़ायरिश के हाथ में पकड़ाकर वहाँ से तेज़ी से किचन की तरफ़ निकल गई।

फ़ायरिश अपनी मम्मा के इस अंदाज़ को हक्का-बक्का देखती रह गई।

और अगले ही पल उसके होंठों पर एक मुस्कुराहट मचल उठी। माँ के लिए एक अदब और प्यार से भरे एहसास वाली मुस्कान से फ़ायरिश का चेहरा पुरनूर हो गया। उसने मोबाइल की तरफ़ देखा और फिर अपने पापा को व्हॉट्सएप करने लगी, "डियर पापा! काश कि मुझे भी आप के जैसा लड़का मिल जाए! आज से तलाश शुरू!"

"विश यू ऑल द बेस्ट माई डार्लिंग फ़ायरा! शिद्दत से तलाश करो। इंशाअल्लाह मिल जाएगा! मैं भी यही चाहूँगा कि ख़ूब धूमधाम से तुम्हारी लव मैरिज हो। मेरी दुआएँ तुम्हारे साथ हैं, बेटा।" अरमान ने एक लव वाली इमोजी के साथ रिप्लाई कर दी।

फ़ायरिश ने कोई जवाब नहीं दिया।

अपने बारे में अपने पापा के ख़याल जानकर उसका दिल एक शीरीं एहसास से भर उठा। उसकी आँखों के कोरों में आँसुओं की कुछ बूँदें झलकने लगीं और पल्कों की झपकन के साथ ही उसके हाथ में पकड़े मोबाइल की स्क्रीन पर टप-टप गिरने लगीं। मुहब्बत का एक सिरा मिल गया था और अब उसे दूसरे सिरे की तलाश करनी थी, उसके अपने हमसफ़र तक पहुँचने के लिए।

फ़ायरिश के ज़ेहन में अरमान-आफ़िया की मैरिज एनीवर्सरी की तैयारियों का एक ख़ाका खिंचने लगा।

जुम्मन मियाँ

'इहाँ कऽ नाक दाबो, उहाँ कऽ नटई'

'इहाँ कऽ नाक दाबो, उहाँ कऽ नटई'

'इहाँ कऽ नाक दाबो, उहाँ कऽ नटई'

जुमेरात की सुबह-सुबह बुद्धन मियाँ को मदरसे में मिले सबक़ यानी होमवर्क की यह लाइन थी, जिसे बार-बार वह रट्टा मारकर याद कर रहा था। इस लाइन का उर्दू मतलब हुआ- 'यहाँ की नाक दबाओ, वहाँ की गरदन।'

भाषा के भदेस की मानें तो इसका एक और मतलब हो सकता है- 'इनकी नाक दबाओ, उनकी गरदन।'

बुद्धन को मौलवी साहब ने सूरह फ़ातिहा की जो आयत याद करने के लिए होमवर्क में दी थी, वह अरबी में थी- 'इय्या-क नअ'बुदु व इय्या-क नस्तईन', जिसे बुद्धन अपनी तोतली ज़ुबान में 'इहाँ कऽ नाक दाबो, उहाँ कऽ नटई' पढ़ रहा था। और उसे बार-बार दोहराए जा रहा था।

सबक़ सुनाने के लिए बुद्धन का नंबर आया। जब उसने मौलवी साहब को यह सुनाया, तब मौलवी साहब को ऐसा लगा जैसे वे चक्कर खाकर गिर पड़ेंगे। थोड़ा सँभलकर वह चिल्लाए।

"यही सबक़ दिए थे तुमको? ऐसे याद करते हैं सबक़?" मौलवी साहब ने ज़ोर से डाँटा, तो बुद्धन रोने लगा।

"अरे! अब रो क्यों रहा है नालायक़! किसका लड़का है तू?" बुज़ुर्ग मौलवी ने चिल्लाकर पूछा। वह ग़ुस्सा हो गए थे।

"उं उं उं... दुम्मन ता... उं उं उं...!" बुद्धन ने रोते हुए इतना ही कहा था- 'गुम्मन का।'

तभी मौलवी साहब का मोबाइल बज उठा।

"हेलो! जी कहिए।" मौलवी साहब का ग़ुस्सा फ़ौरन काफ़ुर हो गया। उनकी बीवी मौलानी साहिबा की कॉल थी।

"किसी को भेज दीजिए तो नाश्ता भेज दूँ। नहीं तो रहिएगा भूखे आज भी।" मौलवी ने डाँटते हुए जैसे हुकुम दिया।

"जी अच्छा! बुद्धन को भेज रहा हूँ।" बेचारे मौलवी साहब का 'जी अच्छा' कहना सामने वाले को हँसने के लिए मजबूर कर देता था।

बच्चों पर बेधड़क छड़ी चलाने और उन्हें डाँटने वाले मौलवी साहब अपनी बीवी की ज़रा-सी तेज़ आवाज़ पर थर-थर काँप उठते थे। मौलवी साहब की इस हालत से बच्चे भी वाक़िफ़ थे, इसलिए जब भी वह 'जी अच्छा!' सुनते थे, फ़ौरन हँसने लगते थे। बुद्धन रोना भूलकर हँसने लगा और हँसते हुए नाश्ता लाने चला गया।

बुद्धन मियाँ के बाप थे गुम्मन मियाँ। और गुम्मन मियाँ के बाप थे जुम्मन मियाँ। तीन नायाब पीढ़ियाँ। बात पहले बुद्धन मियाँ की, उसके बाद गुम्मन मियाँ की और फिर आख़िर में जुम्मन मियाँ की।

***

बुद्धन पाँच साल का हो चुका था, लेकिन वह अब भी तुतलाता था और बात-बात पर रोने लगता था। लेकिन था वह बहुत शरारती। अपने माँ-बाप से या मौलवी साहब की डाँट से वह भले रोने लगे, लेकिन अपनी उम्र के लड़कों से तो वह किसी तरह भी नहीं डरता था। डर और निडरता का साथ ऐसा ही होता है कि इसमें माहिर कोई भी अपनी ज़रूरत के हिसाब से चाल चल देता है। बुद्धन इसी फ़न का माहिर था। बुद्धन की फ़न का जादू एकदम अलहदा होता था, बाक़ी हम-उम्र बच्चों के मुक़ाबले। बाक़ी बचपन वाली सारी शरारतें और नादानियाँ तो थीं ही उसके पास।

बुद्धन की अम्मा जो कोई सामान बुद्धन से मँगाने के लिए उसे पड़ोसी चाचा-चाचियों के घर भेजती, तो वह तोतली ज़ुबान में कुछ और ही माँगकर ले आता। या फिर चाचा-चाचियों को समझ में नहीं आता था कि वह क्या माँग रहा है इसलिए वे कुछ और ही पकड़ा देते थे। जब वह फिर उसे वापस करने

जाता, तो बुद्धन से वे चाचा-चाचियाँ पूछ बैठते थे कि, "का खाके पैदा किया था तुम्हरी अम्मा ने? वह कहती कुछ और है, तू माँगता कुछ और है!"

इस पर बुद्धन फ़ौरन जवाब देता, "अम्मा ने नहीं अब्बा ने तिया था।" यह सुन चाचा-चाचियाँ चौंककर पूछते कि आख़िर यह कैसे हुआ, तो बुद्धन फ़ौरन जवाब देता, "दादा छे पूछतल अब्बू हमको मेले छे लाए थे।" यह सुनकर सब हँस पड़ते और वह भी ही-ही करने लगता, जैसे किसी ने उसे कोई जोक सुना दिया हो।

एक दिन बुद्धन की अम्मा ने उससे कहा कि वह जाकर शरीफ़ुन चाची के घर से हल्दी ले आए। बुद्धन की तोतली ज़ुबान उसे हल्दी कहने के बजाय हड्डी कहने लगी। शरीफ़ुन चाची बहुत परेशान हुई कि आख़िर इसकी अम्मा ने हड्डी क्यों मँगाई है? यह भी कोई मँगाने की चीज़ हुई भला! चाची ने कई बार पूछने के और फिर ध्यान से समझने के बाद कहा कि वह कहीं हल्दी तो नहीं माँग रहा? इस पर बुद्धन ने सिर हिलाकर हामी भर दी। तब चाची ने बुद्धन को झल्लाकर कहा था कि इतना बड़ा हो गया है, तू ठीक से बोलना कब सीखेगा? और हल्दी लाने भीतर चली गईं।

दिसंबर का आख़िरी सप्ताह चल रहा था और कड़ाके की ठंड पड़ रही थी। एक सुबह बुद्धन की नींद बहुत जल्दी खुल गई थी। उसे ज़ोर की सुसु लग आई थी। फ़ौरन रज़ाई फेंककर घर से बाहर भागा और नाली के पास जाकर सुसु करने लगा। कोहरे की धुंध में उसे कुछ भी दिखाई नहीं दे रहा था। आँख मलते हुए अचानक जब बुद्धन की निगाह नाली में गई, तो वह चौंक गया और आँखें फाड़कर देखने लगा। नाली में से भाप उठ रही थी। उसने सुसु करना रोक दिया, तब उसने देखा कि भाप उठनी बंद हो गई। वह फिर सुसु करने लगा, तो फिर भाप उठने लगी। वह सोचने लगा कि उसके सुसु करने में जादू है, इसलिए धुआँ उठ रहा है। उसे याद हो आया कि कुछ महीने पहले गाँव में आए एक मदारी वाले ने अपने जादू से ज़मीन पर ठंडा पानी छींटकर धुआँ निकाला था। यह देखकर तब बुद्धन ने कितनी ताली बजाई थी।

ठंड के दिनों में पेशाब से भाप तो निकलती ही है, जिसे वह धुआँ समझ रहा था। बुद्धन को अभी इतनी ही समझ थी। आधी पेशाब रोक वह फ़ौरन भागकर अपनी अम्मा के पास गया और कहने लगा, "अम्मा ले! दादू दिथाएँ ता?"

"ई का बला है रे? और एतनी सुभे भागकर कहाँ गया था?" बुद्धन की अम्मा ने पूछा। बीच आँगन में वह गोइँठा यानी उपले पर मिट्टी का तेल डालकर आग जलाने की कोशिश कर रही थी, ताकि सबके उठते-उठते आग तैयार हो जाए। लेकिन उपला था कि आग नहीं पकड़ रहा था। माचिस भी ठंडा पड़ गया था जिसे वह कभी हथेलियों से रगड़कर तो कभी अपनी बग़लों में दबाकर गर्म कर रही थी ताकि गर्माहट पाकर तीली से चिनगारी फूट पड़े।

"हमाल छुछु ते दादू छे धुआँ नितलता है।" बुद्धन ने पैंट सरकाते हुए कहा कि 'हमार सुसु के जादू से धुआँ निकलता है' और फिर वहीं पलटकर सुसु करने लगा। सुसु की धार से भाप ऊपर उठने लगी। बुद्धन का चेहरा भगजोगनी की तरह चमक उठा।

"हा हा हा! बदमाश कहीं का! ई जादू ना है रे, ई भाप है। चल हो गया तुम्हरा जादू। अब जा दादा के पास जाकर सो जा।" उसकी अम्मा ने हँसकर कहा तो माचिस की तीली चट से जल उठी। बुद्धन ने पैंट पहनी और दालान की ओर जाने लगा। तेज़ धुएँ के साथ आग की लौ बढ़ने लगी।

बुद्धन उस लौ को देखते हुए जा रहा था। वह समझने की कोशिश कर रहा था कि आग तीली से जली है या उसके सुसु वाले जादू से। हालाँकि उसे भ्रम यही था कि सुसु वाले जादू से ही आग जली होगी क्योंकि उसकी अम्मा बड़ी देरी से आग जलाने की कोशिश कर रही थी लेकिन उपला आग नहीं पकड़ रहा था। तब से वह सर्दियों में अपने दुआर पर जले अलाव के पास जब भी बैठता और उसकी आग बुझने को होती, तो वह फ़ौरन नाली के पास सुसु करने चला जाता। इसी बीच उसके दादा फूँक मार देते और अलाव धधक उठता। अरसे तक बुद्धन का यह भ्रम बना रहा।

बुद्धन का यह भ्रम तब टूटा जब उसके दादा जुम्मन मियाँ ने एक दिन सच समझाया। दरअसल, एक जुमे की सुबह बुद्धन को जुम्मन मियाँ अपने साथ नहलाने ले गए। बुद्धन रोने लगा। सर्दियों में वह नहाते वक़्त खूब रोता था। नहाने के तुरंत बाद जब उसका रोना बंद हुआ तो उसने ग़ौर किया कि उसके बदन से भाप निकल रही है। उसे लगा यह वही जादू वाला धुआँ है। तब जुम्मन मियाँ ने प्यार से समझाया कि वह धुआँ नहीं भाप है और सुसु से भी धुआँ नहीं भाप निकलती है। तब जाकर कहीं बुद्धन का भ्रम टूटा।

जुमे के दिन मदरसे में छुट्टी रहती थी। जुमे की नमाज़ को लेकर बच्चों में उत्साह कुछ ज़्यादा ही रहता था। मस्जिद में सबसे पीछे बच्चों की सफ़ (लाइन) लगती थी।

बुद्धन अपने हमउम्र दोस्तों के साथ पीछे बैठा ख़ुराफ़ात में मस्त था। वह कभी किसी की पीठ पर धपाक से मारकर ऐसे ख़ामोश हो जाता जैसे उसने कुछ किया ही न हो और बग़ल वाले को ऐसे देखने लगता जैसे उसी ने मारा हो। पीछे से वह किसी की टोपी गिरा देता, तो कभी किसी और की टोपी उठाकर किसी और के सिर पर रख देता। टोपी के उसके शरारती खेल में कभी इसकी टोपी उसके सिर, तो कभी उसकी टोपी इसके सिर से होते हुए न जाने किसकी टोपी किसके सिर तक चली जाती। और कभी-कभी तो पीछे की सफ़ में वह टोपी कई चक्कर लगा आती, फिर भी वह टोपी उस बच्चे तक नहीं पहुँचती, जिसकी वह होती। इस चक्कर के बीच एक 'हीही' करता तो दूसरा 'होहो' करता। कोई 'खींखीं' करके हँसता तो कोई 'ओओ' करके। इधर छीना तो उधर झपट। इधर चीं तो उधर चूँ। इधर 'तू' तो उधर 'तड़ाक' और तभी किसी की तेज़ आवाज़ में डाँट- 'चोप्प!', और फिर थोड़ी देर के लिए सब ऐसे ख़ामोश, जैसे वहाँ कोई बच्चा हो ही नहीं।

उधर मौलवी साहब तक़रीर करते रहते थे, लेकिन इधर सारे बच्चे शरारत में मस्त रहते थे। शोर इतना कि बड़े-बुज़ुर्ग बार-बार उन्हें डाँटते कि मस्जिद में शोर नहीं करना चाहिए। मगर बच्चे किसी की बात क्यों मानने से रहे भला! अक्सर बड़े-बुज़ुर्ग मस्जिद की दीवार पर लिखे शे'र की ओर इशारा कर बच्चों को चुप रहने के लिए कहते-

मस्जिद ख़ुदा का घर है इबादत का काम है
दुनिया की बात करना यहाँ मुतलक़ हराम है

बच्चों की सफ़ के ठीक अगली सफ़ में सुन्नत पढ़ने के बाद अशरफ़ चचा ने सलाम फेरते ही जुगनू को ज़ोर से डाँटा। क्योंकि बुद्धन की किसी तोतली बात पर जुगनू ठहाके लगाकर हँस पड़ा था जिससे उनकी नमाज़ में ख़लल पड़ गई थी। अशरफ़ की डाँट पर थोड़ी देर के लिए दोनों चुप हो गए, हालाँकि आपस में उनकी कानाफूसी और मुँहबंद हँसी जारी रही। दो-तीन मिनट ही बीते होंगे कि अशरफ़ चचा उठकर तेज़ी से बाहर वज़ूख़ाने की तरफ़ जाने लगे। तभी जुगनू

ने ग़ौर किया कि अशरफ़ चचा फिर से वज़ू करने लगे थे।

ऐसा मुमकिन नहीं कि कोई बावज़ू होकर सुन्नत पढ़े और फिर दोबारा वज़ू भी करे। ऐसा तभी मुमकिन है जब किसी वजह से वज़ू टूट जाए।

"अबे बुधना देख, असरफ चा फिर उजू कर रहे हैं बे!" जुगनू ने बुद्धन को इशारे से अशरफ़ को वज़ू करते दिखाया। पास बैठे जावेद, मुबीन, राशिद और शाहिद भी उचक-उचक कर उधर देखने लगे।

"अभी तो सुन्नत पढ़े हैं। फिर क्यों उजू कर रहे हैं?" जावेद ने जैसे ख़ुद से पूछा पर सबने उसे सुना।

"पादे होंदे।" बुद्धन ने तपाक से कहा। उसके कहने का मतलब था कि अशरफ़ चचा 'पाद दिए होंगे'।

"तुमको कैसे पता?" जुगनू ने उत्सुकता में पूछा।

"मोली छाब बताए थे ति पादने छे उदू तूत जाता हे।" बुद्धन ने जुगनू को बताया- 'मौलवी साहब बताए थे कि पादने से वज़ू टूट जाता है।' जुगनू को यह बात पता नहीं थी क्योंकि उस दिन वह मदरसे नहीं आया था।

"सच में?" जुगनू ने चौंककर पूछा। "पादने के बाद उजू टूटने पर फिर से उजू करते हैं?" जुगनू के मन में कशमकश चलने लगी। इसलिए वह कुछ ज़ोर देकर पूछा।

"हाँ। अउल दब तत दोबाला उदू नहीं तलते तब तत नमाद नहीं होदी।" बुद्धन ने मौलवी साहब की बताई उस दिन की पूरी बात बता दी कि वज़ू टूटने के बाद दोबारा वज़ू न करने पर नमाज़ नहीं होगी।

"बुद्धन सही बोल रहा है। मोली साब बताए थे। अरे जावेद, मुबीन, रासिद, चलो सालों, फिर से उजू करके आते हैं।" शाहिद ने उठते हुए कहा। दरअसल, कुछ देर से वे सब पाद-पादकर ही एक-दूसरे को चिढ़ा रहे थे और बड़ों की डाँट खाकर खीखी कर रहे थे।

"छाले, तब छे तुम्ही लोद पाद लहे थे? हम छमजे ति अछ्लप चा पाद ते दए हैं!" बुद्धन ने शाहिद की ओर देखकर भड़कते हुए कहा, "छालों! भादो इहाँ छे।"

खीखी करते हुए सब के सब दोबारा वज़ू करने चले गए।

***

अब बात बुद्धन के अब्बा गुम्मन मियाँ की।

बुद्धन के बाप गुम्मन मियाँ 'अब्बा हुज़ूर' फ़न के माहिर थे। यह फ़न ऐसा था कि इसके शिकार गुम्मन मियाँ अपने बाप जुम्मन मियाँ से पूछे बिना अपनी नाक के बाल तक नहीं काट सकते थे। और जुम्मन मियाँ! वह तो क़ुदरत का एक नायाब नमूना ही थे- एकदम भोलूदार नमूना। जुम्मन मियाँ को नमूना कहने पर भी वह बुरा नहीं मानेंगे, इसलिए आप भी उन्हें नमूना कह सकते हैं। रिश्ते में वह मेरे दादा लगते थे। मैं उन्हें कभी-कभी मज़ाक़ में नमूना दादा भी कहता था। वैसे तीनों पीढ़ियाँ ही नायाब नमूना थीं।

'अब्बा हुज़ूर' फ़न एक ऐसा फ़न है कि इसका शिकार एक बेटे को छोटे से भी छोटा काम करने के लिए भी अपने बाप से इजाज़त लेनी पड़ती है। फिर बड़े काम के लिए तो यह निहायत ही ज़रूरी हो जाता है। यह एक ऐसा ऐब भी है जो आदमी को एकदम लल्लू बनाए रखता है। इसीलिए गुम्मन बहुत लल्लू यानी सीधे थे। बचपन में जब खेल-खेल में कोई लड़का उन्हें मार देता था तो वह पहले अपने अब्बा के पास जाते और कहते कि फलाँ ने मारा है, क्या मैं भी उसे मारूँ? अभी वह इतना कहते कि जुम्मन ख़ुद उन्हें दो थप्पड़ जड़ देते। बेचारे गुम्मन, चुपचाप घर में बैठ जाते। गुम्मन मियाँ समझ नहीं पाते कि लड़के को न मार पाने के लिए उन्हें अब्बा ने थप्पड़ मारा था या फिर सिर्फ़ पूछने पर ही जड़ दिया था।

गुम्मन मियाँ धीरे-धीरे बड़े हो रहे थे। वह रोज़ हर काम के लिए अपने बाप से डाँट खाते थे कि- 'अब यह भी मैं ही बताऊँ?' गुम्मन को कुछ भी पूछने में ज़रा भी हिचकिचाहट नहीं होती थी। या यूँ कह लें कि बचपन से ही उनकी यह आदत-सी बन गई थी, और आदत तो आदत होती है, जल्दी कहाँ जाती है!

सुबह सोकर जगने से लेकर रात को सोने जाने तक गुम्मन मियाँ 'अब्बा हुज़ूर फ़न' को बहुत सुकून से जी रहे थे। यहाँ तक कि अगर उनके अब्बा जुम्मन मियाँ आस-पास हों तो, सुसु-हग्गू के लिए भी गुम्मन उनसे पूछकर ही जाते। सुसु-हग्गू जैसी छोटी और निजी चीज़ के लिए भी इजाज़त माँगने को गुम्मन ने इतना सार्वजनिक और बड़ा बना दिया था कि दुकान पर बैठे जुम्मन कभी-कभी ख़ुद ही उससे पूछ लेते थे, "लगी है तो जाकर पहले कर आओ। हमरा काम के बीच में पूछोगे, तो तुम्हरा चूतड़ तोड़ देंगे।" और बेचारे गुम्मन,

नहीं भी लगी होती तो जाकर कर आते। अब्बा हुज़ूर फ़न की आदत जो थी।

गुम्मन जब बड़े हो गए और उनकी शादी के लिए रिश्ते आने लगे तब जुम्मन मियाँ को बड़ी चिंता होने लगी कि शादी के बाद भी अगर गुम्मन की हर बात के लिए इजाज़त लेने की आदत नहीं ख़त्म हुई, तो बड़ी मुश्किल हो जाएगी। लेकिन शादी तो करनी ही थी, इस्लामी सुन्नत जो है। इसी कशमकश में जब एक रिश्ता आया तो उन्होंने जुमे के दिन शाम को घर आने की दावत दे ही दी।

लड़की वाले आ गए, खाने-पीने के बाद यह हुआ कि अब लड़के से जो कुछ पूछना है, उसे पूछ-पाछ लिया जाए। मेहमानों के सामने गुम्मन मियाँ को हाज़िर किया गया। गुम्मन एक थाली में पान-बीड़ी-मिठाई लिए आकर मेहमानों के पास खड़े हो गए और अपने अब्बा की इजाज़त का इंतज़ार करने लगे कि वह कहें तो गुम्मन बैठें। जब जुम्मन ने उन्हें बैठने के लिए कहा तो मेहमान एक-दूसरे का मुँह देखने लगे।

"का नाम है बउआ?" थोड़ी देर में लड़की के मामा ने पूछा।

"अब्बा से पूछ लीजिए।" गुम्मन ने अपना सिर नीचे किए हुए ही जवाब दिया। यह सुनकर रिश्तेदार एक बार फिर एक-दूसरे का मुँह ताकने लगे। फिर सोचने लगे कि शायद लड़का शरमा रहा हो, इसलिए ऐसा कह रहा है।

"अभी ओनइसे साल तो हुए हैं, सादी काहें कर रहे हैं बउआ?" अब पूछने की बारी लड़की के बड़े फूफा की थी।

"अब्बा से पूछ लीजिए।" गुम्मन का फिर वही जवाब आया। गुम्मन के बाप जुम्मन का ग़ुस्सा अब बढ़ने लगा था। लेकिन मेहमान थे, इसलिए वह कुछ बोले नहीं, दाँत पीसकर रह गए।

अब तो सब रिश्तेदार एक-दूसरे का मुँह ही नहीं, ऊपर-नीचे, दायें-बायें, इधर-उधर भी देखने लगे कि कहीं किसी और दुनिया में तो नहीं आ गए।

"का काम करते हो बचवा, ई तो बता दो? या कि इहो तुमरे अब्बा बताएँगे?" अब लड़की के बड़े अब्बा ने डरते-डरते पूछा कि कहीं फिर जवाब वही हुआ तो पूछने का कोई मतलब ही नहीं।

"अब्बा से पूछ लीजिए।" गुम्मन का फिर से वही जवाब। दरअसल जुम्मन कुछ बोल नहीं रहे थे, जबकि गुम्मन उनकी इजाज़त की बाट जोह रहे थे।

लेकिन इस बार जुम्मन चुप नहीं रहे। चिल्ला उठे।

"अब सब हमहीं बताएँगे? बियाह तुमको करना है कि हमको?" जुम्मन जैसे हत्थे से उखड़ पड़े। लगा कि गुम्मन को वह अब मारेंगे, तब मारेंगे। लेकिन इसका उनको मौक़ा ही नहीं मिला। छब्बन लाला ने जुम्मन को रोक लिया और समझाया कि शांत रहो, सब ठीक हो जाएगा। गुम्मन रोने लगे। तब तक लड़की के बाप के इशारे पर मेहमान उठकर चलने को तैयार हो चुके थे। "अच्छा भाई जी, अब हम लोग चलते हैं। माफ़ करिएगा।" लड़की के बाप ने कहा और सब चले गए।

इस वाक़ये को हुए महीनों बीत गए। जुम्मन ने इस बीच न कभी गुम्मन से बात की और न ही उनके किसी चीज़ के लिए पूछने पर उनको इजाज़त ही दी। गुम्मन कुछ पूछते तो जुम्मन उन्हें ख़ामोशी से एक नज़र देखभर लेते और फिर मुँह फेर लेते।

उधर गुम्मन की अम्मा अलग परेशान थीं कि इसी तरह चलता रहा तो गुम्मन की कभी शादी ही नहीं होगी। एक ही लड़का है, बहू का सुख भी नहीं मिल पाएगा। उनकी एक दूसरी चिंता भी थी, जो बहुत भयानक थी कि अगर किसी तरह शादी हो भी गई तो क्या पोता-पोती को दुनिया में लाने के लिए भी गुम्मन अपने बाप की इजाज़त माँगेगा! यह सोचकर वह रोने लगीं और ऊपरवाले से ख़ैर मनाने लगीं।

जुम्मन परेशान थे कि गुम्मन को यह आदत कैसे लग गई। इस आदत के चलते पूरे गाँव में गुम्मन कहीं किसी के घर नहीं जाते और न ही उनका कोई दोस्त ही बन पाया था। उनके साथ के बच्चे उन्हें चिढ़ाते इसलिए वह दिन भर घर में रहते।

बचपन में स्कूल के दिनों में भी उनसे सारे मास्टर परेशान थे। मास्टर कुछ पूछते तो गुम्मन सारा जिम्मा अपने अब्बा पर डाल देते कि उन्हें अब्बा से इसकी इजाज़त नहीं मिली है। फिर तो परेशान होकर मास्टरों ने गुम्मन से कुछ पूछना ही छोड़ दिया। वह स्कूल जाते, चुपचाप बैठे रहते, फिर छुट्टी होती और वह घर चले आते। किसी तरह वह दसवीं में पहुँचे और फेल हो जाने के बाद घर बैठ गए। घर पर ही जो उन्हें कहा जाता, वह करते। इस बात को लेकर उनकी अम्मा भी बहुत परेशान रहती थीं कि आख़िर इसका कैसे गुज़र होगा।

उन्हें इसका एक ही उपाय समझ में आता कि जब वह बड़ा हो जाए तो काश किसी ऐसी लड़की से इसकी शादी हो जाए जो इसे सुधार सके!

इसी तरह एक साल और बीत गया। गुम्मन अब बीस के हो गए।

फरसा गाँव के बग़ल वाले गाँव में छब्बन लाला के एक दोस्त थे जमशेद आलम। उनकी बेटी थी कुलसुम आलम। जिस्म से वह ठिगनी (बौनी) थी। उम्र में जैसे-जैसे वह बड़ी होती गई थी, वैसे-वैसे जमशेद की चिंता बढ़ती गई थी। एक दिन वह छब्बन लाला के पास आकर रोने लगे कि कुलसुम शादी के लायक़ हो गई है, लेकिन कोई रिश्ता नहीं मिल रहा। जो भी आता है, उसे ठिगनी देखकर यह कहते हुए इनकार कर देता है कि उसकी नस्ल बौनी पैदा होगी। जमशेद आलम ने छब्बन लाला से गुज़ारिश की कि कोई लड़का मिल जाए तो कुलसुम की शादी करने के बाद वह हज कर आते। छब्बन को फ़ौरन गुम्मन का ख़याल आ गया और उन्होंने कहा, "एक लड़का है- थोड़ा अलग किस्म का है, यूँ समझ लो कि कुलसुम बिटिया के लिए ठीक-ठाक है। उसका बाप जुम्मन मेरे छोटे भाई की तरह है, वह मेरी बात नहीं टालेगा। मैं उससे बात करके ख़बर देता हूँ।"

छब्बन ने जुम्मन से बात की तो जुम्मन फ़ौरन ही इस ऐतबार से मान गए कि लाला जी की बात नहीं टाली जा सकती। छब्बन लाला का आदेश जुम्मन मियाँ के लिए अध्यादेश की तरह था, फिर न मानने का सवाल ही कहाँ था भला। छब्बन लाला ने जमशेद को बुलाकर जुम्मन से बातचीत की और फिर रिश्ता तय हो गया। लेकिन गुम्मन की अम्मा दुखी थीं कि उनकी बहू ठिगनी है। उन्होंने जुम्मन से इसके लिए नाराज़गी जताई तो जुम्मन ने बड़े ही प्यार से समझाया, "लंबाई से का मतलब है? लड़की हुनर वाली होनी चाहिए। और फिर लाला जी ने रिश्ता लगाया है, उनकी बात हम कैसे टाल सकते हैं!"

वहीं इस शादी के बारे में गुम्मन को बताने का सवाल ही नहीं था, क्योंकि वह ख़ुद भी अब्बा से ही पूछते। और जुम्मन जो कहते, गुम्मन वही करते।

बारात का दिन आ गया। सुबह के ग्यारह बजने वाले थे। गुम्मन की अम्मा और उनकी ख़ाला सलीमा ने मिलकर गुम्मन को तैयार किया। जुम्मन का कोई रिश्तेदार तो था नहीं। उनके अपने तो छब्बन लाला के घर वाले ही थे और जुम्मन ने उस गाँव में बसकर उसके लोगों को किसी-न-किसी रिश्ते में बाँध ही

लिया था। इसलिए जुम्मन के बेटे की शादी में सब उनके साथ थे।

गुम्मन की ख़ाला अपने जीजा जुम्मन से तीन बार कह चुकी थीं कि आज बेटे की बारात जानी है, जाकर नहा लें। लेकिन हर बार जुम्मन ने यह कहकर टाल दिया था, "जुम्मा को नहाए थे, आज अतवार ही तो है, अब अगले जुम्मे को नहाएँगे।" यह सुनकर उनकी साली सलीमा बोली, "सचमुच! ठीक ही आपको सब जुम्मन कहते हैं।" और हँसते हुए भीतर चली गई।

गुम्मन मियाँ दूल्हा बने डरे-सहमे से अपनी ज़बान पर 'अब्बा-हुज़ूर' लिए बारात ले जाने को तैयार थे। फरसा गाँव के बच्चे-बूढ़े-जवान सब बाराती बन गए थे। थोड़ी ही देर में पड़ोसी गाँव में गुम्मन की बारात पहुँच गई जमशेद आलम के दरवाज़े पर। बारात का स्वागत हुआ। नाश्ता-पानी हुआ और उसके थोड़ी देर बाद ही निकाह की तैयारी होने लगी।

क़ाज़ी साहब ने क़ुरान की आयतें पढ़नी शुरू कीं। आयतें पूरी करने के बाद क़ाज़ी ने गुम्मन से पूछा, "जमशेद आलम की बेटी कुलसुम आलम से आपका निकाह तय पाया जाता है। क्या आपको क़ुबूल है ?" ये सुनते ही गुम्मन का टेप रिकॉर्ड बज उठा, "अब्बा से पूछ लीजिए।"

वहाँ मौजूद सब लोग हँस पड़े। क़ाज़ी साहब हैरान-परेशान हो उठे और सोचने लगे कि सैकड़ों जोड़ों का निकाह पढ़ाने के बाद यह पहली बार था जब किसी दूल्हे ने इस तरह क़ुबूल किया हो।

क़ाज़ी साहब ने दूसरी बार पूछा, "जमशेद आलम की बेटी कुलसुम आलम से आपका निकाह तय पाया जाता है। क्या आपको क़ुबूल है ?" और गुम्मन ने इस बार भी नज़र बचाकर जुम्मन मियाँ की ओर इशारा करके फिर वही रिकॉर्ड दोहरा दिया, "अब्बा से पूछ लीजिए।"

जुम्मन अब भी चुप थे और गुम्मन को घूर रहे थे। जैसे कि उनके दाँत एक-दूसरे में जकड़ गए हों और उनका मुँह नहीं खुल रहा हो। उनका ग़ुस्सा अब फटने वाला था लेकिन वह तीसरी बार 'अब्बा से पूछ लीजिए' का इंतज़ार कर रहे थे। जुम्मन ऐसे मौक़ों पर इसलिए चुप रहते थे ताकि गुम्मन पूछना ही छोड़ दे। हालाँकि, जुम्मन बस एक बार कह देते कि कहो कि क़ुबूल है, तो गुम्मन फ़ौरन कह भी देते। लेकिन मारे ग़ुस्से के उस वक़्त जुम्मन की अक़्ल कहीं ठिकाने लग गई थी।

क़ाज़ी साहब ने तीसरी बार पूछा और गुम्मन ने तीसरी बार भी वही जवाब दिया। अब तो जुम्मन मियाँ का पारा चढ़ना ही था, सो वह उखड़ गए, "काहे अब्बा से पूछ लीजिए बे? निकाह तुम्हरा हो रहा है कि हमरा? चुपचाप क़बूल करो नहीं तो समझ लो आज..." अभी जुम्मन कुछ आगे और कहते, तब तक छब्बन लाला ने उन्हें पकड़कर अपने पास बिठा लिया और गुम्मन से बोले, "जुम्मन ने बोल दिया है कि क़बूल करो, अब मत कहना कि अब्बा से पूछ लीजिए, नहीं तो अबकी हम बरात वापस लेके चले जाएँगे।"

छब्बन लाला की डाँट पर गुम्मन रोने लगे और रोते-रोते ही क़ुबूल किया।

छुआरे बँटने लगे। गुम्मन ने रोते-रोते ही छुआरा खाया और सब बारातियों और घरातियों ने हँसते-हँसते। थोड़ी देर में खाना-पीना सब पूरा हुआ और फिर विदाई की तैयारी होने लगी।

शाम के छह बज रहे थे। विदाई हो गई और गुम्मन अपनी दुल्हन लेकर अपने घर पहुँच गए। उनका चेहरा उतरा हुआ था। एक अजीब तरह का डर हावी होने लगा था।

गुम्मन की अम्मा थोड़ी ख़ुश थीं, तो ज़्यादा दुखी थीं। ख़ुश थीं कि बहू आ गई और दुखी थीं कि कुलसुम उन्हें पसंद नहीं थी। फिर उन्होंने क़िस्मत को कोसते हुए सब्र कर लिया कि जब अपना ही आम सड़ा हो तो दूसरे के ठूँठ पेड़ पर उँगली नहीं उठाते।

शाम ढल चुकी थी और रात गहराने लगी थी।

सब लोग खाना-वाना खा-पीकर आराम करने की तैयारी में थे। गुम्मन के लिए वह सुहागरात थी। लेकिन गुम्मन रोज़ की तरह बैठक में अपने बाप के खाट पर बैठे उनका इंतज़ार कर रहे थे कि अब्बा से पूछकर सोने जाएँ।

वहीं भीतर से बार-बार आवाज़ आ रही थी कि गुम्मन को भेजा जाए। लेकिन उस वक़्त जुम्मन कहीं दिख नहीं रहे थे, शायद गाँव में कहीं किसी चबूतरे-चैपाल पर या फिर छब्बन लाला के घर गए हुए होंगे। अब भला गुम्मन बग़ैर अपने बाप से पूछे घर के भीतर जाएँ कैसे? सुहागरात मनाएँ कैसे? ख़ैर, सुहागरात के बारे में गुम्मन को पता भी नहीं था!

इधर गुम्मन अपने बाप का इंतज़ार कर रहे थे, उधर भीतर कुलसुम सुहागरात की सेज पर अपने शौहर गुम्मन मियाँ का इंतज़ार कर रही थी। गुम्मन की माँ

और ख़ाला दोनों परेशान थीं कि पता नहीं कैसे गुम्मन से यह रिश्ता निभेगा!

गुम्मन की ख़ाला का छोटा लड़का बहुत देर से मिठाई के लिए रो रहा था। उसकी अम्मा ने कहा कि जाओ बाहर से भइया को बुलाकर लाओ, तब मिठाई मिलेगी। वह बैठक में जाता, गुम्मन को भीतर जाने के लिए कहता और फिर आकर मिठाई के लिए रोने लगता। दो-तीन दफ़ा ऐसा हुआ, लेकिन गुम्मन अपनी जगह से हिले ही नहीं। आख़िर वह अपने बाप से पूछे बग़ैर भीतर कैसे जाते? एक-दो बार तो ख़ुद उनकी ख़ाला ही आकर बुला गईं, तो गुम्मन बोल दिए कि अब्बा से पूछकर जाएँगे। तभी जुम्मन मियाँ कहीं से आ गए।

"तुम इहाँ का बइठे हो? भीतर काहे नहीं गए?" जुम्मन ने पूछा।

"हम कब से कह रहे हैं कि भीतर चलो, दुलहिन अकेली है, लेकिन ई हर बार कहता है अब्बा से पूछकर जाएँगे।" ख़ाला ने कहा।

"अच्छा! तो इहाँ भी हमीं से पूछोगे?" जुम्मन के चेहरे पर अब ग़ुस्सा उभरने लगा था। गुम्मन चुपचाप सिर नीचे किए बैठे रहे।

"का खाके पैदा किए हैं दुल्ला भाई? इसका सोहागरात है और ई इहाँ आप से पता नहीं का पूछने के लिए बइठा है!" ख़ाला ने जुम्मन से चुटकी ली।

"कोंहड़ा खाके!" जुम्मन दाँत पीसते हुए चिल्लाए।

"अब उठोगे कि तुमको गोदी में लेकर भीतर जाएँ?" जुम्मन ने क़रीब डाँटते हुए कहा।

"हम... हम... हम तो पूछने के लिए..." गुम्मन डरते-डरते बता ही रहे थे कि उनकी बात काटकर जुम्मन ने डाँटा।

"का-का और कहाँ-कहाँ पूछोगे बे हमसे? निकाह के वकत मोली साहब से कहने लगे कि अब्बा से पूछ लीजिए, आज सोहागरात के लिए पूछ रहे हो। तो का कल ई भी पूछोगे कि बच्चा कइसे पैदा करें?" एक साँस में जुम्मन बोल गए और हाँफने लगे। यह सुनकर गुम्मन की ख़ाला शरमाकर हँसती हुई वहाँ से भीतर भाग गईं।

थोड़ा ठहरकर जुम्मन फिर चिल्लाए, "आज के बाद अब कुछो हमसे पूछे तो तुम्हरा पिछवाड़ा तोड़ देंगे, बूझे! अब जउन कुछ पूछना हो तो अपनी मेहरिया से पूछना, नहीं तो जाके अपनी अम्मा से पूछना। समझे?" जुम्मन का ग़ुस्सा सातवें आसमान पर था। गुम्मन चुपचाप उठे और भीतर चले गए। गुम्मन

ने सुहागरात कैसे मनाया, मालूम नहीं। लेकिन हाँ, बुद्धन को दुनिया में लाने में उन्हें छह साल लग गए। ठीक भी था, क्योंकि गुम्मन भी तो छठवें साल में दुनिया में लाए गए थे। गुम्मन भला अपने बाप जुम्मन पर क्योंकर नहीं जाते!

***

अब आख़िर में, सबसे पहली पीढ़ी यानी जुम्मन मियाँ से मिलते हैं।

अरसा पहले की बात है। तब भारत में सूचना क्रांति ने अपने पाँव नहीं पसारे थे। मोबाइल अभी आया नहीं था और टेलीफ़ोन भी सिर्फ़ बड़े लोगों के घरों में ही देखने को मिलता था। वही दौर था। जुम्मन मियाँ यही कोई चौदह साल के रहे होंगे, जब वह कहीं से फरसा नाम के गाँव में आए थे। उन्हें ख़ुद भी नहीं पता था कि वह किसकी औलाद थे, उनके माँ-बाप कौन थे, वह कब पैदा हुए थे और उनका घर कहाँ था। इस अनजानेपन और एक परायेपन की ज़िंदगी ने उन्हें भोलूदार बना दिया था।

होश सँभालते ही जुम्मन ने ख़ुद को एक ज़मींदार के घर नौकर हुआ पाया था। तब उन्हें इतना ही पता था कि उनका नाम साबिर है और वह मुसलमान हैं। लेकिन मुसलमान सचमुच क्या होता है, उन्हें यह बिलकुल भी नहीं पता था। उन्हें वहाँ खाने-पहनने को मिल जाता था और रहने के नाम पर ज़मींदार के तबेले के पास एक खपरैल की कोठरी थी। पढ़ने-लिखने का उन्हें कभी कोई मौक़ा ही नहीं मिला। इसी तरह से ज़मींदार की चाकरी करते हुए साबिर अपनी उम्र के चौदहवें साल पर पहुँच गए। हालाँकि, उन्हें ख़ुद भी नहीं पता था कि वह चौदह साल के हो गए थे, क्योंकि उन्हें उनके जन्म की तारीख़ भी नहीं मालूम थी।

एक दिन उनकी किसी अनजानी ग़लती पर ज़मींदार ने साबिर को ख़ूब पीटा और ढेर सारी गालियाँ भी दीं। इतने समझदार तो वह हो ही गए थे कि गालियों का अर्थ समझ लेते। इसलिए मार तो सह गए लेकिन गालियाँ नहीं सह पाए। थोड़ा-बहुत मार तो वह बचपन से ही खाते आ रहे थे, लेकिन इस पिटाई ने उनका दिल तोड़ दिया और उसी दर्द में सोच लिए कि अब वह ज़मींदार की चाकरी नहीं करेंगे।

उसी रात साबिर अपने थोड़े से सामानों की पोटली बनाए और पौ फटने से

पहले ही वहाँ से पूरब की दिशा में निकल पड़े।

धीरे-धीरे उजाला होने लगा, सूरज उनकी तरफ़ बढ़ने लगा और वह उगते सूरज की तरफ़ बढ़ने लगे। रास्ते में कई गाँव आए लेकिन वह रुके नहीं, चलते गए, जब तक कि थक नहीं गए। और जब थक गए, तब सूरज उनके सर पर आ खड़ा हुआ।

जून का महीना था। सूरज मुँह में आग लिए उनके सिर पर खड़ा था। जब धूप बरदाश्त से बाहर हो गई तब उन्होंने तय किया कि अब आगे जो भी गाँव आएगा, वहीं रुकना होगा। कुछ ही देर में उनके सामने एक गाँव नज़र आया। उन्होंने तय किया कि अब यही गाँव उनका ठिकाना होगा।

कुछ घर बनिया, कुछ घर यादव और कुछ घर मुसलमानों वाले फरसा नामक उस गाँव में कुल जमा तीन सौ लोग रहते थे। दिन भर इधर-उधर घूमने के बाद साबिर शाम को किराना की दुकान वाले छब्बन लाला के पास पहुँचे और काम माँगते हुए रोते-रोते अपनी पूरी व्यथा कह-बताई। उस वक़्त छब्बन लाला को एक नौकर की ज़रूरत थी भी और तब कोई किसी की गहराई से जाँच-पड़ताल भी नहीं करता था। सो लाला ने अपनी दुकान पर सौदा-सामान तौलने-देने के लिए साबिर को काम पर रख लिया। हालाँकि साबिर की हालत देखकर छब्बन लाला अपनी चालाकी में थे कि साबिर बाहरी है इसलिए उसे खाने-रहने के अलावा कुछ और नहीं देना होगा। लेकिन लाला की चालाकी पर साबिर की मेहनत और मुहब्बत भारी पड़ गई।

महज़ पच्चीस साल के छब्बन लाला के पास उनके बाप-दादा की ख़ूब ज़मीन-जायदाद थी। सात-आठ साल पहले नया घर बनवाने के बाद छब्बन के पिता बब्बन लाला ने छब्बन की शादी कर दी, लेकिन पोता-पोती का मुँह देखे बिना ही एक साल के भीतर ही इस दुनिया से चले गए। माँ तो बचपन में ही छोड़ गई थीं। छब्बन अकेले हो गए। दर-देयाद होने के बाद भी अपना परिवार कहाँ पूरा होता है! दुकान और आढ़त के सारे कारोबार की ज़िम्मेदारी छब्बन के कंधे पर आ गई। और धीरे-धीरे छब्बन के बाप बब्बन लाला के नाम से 'लाला' निकलकर ख़ुद-ब-ख़ुद छब्बन के नाम से आ चिपका और वह 'छब्बन लाला' कहलाने लगे।

साबिर पढ़े-लिखे तो थे नहीं लेकिन वह बहुत मेहनती थे। उनकी मेहनत

को देखकर फरसा वालों ने कुछ ही समय में उन्हें अपना बना लिया। कुछ ही दिन में छब्बन ने साबिर को अपने घर का एक सदस्य ही मान लिया। और इस तरह साबिर फरसावासी हो गए। महीने भर के भीतर ही साबिर को रहने के लिए छब्बन ने अपने घर के पीछे वाला पुराना घर दे दिया, जहाँ पहले बचपन में छब्बन ख़ुद रहा करते थे।

साबिर दिन-रात मेहनत करते और छब्बन लाला की सेवा भी ख़ूब करते। छब्बन के दोनों बच्चों की भी ख़ूब प्यार से देखभाल करते। घर और दुकान पर इतना काम होता था कि उन्हें किसी और काम के लिए कभी फ़ुरसत ही नहीं मिलती थी।

एक दिन छब्बन लाला ने ही कहा कि जुमे के दिन पास की मस्जिद में सब मुसलमान जुमे की नमाज़ पढ़ने जाते हैं, तुम भी तो मुसलमान हो, तुम भी जाया करो। इस पर साबिर ने कहा था कि उसे नमाज़ के बारे में कोई जानकारी नहीं है। तब छब्बन ने ही मस्जिद के इमाम साहब से साबिर को मिलवाया और इमाम साहब ने साबिर को नमाज़ के बारे में बताया। ख़ास तौर से जुमे की नमाज़ के बारे में बताया कि जुमे को हफ़्ते की ईद कहा जाता है, इसलिए इस दिन ज़रूर नहाना चाहिए, तभी जुमे की नमाज़ अदा करनी चाहिए। तब से साबिर ने यह बात गाँठ बाँध ली कि जुमे के दिन ज़रूर नहाना है और जुमे की भी नमाज़ पढ़नी है।

छब्बन लाला ख़ुद भी ख़ूब पूजा-पाठ करते। बिना पूजा किए तो वह गल्ले पर भी नहीं बैठते थे। दूसरे धर्म का सम्मान भी ख़ूब करते थे इसलिए उन्होंने सोचा कि साबिर भी जुमा पढ़ लिया करे तो उसके हिस्से भी कुछ पुण्य जुड़ता रहे। यह तब का हिंदुस्तान था जिसकी कल्पना अब शायद मुश्किल ही है।

छब्बन लाला जुमे के दिन साबिर से कोई काम करने को नहीं कहते। साबिर भी जुमे के दिन का बेसब्री से इंतज़ार करते। उस दिन वह ख़ूब अच्छे से नहाते और यह आदत ऐसी बनी कि वह सिर्फ़ जुमे के दिन ही नहाने लगे, बाक़ी दिन नहीं। चाहे सर्दी हो या गर्मी, वे सिर्फ़ जुमा के दिन ही नहाते थे। बाक़ी दिन चाहे ज़मीन धँसे या आसमान गिरे, किसी भी हाल में वह नहीं नहाते थे। उनकी इस आदत को देखकर छब्बन लाला उन्हें 'जुम्मन मियाँ' नाम से पुकारने लगे। देखते-देखते सब लोग उन्हें जुम्मन मियाँ कहने लगे। यहाँ तक कि गाँव में जब

कोई बच्चा किसी दिन नहीं नहाता और कहता कि जुमा को नहाएँगे, तब उसकी अम्मा कहती, "जुम्मन मियाँ हो क्या?"

धीरे-धीरे फरसा गाँव ही क्या, आस-पास के गाँव से छब्बन लाला के पास सौदा-सामान ख़रीदने आने वाले ग्राहक लोग भी साबिर को जुम्मन मियाँ के नाम से जानने लगे।

वक़्त बीतता गया। जुम्मन मियाँ ने अपनी उम्र के बीस पड़ाव पार कर लिए। जुम्मन से और उनकी ईमानदार मेहनत से छब्बन लाला को ऐसा प्यार हुआ कि उन्होंने सोच लिया कि जुम्मन की शादी बड़ी धूम-धाम से करेंगे, जैसे एक बाप अपने बेटे की शादी करता है। ऐसा हुआ भी, लेकिन साबिर में जुम्मन अटक गया था, जिसने उनकी शादी को एक मिसाल बना दिया।

छब्बन ने पास के गाँव में रहने वाले अपने दोस्त की बहन सलमा से जुम्मन की शादी लगा दी। मौलवी साहब ने निकाह की तारीख़ तय की तो उस दिन बुधवार निकल आया। अब किसी को क्या पता कि बुधवार को निकाह का दिन होगा तो जुम्मन उस दिन भी बिना नहाए ही बारात लेके चल देंगे!

"अरे आज तो नहा लीजिए भइया, आप दुलहा बने वाले हैं।" छब्बन की बीवी ने चुटकी ली। छब्बन तो पहले ही जानते थे कि जुम्मन नहीं नहाएगा, इसलिए वह कुछ बोले ही नहीं। अपनी बीवी की बात सुनकर मुस्कुरा दिए।

"दो दिन बाद ही तो जुम्मा पड़े वाला है भउजी, तब नहा लेंगे। और दो दिन नहीं नहाएँगे तो का हो जाएगा! कउन अपना कपार पर हम माटी सुखाए हैं जो नहाना जरूरी है!" जुम्मन ने बड़े ही प्यार से कहा। छब्बन की बीवी मुस्कुराकर घर में चली गईं।

उनके जाते ही छब्बन बोल पड़े, "जस नहातम ख़ूब खियातम, ना नहातम ख़ूब मोटातम।" छब्बन ने यह कहावत कह तो दी लेकिन वह जुम्मन के सिर के ऊपर से निकल गया।

"इसका का मतलब है लाला भाई?" जुम्मन ने पूछा।

"यही कि नहाओगे तो दुबले हो जाओगे और नहीं नहाओगे तो भैंसिया जइसन मोटा हो जाओगे।" छब्बन यह कहकर हँसते हुए चले गए।

शादी के दिन जुम्मन को नहाने के लिए कई लोगों ने टोका, लेकिन वह नहीं नहाए। छब्बन की बीवी ने एक लोटा पानी भी जुम्मन के सिर पर उड़ेल दिया।

पानी पोंछकर जुम्मन हँसने लगे लेकिन फिर भी नहीं नहाए।

बारात तैयार होकर सलमा के दरवाज़े पर पहुँच गई। जुम्मन का निकाह हो गया और बिना नहाए ही वह अपनी दुल्हन लेकर घर आ गए।

जुम्मन की शादी के बाद छब्बन ने उनके लिए एक नया दुकान बनवाकर दिया और कहा, "आज से तुम हमरे नौकर ना हो, ई तुम्हरा दुकान है, तुम कमाओ-खाओ। और छोटे भाई तो तुम हमरे हो ही। कभी किसी चीज की जरूरत पड़े तो कह देना।"

जुम्मन रोने लगे, "अलग दोकान देके हमको पराया कर दिया। ई ठीक बात ना है लाला भाई!"

लेकिन जुम्मन चूँकि छब्बन की ख़ूब इज़्ज़त करते थे इसलिए इनकार भी नहीं कर सके। जुम्मन अपनी बीवी सलमा के साथ रहने लगे। दुकान भी चल पड़ी, क्योंकि जुम्मन की भलमनसाहत से पूरा फरसा वाक़िफ़ था।

देखते-देखते पाँच साल गुज़र गए। इस बीच कभी-कभार छब्बन और उनकी बीवी, दोनों समय-समय पर पूछते रहे कि आख़िर सलमा उम्मीद से कब होगी। जुम्मन भोलेपन से कह देते कि मुझे क्या पता!

सलमा भी बहुत कम बोलती थी। कभी-कभार तो तीन-चार दिन हो जाते थे दोनों को कुछ बातचीत किए हुए। वह सुबह-शाम खाना बनाती, कपड़े धोती और कभी-कभार जुम्मन के कहने पर दुकान पर बैठती। जुम्मन भी चुपचाप दुकान सँभालते और रात को दुकान में ही सो भी जाते। इसी तरह उनकी ज़िंदगी ख़ामोशी से गुज़र रही थी। दोनों में न ज़्यादा बातचीत होती और न कभी किसी बात के लिए कोई झगड़ा ही होता। रेल की पटरियों की तरह थे दोनों, साथ चलते हुए भी साथ नहीं थे।

अपनी माहवारी को सलमा बीमारी समझती और उन पाँच-छह दिनों में वह चुपचाप घर में पड़ी रहती। जुम्मन को भी बस इतना ही लगता कि बुखार होगा, ठीक हो जाएगा। यहाँ तक कि मर्द-औरत के बीच की जिस्मानी ज़रूरत को समझने में भी दोनों को कई साल लग गए। वह भी तब, जब अरसे तक शक करते रहने के बाद एक दिन छब्बन लाला ने जुम्मन को और छब्बन लाला की बीवी ने जुम्मन की बीवी को उस ज़रूरत के बारे में पहले उनसे पूछा और फिर बताया कि करना क्या है। तब कहीं जाकर छठवें साल गुम्मन पैदा हुए।

और फिर लंबे अरसे बाद दुनिया में आए गुम्मन ऐसा मिज़ाज लेकर आए कि वह भी एक मिसाल ही बन गए।

जुम्मन ने मौलवी साहब से पूछकर बेटे का नाम आदिल रखा। आदिल को पाकर जुम्मन और सलमा दोनों बहुत ख़ुश हुए। दोनों अच्छी तरह से अपने बेटे का लालन-पालन करने लगे। जुम्मन को कुछ ज़्यादा ही प्यार था आदिल से। आदिल भी जुम्मन की हर बात मानने लगे। और इस क़दर मानने लगें कि वह जैसे-जैसे बड़े होते गए, वैसे-वैसे 'अब्बा हुज़ूर' की आदत का शिकार होते चले गए। आदिल की इस आदत को देखकर एक दिन छब्बन लाला ने उसे गुम्मन नाम दे दिया। और फिर आगे चलकर उनका आदिल नाम कहीं खो गया और वह गुम्मन मियाँ के नाम से पहचाने गए। गुम्मन के बाद जुम्मन की फिर कोई औलाद नहीं हुई। बड़े मज़े से उनकी भोलीभाली ज़िंदगी कट रही थी।

शनिवार का दिन था। सुबह-सुबह जुम्मन अपनी दुकान में बैठकर अपने दो साल के बेटे आदिल को दूध-भात खिला रहे थे, तभी उनके पड़ोसी अशरफ़ आ गए। सलमा भीतर खाना बना रही थी।

"जल्दी नहा लीजिए, जनाजा में चलना है। अउर एक ठो लाइबाय साबुन दे दीजिए।" अशरफ़ ने कहा।

"केकरा जनाजा?" जुम्मन ने पूछा और गुम्मन को तकिए के सहारे टिकाकर लाइफ़ब्वॉय साबुन निकालने लगे।

"गफूर दादा मर गए।" अशरफ़ ने सपाट-सा जवाब दिया।

"तो कल ही बताना चहिए था न! कल जुम्मा था, कल हम नहाए रहे। कल ही चले होते जनाजा में!" जुम्मन ने बड़ी मासूमियत से कहा। यह बात सुनते ही अशरफ़ ठठाकर हँस पड़े।

"अरे भाई! गफूर दादा आप से पूछ के मरते का? या कि जुम्मा के दिन मरते कि आप नहाएँगे उस दिन? हा हा हा..." अशरफ़ पैसे देते हुए बोले और जुम्मन मियाँ के उस अजीब से जवाब पर देर तक हँसते रहे।

"अरे भाई! मरने के लिए का जुम्मा अउर का सनिच्चर!" उस्मान अहमद ने दुकान में दाख़िल होते ही कहा जो अशरफ़ के ठीक पीछे खड़े थे। वह भी जुम्मन की बात पर हँस पड़े थे। वह गुड़ ख़रीदने आए थे।

"वैसे उस्मान भाई! अगर जुम्मन भाई जुम्मा के अलावे किसी और दिन

निकल लिए तो इनके जनाजे को कैसे नहलाया जाएगा? कहीं उठ के बैठ गए और कहने लगे कि खबरदार जो मुझे नहलाया तो! मैं जुम्मन हूँ, सिर्फ जुम्मा को नहाता हूँ!" अशरफ़ ने हँसते हुए कहा तो उस्मान भी ठहाका मार पड़े।

"सही बोल रहे हो, हा हा हा!" उस्मान हँसे ही जा रहे थे।

"हम जुम्मा छोड़ के किसी और दिन मरेंगे ही नहीं!" जुम्मन मियाँ ने मासूमियत से मुस्कुराते हुए कहा। उनके इस वाक्य में ज़बरदस्त आत्मविश्वास था। मुस्कुराते हुए जुम्मन अभी गुम्मन को गोद में उठाकर खड़े हुए ही थे कि सबकी हँसी-ठट्ठा सुनकर सलमा वहाँ आ गई। जुम्मन ने गुम्मन को उसे पकड़ा दिया। वह भीतर चली गई।

"तुम का कनफर्म टिकट कटाए हो, जो तुमको पता है कि कब मरोगे?" उस्मान ने एक किलो गुड़ माँगते हुए पूछा। साबुन लेकर अशरफ़ हँसते-हँसते वहाँ से चले गए।

"पता तो ना है, लेकिन हम अल्लाह मियाँ से ई बात बोल दिए हैं। जुम्मा की दुआ में हम बोले उनसे कि कोई और दिन मरेंगे तो सब मिल के हमको नहला देगा।" जुम्मन ने गुड़ तौलते हुए कहा।

"ठीक है भाई। अल्लाह मियाँ तुम्हरी बात जरूर मानेंगे।" उस्मान ने पैसे दिए और हँसते हुए ही वहाँ से चले गए।

जुम्मन मियाँ 75 साल तक जिए, लेकिन आख़िरी साँस तक जुमा के अलावा वह किसी और दिन नहीं ही नहाए। एक तरह से यह उनकी तपस्या ही थी! इसलिए अल्लाह ने उनकी बात क़ुबूल कर ली और जुमे के दिन एकदम सुबह ही उन्हें अपने पास बुला लिया।

पूरा फरसा गाँव दुखी था कि जुम्मन जैसा मासूम आदमी इस दुनिया से चला गया। अपने पीछे भरा-पूरा परिवार छोड़ गया। एक महीने पहले ही छब्बन लाला गुज़रे थे, तब जुम्मन कितना रोए थे। तभी से वह दुखी भी थे।

मस्जिद में ऐलान किया गया कि जुमे की नमाज़ के बाद उनका जनाज़ा उठेगा। जुम्मन मियाँ को आख़िरी बार नहलाने की तैयारी होने लगी।

अंडरवियर पार्टी

"पाँच मिनट में यदउआ के यहाँ पहुँचो।" राहुल ने विकास को कॉल किया। विकास ने मोबाइल में देखा तो सुबह के सात बजने वाले थे।

वह आलमारी से साबुन, शैंपू और कपड़े निकाल रहा था कि जल्दी से नहा-धोकर वह क्लास जाए। एक हाथ से कॉल पिक कर मोबाइल को कान और कंधे के बीच दबाकर आलमारी बंद करने लगा।

"का हो गया बे! अभी तो हम नहाए भी ना हैं! और अभी फ्रेश भी होना है हमको।" विकास ने तौलिया सँभालते हुए जवाब दिया और बाथरूम की तरफ़ जाने लगा।

"फटाफट डीयो मार के आजा साले, चाय-समोसा की पार्टी है।" राहुल ने कहा।

राहुल मज़ाक़ भी कभी-कभी ऐसे सीरियस अंदाज़ में करता था जैसे उसने फ़िलॉस्फ़ी ओढ़ रखी हो और कभी-कभी इतना हड़बड़ाए हुए बात शुरू करता था जैसे बहुत बेसबरा हो। नहाने के लिए विकास बाथरूम की तरफ़ जा ही रहा था, लेकिन पार्टी की बात सुनकर उल्टे पाँव रूम की ओर वापस मुड़ गया। उसको कॉरीडोर में तेज़ी से भागता देख उसका पड़ोसी रूम वाला धनंजय पूछ बैठा तो विकास ने कान पर फ़ोन लगाए ही बता दिया कि यदउआ के यहाँ राहुल पार्टी दे रहा है। सुनकर धनंजय बाथरूम की ओर बढ़ गया।

"सड़े हुए आलू का समोसा नहीं खाना बे। मैं तो रसगुल्ला खाऊँगा।" रूम में पहुँचकर विकास झट से तौलिया फेंककर कल रात ही ख़रीदी एकदम नई ब्ल्यू कलर की जौकी अंडरवियर पहनते हुए चिल्लाया।

विकास जैसे लड़के नई ख़रीदी चीज़ों का फ़ौरन इस्तेमाल करने के बेसबरा

होते हैं। और क्या पता, वो अपनी शादी के लिए जिस दिन शेरवानी ख़रीदे, उसी दिन से उसको पहनकर घूमने भी लगे। ऐसा कई लड़कों ने किया भी था।

"ठीक है साले! खा लेना। पहले जल्दी पहुँचो तो।" राहुल ने इधर कॉल कट की और उधर विकास भी कान से मोबाइल हटा उसे बेड पर फेंककर टीशर्ट पहना। छकाछक्क डीयो धौंकने के बाद रूम से बाहर निकल दरवाज़ा लॉक करने लगा।

हॉस्टल में गुड मॉर्निंग भी 'गालियों' से ही होती थी और पार्टी के नाम पर लौंडे अपनी पढ़ाई-लिखाई सब छोड़-छाड़कर पार्टी अड्डे पर पहुँच जाते थे। भले ही वह पार्टी महज़ एक कप चाय और एक अदद समोसे की हो। स्टूडेंट लाइफ़ में इससे बड़ी की उम्मीद अभी थी भी नहीं। हाँ, कहीं किसी की शादी वग़ैरह में जाना हुआ तो बात अलग है, नहीं तो इनका बर्थडे भी दस रुपये की बर्फ़ी काटकर मन जाता था।

उधर कॉल करने के बाद राहुल ने यादव मिष्ठान भंडार से थोड़ी दूर किनारे वाली पान की गुमती पर जाकर मार्ल बोरो सुलगा ली। धुआँ-धक्क कश लेते हुए राहुल ने फिर वक़ार, जेपी, आशीष, पंकज, राजकुमार, आमिर, उमेश, रवि और ज़िया को कॉल करके उन्हें भी पाँच मिनट में यादव मिष्ठान भंडार पहुँचने के लिए कहा।

राहुल ने अमित को कॉल नहीं किया कि विकास तो उसे बता ही देगा। हॉस्टल में विकास और अमित का रूम चौथे ब्लॉक में तीसरे फ़्लोर पर एकदम आमने-सामने था। पूरे ब्लॉक को पता था कि विकास और अमित दोनों 'जौकिया यार' थे, जैसे 'लंगोटिया यार' होते हैं। एक-दूसरे की जौकी चड्ढियाँ पहन लेने वाले दोनों 'हमचड्ढी' थे और अक्सर अपनी चड्ढियाँ कई दिनों तक धोते भी नहीं थे। एक कभी नई चड्ढी ख़रीदकर लाता था तो इसका पता चलने पर दूसरा उसे चुराकर पहनने की जुगत लगाता था। अक्सर वह कामयाब भी हो जाता था। जौकिया यार होने का फ़ायदा कभी-कभी किसी का कोई राज़ लीक करके भी उठाया जाता था या कभी-कभी किसी खुन्नस के चलते एक-दूसरे को मज़ा चखाने के लिए भी।

विकास अपना रूम लॉक कर चाबी जेब में रखकर मुड़ा ही था कि तब तक उसके डीयो की धौंक अमित के कमरे में पहुँच गई। अमित अपनी नाक

उठाकर झटके से दरवाज़ा खोलकर बाहर आ गया और सामने विकास को देखकर एक विशेष मुद्रा में बदन को तोड़-मोड़कर बोला। कपड़े के नाम पर उसके बदन पर सिर्फ़ एक चड्ढी ही थी।

"अबे नयन मोंगिया भोसड़ी के! एतना सबेरे-सबेरे काहे धधका रहे हो राजा?" अमित ने पूछा और नाक से तेज़ी से हवा खींचने लगा ताकि डीयो की ख़ुशबू उसकी नाक में भर जाए। अमित का तकिया कलाम था- 'नयन मोंगिया भोसड़ी के', जिसे वह बात-बात में बोलता रहता था।

अमित जब बहुत छोटा था तब नयन मोंगिया भारतीय क्रिकेट में विकेट कीपर हुआ करता था। उन दिनों गाँव-शहर में क्रिकेट खेलने वाले लड़कों के बीच हर विकेट कीपर को 'नयन मोंगिया' नाम दे दिया जाता था। तब अमित अपने गाँव का सबसे फ़ास्ट बॉलर हुआ करता था। जब भी उसकी बॉल विकेट कीपर से छूटती थी और फालतू के रन देने पड़ते थे, तब वह झल्लाकर विकेट कीपर को 'ठीक से पकड़ा कर नयन मोंगिया भोसड़ी के' कहकर डाँटता था। यहीं से उसकी आदत में यह शब्द तकिया कलाम की तरह फिट हो गया।

(भारतीय क्रिकेटर नयन मोंगिया से माफ़ी, क्योंकि यह तकिया कलाम उनको गाली देने के लिए हरगिज़ नहीं है।)

"तुम भोसड़ी के हरदम ख़ाली चड्ढी पहने 'अंडरवियर डॉन' काहे बने फिरते रहते हो बे? सुधर जाओ साले, नहीं तो तुम्हरी बरात भी इसी में ले जाएँगे हम। फिर घोड़ी पर बैठे रहना जौकी पर सेहरा लगा के!" विकास चिल्लाया। अमित को कपड़े पहनना बहुत भारी लगता था, इसलिए वह रूम में हमेशा अंडरवियर में ही रहता था।

"तुम्हरी मनोकामना पूरी हो बेट्टा! लेकिन पहिले ई बतलाओ, एतना सज-धज के धधकाने कहाँ जा रहे हो नयन मोंग... ?" अमित ने अंडरवियर खुजलाते हुए धीरे से पूछा लेकिन उसकी बात काटते हुए विकास बोल पड़ा।

"...पैर में पैंट डाल के जल्दी से यदउआ के यहाँ पहुँचो। रहुला का फ़ोन आया था, पार्टी दे रहा है।" कहकर विकास तेज़ी से कॉरीडोर की ओर बढ़ गया। अमित कुछ देर तक वहीं खड़ा जौकी के भीतर हाथ डालकर खुजलाता रहा। वह समझने की कोशिश कर रहा था कि पार्टी राहुल दे रहा है या विकास! उसे मामला कुछ गड़बड़ लगा क्योंकि वह राहुल को अच्छी तरह जानता था।

लेकिन उसने सोचा कि उसे क्या, वह तो चाय-समोसा खा के निकल लेगा।

थोड़ी ही देर में एक-एक करके अपने-अपने रूम और ब्लॉक से निकलकर सब हॉस्टल कैंपस से होकर यादव मिष्ठान भंडार की ओर जाने वाली सड़क की ओर बढ़ने लगे। टाइम और फलांग का गैप था, इसलिए किसी ने किसी को नहीं देखा। आधे की निगाह तो अपने-अपने मोबाइल स्क्रीन पर थी।

हॉस्टल में थोड़ी ही देर में गॉसिप फैल गई कि यादव मिष्ठान भंडार पर आज कोई फँस गया है। यह गॉसिप सबसे पहले विकास ने ही अपने पड़ोसी धनंजय को सुनाई थी, जब वह बाथरूम जा रहा था। हॉस्टल में बीए फ़र्स्ट ईयर से लेकर एमए फ़ाइनल ईयर तक के लफंडुसों का पूरा बैच रहता था, गॉसिप तो फैलनी ही थी।

ज़िया मोबाइल में मुँह गड़ाए वार्डन रूम और कॉमन हॉल के बीच की पतली गली से होकर जा रहा था कि वहीं लड़खड़ा के गिर पड़ा। उसका मोबाइल भी उसके हाथ से छूटकर दूर जा गिरा। पीछे से आ रहे अमित ने दौड़कर उसे उठाया। ज़िया की आँखें लाल थीं और उसका जिस्म एकदम गरम था जैसे धौंकनी दे रहा हो।

"अबे नयन मोंगिया भोसड़ी के! सुखले काहे गिर रहे हो बे? पार्टी की खुसी में बहक रहे हो, आ कि बुखार चढ़ गया है माथे पर?" अमित ने ज़िया को उठाते हुए पूछा और साथ में थोड़ी दिल्लगी भी झोंक दी।

"नहीं बे! बुखार ना है। साला रात भर सोए ही नहीं इसलिए चलते-चलते झपकिया गए बस!" ज़िया ने सँभलते हुए जवाब दिया और अपना मोबाइल खोजने लगा।

"अभी एग्जाम तो बहुते दूर है, एतना काहे जाग रहे हो? टाप करोगे का?" अमित ने मज़ाक़ में कहा।

"ना स्साले, एग्जाम खातिर नहीं जागे थे।" ज़िया ने मोबाइल उठाते हुए जवाब दिया।

"तब का साले... लाल मिरचा झोंके हो का आँख में? तुम्हरी अँखिया ललिया गई है बे एकदम से!" अमित ने उसकी लाल चढ़ी आँखों को गौर से देखते हुए कहा।

"मिरचा ना झोंके हैं बे! साले को सुहागरात नहीं मनाने दिए।" ज़िया ने कहा

और उसकी आँखें अजीब तरह से अमित को देखने लगीं। जैसे उसने किसी बड़े कांड को अंजाम पर पहुँचा दिया हो और ऐसा करके वह ख़ुश हो।

"कौन-सा कांड किए हो बे नयन मोंगिया भों... ?" अमित ने झल्लाकर पूछा ही था कि...

"साले को घूँघट ही नहीं उठाने दिए बे... पूरी रात।" ज़िया ने फ़ौरन हँसकर जवाब दिया।

"किसका घूँघट? अबे का कांड किए हो बे भोंसड़ी के? जल्दी से बताओ... और तुम तो अपने कमरे में ही थे कल रात को?" अमित ने चौंकते हुए पूछा। अमित के भीतर की जौकिया दीवानगी भड़कने लगी थी। सुहागरात का नाम सुनते ही वह ज़िया से एक झटके में पूरी बात जान लेना चाहता था कि आख़िर मामला क्या था। लेकिन ज़िया था कि थोड़ा-थोड़ा करके बता रहा था। इसलिए अमित झल्ला रहा था।

"हाँ, कमरे में ही थे। वकरवा के कंप्यूटर पर साउथ का एक फ़िल्म देख रहे थे। उसमें सुहागरात का जब्बर सीन था। हिरउआ जैसे ही घूँघट उठाने की कोसिस करता था, फिल्म फिर से सुरू से सुरू हो जाती थी और हमरा केएलपीडी हो जाता था। फिर से हम एकदम सुरू से देखने लगते थे। इसी तरह रात भर चलता रहा... हा हा हा..." ज़िया ठहाके मारकर हँसने लगा।

"तो इसमें तुम का किए साले, सीडी ख़राब रही होगी!" अमित ने कुछ राहत महसूस करते हुए कहा। उसे तसल्ली हुई कि सालों ने किसी के साथ कुछ गड़बड़ नहीं किया। फिर कुछ सोचकर बोला, "हरामियों! रिवाइंड-फॉरवर्ड करके भी तो आगे की फिल्म देख सकते थे न?"

"नहीं बे! नहीं देख सकते थे! वकरवा ने कुछ ऐसा सेटिंग कर दिया था कि हिरउआ साले को सुहागरात नहीं मनाने देना है। तो नहीं मनाने दिया गया। और ई बात हमको भोरे में पता चला कि सब सेटिंग था। एक तो उसका थकेला कंप्यूटर... साला न सीडी फ़ारवर्ड हो सकती थी न बैकवर्ड। एक बार लग गई तो बस चलने दो। सुहागरात का सीन देखने के चक्कर में हम साला पूरी रात एक ही फ़िल्म की आधी कहानी को बार-बार देखते रहे, हा हा हा..." ज़िया बताते-बताते ज़ोर-ज़ोर से हँसने लगा।

"तुम लोग साले एक नंबर के बकचोद हो का? ऐसा कौन करता है बे नयन

मोंगिया भोसड़ी के!" अमित अब झल्ला उठा था। कहाँ तो अमित का दिमाग़ सुहागरात पर अटका था और कहाँ ज़िया बकवास सुना रहा था।

"भक्क स्साले! तुमको का घंटा पता है!" ज़िया ने कहा और मोबाइल पर कुछ सर्च करने लगा।

"त एम्मा का पता होवे वाली बात है... ?" अमित चिल्लाया तो ज़िया ने उसकी बात काट दी।

"...है न बे! हिरोइनिया बहुत खबसूरत थी, एकदम नाजुक थी। अउर हिरउआ साला मोटा-सा मुसटंडा था। वकरवा नहीं चाहता था कि हिरोइनी के साथ कुछ हो। इसलिए सेटिंग कर दिया था कि साले को सुहागरात नहीं मनाने देना है।" ज़िया यह बात कुछ इस अंदाज़ में बता रहा था जैसे दोनों ने मिलकर सचमुच किसी जोड़े को सुहागरात नहीं मनाने दिया हो और लड़की का शीलभंग होने से बच गया हो। जैसे सचमुच सुहागरात उन्हीं के सामने होना हो और उन्हें नहीं देखना हो।

"जा बे नयन मोंगिया भोसड़ी के! बकलोली की हद है ई तो!" अमित ने अपना माथा पीटते हुए कहा।

"हाँ ठीक है बे! अभी ज्ञान मत पेलो! चाय-समोसा पर फोकस करो अउर जल्दी चलो यदउआ के यहाँ। नहीं तो रहुला साला कुछ और प्लान बना देगा।" ज़िया ने कहा तो अमित चुप हो गया। दोनों कैंपस से निकलकर सड़क पर आ गए और यादव मिष्ठान की ओर बढ़ने लगे।

"ई भोरे-भोरे पार्टी कौन दे रहा है बे?" अमित ने ज़िया से पूछा। दोनों यादव की दुकान पर पहुँच चुके था। विकास पास खड़ा मोबाइल पर कहीं बतिया रहा था।

"रहुला पूरी बात कहाँ बताता है! एक तो साले ने हगने नहीं दिया, ऊपर से नींद भी बहुत आ रही है। साला चिल्लाने लगा कि जल्दी पहुँचो।" ज़िया ने पेट पर गोल-गोल हाथ सरसराते हुए कहा।

"हमको तो विकसवा बताया है।" अमित ने कहा, तभी उसकी निगाह सड़क की ओर गई, "अबे नयन मोंगिया भोसड़ी के! जियवा, उधर देख! साला पंकजवा, रविया, अमिरा, जेपिया भी आ रहे हैं बे!"

"अब भँसड़ मचेगी। आज कोई लंबा पेलाएगा। वकरवा को भी फ़ोन

कर देता हूँ। लंबी तान के सो रहा है, साले को अभी जगाता हूँ। वह रहेगा तो चकल्लस काटने में जादा मजा आएगा।" ज़िया ने कहा और उसकी उँगलियाँ मोबाइल पर सरकने लगीं।

"घंटा फ़ोन कर देता हूँ! वह देखो, वकरवा वहाँ खड़ा रहुला के साथ सुट्टा मार रहा है। इस साले को हर जगह खाली सेटिंग करने ही आता है। रहुला को सेट कर लिया लगता है।" अपनी कॉल कट करके विकास ने ज़िया को झक्की भरा जवाब दिया।

सब पान वाली गुमती की ओर देखने लगे। तब तक आशीष, राजकुमार और उमेश भी आ गए। एक-एक कर सबने यादाव मिष्ठान भंडार की बेंच पर अपनी-अपनी तशरीफ़ रख ऐसे चौड़े होके बैठ गए, जैसे मंत्रिमंडल विस्तार के लिए बुलाए गए हों। सबकी निगाह शीशे के भीतर बंद मिठाई पर गड़ गई। लेकिन पंकज की निगाह रवि के चेहरे पर जाकर टिक गई।

"तुम्हरा होंठ कर्टली एम्ब्रोस जइसन काहे हो गया है बे? कहाँ से कटवा के आए हो राजा?" पंकज ने रवि से मज़ाक़िया लहजे में पूछा।

दरअसल, रवि के होंठ काले पड़ गए थे और बहुत सूजे हुए थे।

"अबे कल हम अपने दोस्त सिसिर के घर गए थे। साला उसके रुमवा में टीवी पर कटरीना की फिल्म 'नमस्ते लंदन' आ रही थी। सेक्सी कैटवा को देख के उसको किस करने का मन हो गया। अब हमको का घंटा पता था कि साला सिसिरवा की टीवी स्क्रीन करेंट मारती है! साला पूरा होंठे चिपक के झँउसा गया भोसड़ी के!" रवि ने दुखी मन से बताया।

"एक तो ससुर तुम वइसहें करिया हो, ऊपर से होंठ जरा के अब एकदम से प्योर कैरेबियाई क्रिकेटर लगने लगे हो।" पंकज मज़े लेते हए बोला।

"चुप रहो भोसड़ी के! जादा बकैती नहीं। चाय-समोसा पर कन्संट्रेट करो।" रवि ने कैरेबियाई होंठ से मोटी आवाज़ में पंकज को झिड़क दिया।

दुकान के भीतर से विकास अख़बार उठा लाया और उसके एक-एक पन्ने को अलग-अलग करके सबको ऐसे बाँटने लगा जैसे एग्ज़ाम क्लास में पेपर बाँटे जाते हैं। गल्ले पर बैठा यादव हलवाई अलग हो रहे अख़बार के पन्नों को बड़ी हैरानी से देख रहा था। वह कहता भी क्या? लौंडे थे, ज़रा-सी बात पर ही बिखर जाते। आख़िर रोज़ इन्हीं से तो उसकी दुकान चलनी थी। इसलिए वह

बेचारा चुपचाप नज़र घुमाकर अपनी कड़ाही पर फ़ोकस करने लगा।

"पार्टी कौन दे रहा है बे?" विकास ने पूछा। उसके हाथ में खेल समाचार वाला पन्ना था।

"अबे हम दे रहे हैं, हम! हम राहुल मिसरा स्वयं! हम बुलाए हैं सबको तो हमीं न देंगे बे?" राहुल ने कॉलर हिलाते हुए कहा। सब खी-खी करके हँसने लगे।

"और ई बताओ साले! तुम कह रहे थे सड़े आलू का समोसा नहीं खाओगे! तो का इहाँ सड़े हुए आलू से समोसा बनता है?" राहुल ने विकास से बड़ी तेज़ आवाज़ में पूछा ताकि यादव हलवाई सुन ले। और उसने सुन भी लिया। अपना कान इधर और मुँह उधर करके सुनने भी लगा कि बाक़ी कौन क्या कहने वाला था उसके बारे में।

"हाँ बनता है। तबे तो हम बोले कि हम नहीं खाएँगे। और कभी नहीं खाएँगे।" विकास ने कहा और अख़कार की हेडिंग पढ़ने लगा- 'आईपीएल का अगला सीजन कल से शुरू।'

"का यादव जी? सच में सड़ा हुआ आलू का समोसा बनाते हैं का?" राहुल ने हलवाई से एक बनावटी ग़ुस्से में पूछा। अभी हलवाई कुछ बोलता, उसके पहले ही विकास बोल उठा।

"अबे ऊ का बताएँगे। हम बताते हैं हम। पिछले महीने जब मैं घर से आ रहा था तो स्टेसन से सीधा यहीं आ गया कि चाय-समोसा खाने के बाद हास्टल जाऊँगा। साला पता है हम का देखे? रात का उबला आलू में इनका लौंडा उछल रहा था। जब हम पूछे कि ई का कर रहा है यादव जी? तब ई बहुत प्यार से बोले कि बच्चा है, पैर धो के कूदा है, आलू फोड़ रहा है। साला उस दिन से हम इहाँ समोसा खाना बंद कर दिए। छी... केतना घिनहा समोसा होता है यार इहाँ का।" विकास ने पूरा समोसा-कथा सुना दिया और अपने मुँह को बेस्वाद जैसा बना लिया।

"ई का बोल रहे हो बे भोसड़ी के! सच में?" राहुल जैसे विकास पर चिल्लाया। उसको यक़ीन ही नहीं आ रहा था कि ऐसा भी हो सकता है।

"अरे ना भईया, अइसन बात ना है..." हलवाई ने सफ़ाई देनी चाहिए तो राहुल ने फ़ौरन उसे चुप करा दिया।

"अरे चुप रहिए! धरम भ्रस्ट कर दिया आप ने हमरा! आज से समोसा बंद। समोसा केंसिल।" राहुल खड़ा हो गया।

"लेकिन इसमें सड़े आलू की तो कौनो बात ना है! पैर से आलू फोड़ने की बात है! अब लौंडा बिना पैर धोए तो आलू नहिए फोड़ा होगा न!" रवि ने कैलकुलेशन किया।

"अच्छा साले! तो का मेस वाला पैर से आटा गूँथ के रोटी खिलाएगा तो तुम खा लोगे?" विकास न रवि से पूछा।

"रविया कैरेबियाई हो गया है, खा लेगा।" जेपी ने रवि के होंठ पर तंज़ का ज़हर छिड़का।

"इधर समोसा खा-खाकर हमरा धरम भ्रस्ट हो गया है, और तुम सालों शुरू हो गए बहसियाने!" राहुल चिल्लाया।

"तो रसगुल्ला मँगाओ अब। ऑर्डर दो जल्दी।" विकास ने चौड़ाई ली।

"समोसा काहे केंसिल बे? जिसको नहीं खाना है न खाए, हम तो खाबे करेंगे समोसा।" आशीष बोला, जो हाथ में अख़बार का एक पन्ना लिए आदमी के काटने से साँप के मर जाने की ख़बर पढ़ रहा था और भुनभुनाए जा रहा था, "साला ई आदमी का जात भी न... गजबे जात होता है! बताओ साला... दाँत काट के साँप को ही अमरत्व दे दिया!"

"हम भी खाएँगे। और सुनो, समोसा केंसिल नहीं होगा। धरम तुम्हरा भ्रस्ट हुआ है, हमरा नहीं। सब मँगाओ, हम खा जाएँगे।" ज़िया बोला।

"अधातुर सालों, मँगाते हैं सब मँगाते हैं।" राहुल उठा और दुकान से बाहर जाने को हुआ।

"धरम-करम छोड़ो बे। साला पहिले ई बताओ, पार्टी है किस चीज का?" वक़ार ने राहुल को पकड़कर बिठा लिया। इस सवाल को सुनकर बाक़ी के चेहरे पर भी वही सवाल उभर आया।

"मिसरा जी चड्ढी खरीदे होंगे, उसी का पार्टी होगा!" रवि ने फ़ौरन हूँक दिया, ताकि चकल्लस अपने असली प्लेटफ़ॉर्म पर पहुँचे। सुनकर सब हो-हो करके हँसने लगे।

"अच्छा! वही वाली चड्ढी न, जउन पहिन के कैटरीना इनके रुमवा में खड़ी है?" जेपी ने यह कहकर अपनी नज़र कड़ाही में छन रहे समोसे पर गड़ा

दी और हँसी रोकने की कोशिश करने लगा।

"वह बिकनी है भोंसड़ी के, चड्ढी ना है! एकदम्मे जाहिल हो, कुछ पढ़ा-लिखा करो।" राहुल ने झल्लाने का नाटक किया, ताकि सबको लगे कि सचमुच पार्टी वही दे रहा है।

"अच्छा? हमको जाहिल तो अइसे बोल रहे हो जइसे फिलास्फी में तुम्हरा फर्स्ट पेपर बिकनी-चड्ढी पर है... हा हा हा!" जेपी ने ज़ोर-ज़ोर से हँसना शुरू कर दिया। बाक़ी सब भी उसके साथ हँस पड़े।

"क्या पता, हो ही! यहाँ से निकल के मिसिर जी अमरीक्का चले जाएँ अउर बिकनी-चड्ढी पर पीएचडी कर लें, तो इससे बढ़िया बात का हो सकता है भला!" आमिर ने जेपी की बात में एक और लुक्मा जोड़ दिया।

"फिर तो इनका नाम बहुते लमहर हो जाएगा- डॉक्टर राहुल मिसरा बिकनी-चड्ढी वाले, पीएचडी फ्राम अमरीक्का!" जेपी ने उपाधि भी दे डाली। सब ठहाका मारकर हँस पड़े। लेकिन राहुल सिर्फ़ मुस्कुराकर रह गया कि अच्छा सालों। वह अक्सर कोई चाल चलता था तो ऐसा ही बिहैव करता था।

अमित काफ़ी देर से चुप था। उसके दिमाग़ में एक शक घूम रहा था कि पार्टी राहुल तो नहीं ही दे रहा था। वह मन में ही अंदाज़ा लगाने लगा कि फिर पार्टी दे कौन रहा था?

यादव का लड़का आकर पूछने लगा कि ऑर्डर क्या-क्या है। राहुल सबको गिनने लगा और फिर उसको बताया, "10 समोसा 11 चाय और एक रसगुल्ला ले आना।" लड़का चला गया।

"काहे ख़ाली 11 चाय बे? हम 12 लोग हैं तो बारह मँगाओ।" विकास ने कहा।

"तुम का रसगुल्ले को चाय में बुड़ा के खाओगे भोंसड़ी के?" राहुल ने झल्लाते हुए डाँटा।

"तुमसे मतलब! 12 लोग हैं तो 12 चाय आनी चाहिए कि नहीं?" विकास तन के खड़ा हो गया, "पार्टी दे रहे हो कि बकचोदी कर रहे हो बे!"

"समोसा भी 12 मँगाओ। समोसा खाने से हमरा धरम भ्रस्ट नहीं होता।" ज़िया भी खड़ा हो गया था। सबकी आदत थी कि जब भी अपनी बात मनवानी हो तो बैठे हो तो खड़े हो जाओ और खड़े हो तो सामने वाले के सीने पर चढ़

जाओ। फिर क्या! बारी-बारी से सब बेंच से खड़े हो जा रहे थे।

"अच्छा साले, मँगाते हैं। चुपचाप बैठ जाओ।" राहुल ने कहा और लौंडे को आवाज़ लगाई, "हे सुनो बे! समोसा, चाय और रसगुल्ला सब 12-12 ले आओ, जल्दी से।"

अब बारी सबके चौंकने की थी।

"अई स्साला! 12-12 समोसा के साथे 12-12 रसगुल्ला भी! ई चड्ढी का पार्टी ना है बे! साला लगता है मिसिर जी का कउनो संस्कार-वंस्कार हुआ है!" पंकज ने धीरे से राजकुमार के कान में कहा, जिसे उमेश ने भी सुन लिया।

"हमने तो लगते हैं, राहुल बाबा कोई चाल चलने हैं।" अब तक चुप उमेश ने पंकज और राजकुमार से अपने अलहदा अंदाज़ में कहा। उमेश अपना पिछवाड़ा टेढ़ा किए हुए बायें कूल्हे के बल पर बैठा था।

"तुमने क्या लगने हैं, हमने पते नहीं हैं। पहिले तुमने अपने पिछवाड़े को सही करने हैं।" राजकुमार ने उमेश की चुटकी ली उसी के टोन में।

"हमने पीरियड आने हैं, इसलिए हमने ऐसे बैठने हैं।" उमेश ने दुखी-सा मुँह बनाकर कहा।

पीरियड की बात सुनकर राजकुमार एक झटके से थोड़ी दूर खिसक गया और उमेश को अजीब नज़रों से देखने लगा। वह उसके सिर पर देखने लगा कि कहीं मच्छर तो नहीं उड़ रहे हैं! लेकिन मच्छर नहीं थे, मक्खियाँ थीं, जो हलवाई ने 'पाल' रखी थीं। फिर उसकी कमर की ओर देखकर उसने दबी-सी हँसी हँस दी।

"अबे पंकजवा! उमेसवा भीतर से लड़की है का बे? कह रहा है कि उसको पीरियड आ रहा है।" राजकुमार पूछ तो पंकज से रहा था लेकिन उसकी नज़र उमेश की कमर के 'वी-एरिया' पर थी।

"नहीं बे लड़की ना है। उसको बवासीर है। साले को बवासीर कहने में सरम लगती है इसलिए उसे पीरियड बोलता है। अजीब तरह का बवासीर है, साला पूरे दिन खून लीक होता रहता है। इसलिए डायपर पहने रहता है।" पंकज ने राजकुमार को बताया और फिर हलवाई से बोला, "समोसा अच्छे से तलना भाई। परसों कच्चा ही दे दिए थे।"

"भक्क साला! बवासीर को पीरियड कहने का का मतलब है बे!"

राजकुमार अब भी उमेश की कमर की ओर देख रहा था। लेकिन उमेश की नज़र रसगुल्ले पर थी।

"वह बिहार से है बेट्टा! बिहारी भइया लोग का हर बात में अलगे मतलब होता है!" पंकज बोला।

"भक्क! घंटा मतलब होता है!" राजकुमार वहाँ से उठकर जाने को हुआ लेकिन फिर बैठ गया।

"उमेस कहता है कि पीरियड कहने में उसको फील आता है।" पंकज ने उसको बताया।

"स्साला! काहे का फील बे? लौंडिया होने जैसा नहीं लगता का?" राजकुमार ने चौंककर पूछा।

"शी-मेल टाइप का फील!" पंकज ने जवाब दिया।

"ओ त्तेरी! तो ये पैड भी लगाया होगा का? पूरा-पूरा फील लेने के लिए?" राजकुमार ने पंकज के कान के पास अपना मुँह ले जाकर धीरे से पूछा। दोनों खुसुर-फुसुर करने लगे।

पंकज और उमेश छठवें ब्लॉक में रहते थे और राजकुमार तीसरे में रहता था, इसलिए उसको उमेश के बारे में पता नहीं था। उमेश काफ़ी दिनों से बवासीर का इलाज तो करा रहा था लेकिन कोई ख़ास फ़ायदा नहीं हुआ था।

"पता है, असली पैडमैन यही है! साला महीने में चार-पाँच दिन नहीं, पूरे महीने लगाए रहता है।" पंकज ने कहा। उमेश अब बायें कूल्हे के बल पर बैठ गया। उसकी निगाह दुकान की मिठाइयों पर अब भी इधर-उधर फिर रही थी। उसको तो जल्दी से मिठाई खाकर क्लास के लिए जाना था।

समोसा छन चुका था। लड़का जल्दी-जल्दी काग़ज़ में एक-एक समोसा लपेटने लगा। दूसरा लड़का कटोरी में रसगुल्ला सजा रहा था। सब चौंकन्ने हो गए। सबके मुँह में ज़ायक़ा भरने लगा और उनकी ज़ुबान पानीदार होकर तीखे-मीठे को महसूस करने लगी।

सबने पहले रसगुल्ला खाया और फिर समोसा, ताकि थोड़ी देर में चाय सुड़पा जा सके। लेकिन उमेश ने सिर्फ़ रसगुल्ला खाया। बवासीर की वजह से वह तीखी चीज़ें नहीं खाता था। डरता था कि सुबह-सुबह ख़ून-खच्चर के साथ असहनीय दर्द बढ़ जाएगा। थोड़ी देर में चाय भी आ गई। उमेश का समोसा

पंकज खा गया और राहुल और विकास का समोसा ज़िया और वक़ार खा गए।

चाय पीकर एक-एक कर सब उठने लगे और इधर-उधर होने लगे। सब बेफ़िक्र थे कि पार्टी राहुल ने दिया है, तो पेमेंट भी वही कर देगा। कोई सुट्टा मारने चला गया तो कोई मोबाइल से कहीं बतियाने लगा। विकास उठने को हुआ तो राहुल ने उसे रोक दिया।

"तुम कहाँ जा रहे हो राज्जा ?" राहुल ने उसका हाथ पकड़कर बिठा दिया और यादव से पूछा कि कुल कितना पैसा हुआ।

"नहाने जा रहे हैं बे। ग्यारह बजे इकोनॉमिक्स की क्लास है।" विकास ने हाथ छुड़ाते हुए कहा।

"पहिले पेमेंट तो कर दो, फिर चले जाना रघुराम राजन बनने!" राहुल ने बड़े प्यार से कहा। अब राहुल का चेहरा बदल चुका था और उस पर विकास को 'कहकर ले लेने' की ख़ुशी मचल रही थी।

इतना सुनना था कि विकास का चेहरा अचानक फक्क पड़ गया। उसकी साँसें जम-सी गईं और बदन से हरकत ग़ायब हो गई। विकास को काटो तो ख़ून नहीं! एक पल के लिए वह एकदम बुत की तरह बैठा रहा कि साला उसका तो आज कट गया। अभी कुछ देर ही पहले पहने जौकी का ब्ल्यू अंडरवियर उसकी कमर में जैसे चुभने लगा।

तभी यादव का लड़का आकर बोला, "कुल 300 रुपये हुए भइया जी।"

"हम काहे पेमेंट करें बे? पार्टी तुम दिए हो, तुम करो पेमेंट।" यादव के लड़के की तरफ़ देखते हुए विकास झल्लाकर ऐसे बोला, जैसे किसी बुत में अचानक कोई हरकत होने लगी हो। विकास के चेहरे पर बड़ा-सा चूना लगने का डर आकर बैठ गया था, साथ में गुस्सा भी कि आख़िर राहुल तक वह बात किसने पहुँचाई होगी कि उसने कल जौकी की अंडरवियर ख़रीदी थी!

बाक़ी सब को समझने में देर नहीं लगी कि माजरा क्या है। दरअसल राहुल ने विकास से पिछले महीने का बदला लिया था। राहुल और विकास की बहस को सुनकर इधर-उधर बिखरे सब एक-एक कर फिर से दुकान की बेंच पर आकर बैठने लगे। वो क्या है न... जब किसी की जेब इस तरह कटती है तो बाक़ी सबको बहुत ही मज़ा आता है।

"अरे बेट्टा, जौकी का दू-दू ठो अंडरवियर खरीदो तुम, और पार्टी दें

भोसड़ी के मिसिर जी? ई तो बहुत नाइंसाफी होगा बे, है न!" राहुल ने शातिराना हँसी हँसते हुए कहा और बाक़ी सबकी तरफ़ देखते हुए उनसे भी हामी भरवाने लगा। बाक़ी सब तो इकट्ठा हुए ही थे हामी भरके मज़ा लेने के लिए।

राहुल की बात सुनकर विकास का माथा भन्ना गया। उसके ज़ेहन में अमित की शक्ल घूमने लगी और उसको लेकर ग़ुस्सा भी कि आख़िर उसने राहुल को जौकी अंडरवियर ख़रीदने की बात क्यों बताई? क्योंकि अमित ही उसके साथ मार्केट गया था।

"कौन-सा जौकी बे? हमको अंडरवियर ख़रीदे तो एक साल हो गया।" विकास ने खीझते हुए कहा लेकिन उसकी इस खीझ में मुचमुची दाढ़ी से एक तिनका बाहर झाँकने लगा था। वही, चोर की दाढ़ी वाला तिनका।

"चुपचाप पेमेंट करो साले, नहीं तो अभिए पैंट उतरवा के सबूत भी दे देंगे। बूझे?" राहुल ने हँसते हुए कहा।

विकास का चेहरा अब बुरी तरह लाल हो गया। वह समझ गया कि राहुल उससे पिछले महीने का बदला ले रहा था, जब उसने राहुल के बनियान ख़रीदने पर उससे चाय की पार्टी ली थी। अब पछताने से कोई फ़ायदा तो था नहीं, क्योंकि उसका फेंका हुआ ढेला उसी के सिर पर वापस आ लगा था। उसके लिए कुछ कह पाना भी मुश्किल था, क्योंकि इस परंपरा की शुरुआत पिछले साल ख़ुद विकास ने ही की थी। मारे ग़ुस्से के विकास ने पर्स निकाला, कुछ सोचा, और फिर वापस रख दिया।

"नहीं देंगे हम, का कर लोगे!" विकास की नाक फूलने लगी।

"मैंने तो कहने हैं कि देने पड़ेंगे। आपने कच्छी लेने हैं तो पार्टी बनने हैं। राहुल बाबा ने पिछले महीने पार्टी देने हुए हैं।" उमेश ने बड़े प्यार से कहा।

"तुम चुप रहो भोसड़ी के! नहीं तो तुम्हरे पीरियड पैड की पार्टी ले लेंगे अभी!" विकास चिल्लाया।

उमेश वहाँ से हट के किनारे खड़ा हो गया और धीरे से बोला, "वो पैड नहीं होने हैं, डायपर होने हैं।"

"हाँ तो डायपर का पार्टी ले लेंगे साले, चुप रह!" विकास ने ग़ुस्से में हाथ नचाते हुए कहा।

"उमेस को बीमारी है, उसको कुछ मत बोलो। बूझे! चुपचाप पेमेंट करो

और जाओ आरबीआई गवर्नर बनने।" राहुल ने विकास को डाँटा।

विकास के पास अब कोई चारा नहीं बचा था, सिवाय इसके कि वह पेमेंट करे। उसने ग़ुस्से में पर्स निकाला और अमित की ओर घूरकर देखने लगा। यादव के लड़के को पाँच सौ का नोट देकर कहा कि दो सौ जल्दी से वापस करे, हॉस्टल जाना है। अमित भी सकते में था कि आख़िर अंडरवियर ख़रीदने का मामला राहुल तक पहुँचा कैसे? सिवाय विकास और अमित के इस बात को कोई जानता भी नहीं था। और पार्टी देने के डर से अक्सर ही सारे लड़के छुप-छुपा के ही कुछ ख़रीदते थे। या फिर जब वे अपने गाँव-शहर जाते तो वहीं से ख़रीदारी करके वापस हॉस्टल आते थे ताकि किसी को कुछ पता ही न चलने पाए।

सब लड़के हॉस्टल की ओर जाने लगे। विकास ने अमित से बात नहीं की। उसको शक था कि राहुल को अमित ने ही बताया होगा। हालाँकि उसका शक सही नहीं था लेकिन अमित पर शक न करने की कोई वजह भी नहीं थी। क्योंकि विकास की हर बात सिर्फ़ अमित को ही पता होती थी- जौकिया यार जो थे दोनों। और मामला तो जौकी अंडरवियर का ही था।

बीती शाम अमित को लेकर ही विकास मार्केट गया था और जौकी की दो अंडरवियर ख़रीदा था। और रात गए दोनों चुपचाप हॉस्टल पहुँचे थे ताकि किसी को कोई ख़बर न होने पाए। अंडरवियर ख़रीदने पर पार्टी लेने-देने का एक आतंक-सा था। लेकिन हॉस्टल का कोई भी बंदा इस आतंक से बच नहीं पाता था, हालाँकि वह बचने की सारी जुगत ज़रूर लगाता था। अमित पर विकास को इसलिए भरोसा था क्योंकि वह जानता था कि वह किसी को नहीं बताएगा। अमित ने किसी को बताया भी नहीं था, लेकिन शक की सूई तो उसी पर ही जाकर टिकती थी। इसलिए अमित भी परेशान था कि आख़िर मामला सामने कैसे आया! कल रात तो वह मेस में खाना खाकर रूमपैक हो गया था।

दरअसल, बीती रात जब एक बजने को थे तब विकास को रहा नहीं गया। उसने जौकी का पैकेट खोला और अंडरवियर निकालकर पैकेट-प्लास्टिक को रूम की पिछली बॉलकनी से नीचे फेंक दिया था ताकि अगली सुबह सफ़ाई वाला उसे कूड़े में डाल दे। हर ब्लॉक के पिछले हिस्से में ख़ाली जगह थी जहाँ पर लड़के कूड़ा-करकट फेंकते रहते थे। अगले दिन सफ़ाई वाला सब उठा ले

जाता था। चौथे और तीसरे ब्लॉक का पिछला हिस्सा आमने-सामने पड़ता था। दूसरे और पहले ब्लॉक का भी। छठवें और पाँचवें ब्लॉक का भी।

विकास के रूम के पिछले हिस्से के ठीक सामने राहुल का रूम भी तीसरे ब्लॉक में तीसरे फ़्लोर पर ही था। कल रात राहुल ने ही विकास को कुछ फेंकते देख लिया था, जब वह अपनी बॉलकनी में खड़ा सिगरेट पी रहा था। विकास ने इस बात का ध्यान नहीं दिया था कि राहुल के कमरे की लाइट जल रही थी। फिर क्या! राहुल सिगरेट पीते हुए फ़ौरन नीचे उतरा और विकास के फेंके हुए जौकी के पैकेट-प्लास्टिक को उठा लाया। अगली सुबह की पार्टी के लिए उसे सबूत मिल चुका था।

विकास सीधा रूम पर पहुँचा और तख़्त पर पेट के बल धड़ाम से गिर पड़ा। तीन सौ का चूना लगा था, इकोनॉमी डाँवाडोल हुई थी उसकी, अब क्या ख़ाक इकोनॉमिक की क्लास करने जाता! गिरे-गिरे ही वह सोचने लगा कि आख़िर हर बार वही क्यों फँस जाता है। स्कूलिंग के दौरान भी उसे कितनी मार पड़ती थी। उसके हर काम में कोई-न-कोई पनौती हो ही जाती थी और आज तक होती चली आ रही है। कभी-कभी तो मामला बिगड़कर गाली खाने या फिर मार खाने तक पहुँच जाती थी। उसे याद हो आया, जब वह इंटरमीडिएट फ़ाइनल ईयर में था, तब उसकी शरारत पर उसके प्रिंसिपल ने उसे कितना मारा था।

सर्दियों के दिन थे। विकास अपने गाँव के एक इंटरमीडिएट कॉलेज में इंटर फ़ाइनल में था। कॉलेज प्रिंसिपल का नाम सलीम जहाँगीर था। वह रोज़ सुबह प्रेयर में बच्चों से अल्लामा इक़बाल का लिखा क़ौमी तराना 'सारे जहाँ से अच्छा हिंदुस्ताँ हमारा...' गवाते थे। इस तराने में एक लाइन है- 'गोदी में खेलती हैं जिसकी हज़ारों नदियाँ'। यह लाइन ही विकास के लिए पनौती बनी थी। दरसअल ग़लती विकास की ही थी।

प्रेयर में एक लड़का और एक लड़की एक साथ तराने की लाइनें एक सुर में गाते थे जिसे पीछे से बाक़ी बच्चे दोहराते थे। विकास अक्सर एकदम पीछे खड़ा होता था। जब तराना शुरू होता तो वह उसकी हर लाइन पर एक पैरोडी लाइन गाने लगता था। पैरोडी सुनकर उसके पास खड़े बच्चे खीखी करके हँसते रहते थे। इत्तेफ़ाक़ से एक दिन केमिस्ट्री के टीचर बच्चों के पीछे जाकर खड़े हो गए, क्योंकि कई दिनों से वह देख रहे थे कि पीछे खड़े बच्चे तराना नहीं

दोहराते हैं, बल्कि शरारत करते हैं और हँसते रहते हैं। फिर क्या, जैसे ही यह लाइन- 'गोदी में खेलती हैं जिसकी हजारों नदियाँ...' आई, वैसे ही विकास ने उसकी पैरोडी गानी शुरू कर दी- 'गोदी में खेलती है सलीम की लवंडिया...' यह सुनकर साथ खड़े बच्चे दबे स्वर में खीखी कर हँसने लगे। उनके पीछे खड़े एक टीचर ने सुन लिया और प्रेयर ख़त्म होते ही विकास को जमकर धोकर जख़्मी विकास बना दिया। यही नहीं, उस टीचर ने प्रिंसिपल को भी जाकर बता दिया। प्रिंसिपल ने भी विकास को ख़ूब कूटा।

इसी तरह के पनौती से भरे क़िस्से-वाक़यों को याद करते हुए न जाने कब विकास की आँख लग गई। वह सो गया और बहुत देर तक सोता रहा।

शाम के चार बज रहे थे, जब विकास का मोबाइल बजा। अमित का फ़ोन था, लेकिन विकास ने उठाया ही नहीं। वह सोता रहा। अमित अपने एक सीनियर के पीछे बैठा कॉमन हॉल में आईपीएल के पुराने मैच देख रहा था। राहुल और उमेश भी वहीं थे। मैच देखने के दौरान ही अमित ने राहुल से पूछ लिया कि उसे विकास के जौकी के बारे में कैसे पता चला। राहुल ने बीती रात की सारी बात बता दी।

राहुल की पूरी बात का लब्बोलुआब यह था कि रात को सिगरेट पीने का फ़ायदा कभी-कभार इस तरह भी मिल सकता है!

अमित सोचने लगा था कि कश के वश में आया जाए या नहीं!

तभी अमित के आगे बैठे उसके सीनियर देवेश सर ने बग़ल वाले के कान में चुपके से कहा, "चलो मार्केट चलते हैं, अंडरवियर लेने हैं, एक महीने से फटी अंडरवियर पहन रहा हूँ।" इतना सुनना था कि अमित और राहुल के कान खड़े हो गए। उन्होंने बाक़ी कुछ सुना या नहीं, लेकिन 'अंडरवियर' शब्द ज़रूर उनके कानों को अच्छा लगा। और दोनों के दिमाग़ में समोसे, रसगुल्ले और चाय की प्यारी-प्यारी तस्वीरें भी उभरने लगीं।

अमित ने कॉमन हॉल से बाहर निकलकर फ़ौरन ही विकास को कॉल किया। राहुल और उमेश भी उसके पीछे-पीछे बाहर आ गए। विकास अब जग चुका था। उसने फ़ोन उठा लिया।

"कल सबेरे पार्टी के लिए तैयार रहना बे नयन मोंगिया भोसड़ी के!" अमित ने बिना हेलो बोले ही कहा।

"अब किसका पिछवाड़ा काटे हो भोसड़ी के?" विकास ग़ुस्से में बोला।

"देवेश सर अंडरवियर ख़रीदने गए हैं बे।" अमित ने चहकते हुए कहा।

"साले तुम ही करो अंडरवियर पार्टी, हमको नहीं आना।" विकास ने इतना कहकर कॉल कट कर दिया।

राहुल, उमेश और अमित, तीनों एक साथ हँस पड़े और फिर टीवी की तरफ़ रुख़ करके आईपीएल देखने लगे।

तीन-तेरह-तेईस

रात के तीन बज रहे थे।

इतनी रात गए अचानक लाइट कट गई और घुर्र करके एक ज़ोर की आवाज़ के साथ कूलर बंद हो गया। वह अचकचाकर जगा और अँधेरे में ही इधर-उधर देखने लगा। उसको यह याद नहीं आ रहा था कि इस गहरी और नींद से भरी रात में इसके पहले कभी लाइट कटी थी या नहीं। ऐसी अनायास घटनाएँ अक्सर हमें स्मृतियों में उलझा देती हैं। दिल्ली जैसे शहर में तो ऐसा कम क्या, नहीं ही होता है कि हमें नींद की आग़ोश में छोड़कर रात-बेवक़्त लाइट ख़ुद कहीं तफ़रीह करने निकल जाए। वहाँ तो बिना किसी वजह के भी पूरी रात चारों ओर की लाइटें जलती रहती हैं। मालूम नहीं यह बिजली का बेजा ख़र्च है या कोई ज़रूरी शग़ल, मगर रोशनी का लिबास ओढ़े शहर बहुत ख़ूबसूरत लगता है। शहर को ख़ूबसूरत बनाने की कोशिश में संसाधनों का सत्यानाश करने के काम में सरकारों को बहुत मज़ा आता है। हाँ, यह बात अलग है कि रात में सड़कों पर रोशनी से राहगीरों के साथ किसी हादसे का अंदेशा भी कम हो जाता है। ख़ैर, किसी हादसे के लिए अँधेरा क्या, उजाला क्या!

जमुना पार के लक्ष्मी नगर में एक मकान के तीसरे फ़्लोर पर वन बीएचके फ़्लैट में वह अकेले रहता था। तक़रीबन ढाई-तीन साल से हो गए थे उसको वहाँ रहते हुए। वह गुड़गाँव की एक आईटी कंपनी में सॉफ़्टवेयर इंजीनियर था। रोज़ लक्ष्मी नगर से गुड़गाँव तक कंपनी की गाड़ी उसे लेने और फिर शाम को वापस छोड़ने आती थी। उसका घर उत्तर प्रदेश के किसी गाँव में था जिसे जातिवाद और सामंतवाद का गढ़ कहने में कोई हर्ज नहीं है। उस फ़्लोर पर दो और कमरों में किराएदार ही रहते थे। एक बिहार से था और दूसरा हरियाणा से।

दोनों अलग-अलग कंपनियों में मार्केटिंग एग्जीक्युटिव थे।

अँधेरे में उन दोनों की आवाज़ सुनाई दी।

"का भइया! ई साला भोरे-भोरे लाइट काहें काट दिया?" बिहारी लड़के ने हरियाणवी लड़के से कहा। लाइट कटते ही दोनों कॉरीडोर में आ खड़े हुए थे।

"कुछ फाल्ट हो गया के! चल चलके नीच्चे देखते हैं।" हरियाणवी लड़के ने पहले ख़ुद से पूछा और फिर बिहारी लड़के से कहा। दोनों सीढ़ियों से नीचे उतरने लगे। उन दोनों के पैरों की चाप उसने सुनी लेकिन वह ख़ामोश रहा। गुज़िश्ता तीन महीने से वह ज़्यादातर ख़ामोश ही रहता था। बेवफ़ाई अक्सर कुछ लोगों को बेज़ुबान बना देती है।

अभी तीन मिनट भी नहीं बीते होंगे कि वह पसीने से तर होने लगा। बाहर वाले कमरे की खिड़की खोल दी उसने, जो कूलर चलाने की वजह से बंद कर रखी थी। कमरे की कूलिंग भी काम नहीं आई कि पल भर में कमरे में गर्मी नंगे पाँव आकर धप्प से बैठ गई। उसने महसूस किया कि जाते-जाते मुई लाइट ने गर्म थपेड़ों को कमरे में धक्का देकर बाहर से दरवाज़ा बंद कर दिया था। उतनी ही देर में पूरा कमरा उबलने लगा था।

उसने खिड़की से बाहर देखा- सन्नाटा अपने कंधे पर अजीब तरह का शोर लिए गली में टहल रहा था। ख़ामोशी भरा शोर! हवा के परों पर तीन तरह की आवाज़ें सवार होकर इधर-उधर उड़ रही थीं। एक झिंगुर की, दूसरी सन्नाटे की और तीसरी उसके भीतर छुपे अंजाने डर की जो घरघराती साँसों के रास्ते आ-जा रहा था। वह कैसा डर था, उसे भी मालूम नहीं था। पर न जाने क्यों वह डर अचानक़ कहीं से आ कौंधा था उसके ज़ेहन में। लाइट जाने का डर तो कोई डर नहीं होता! मगर हाँ, उमस से भरी गर्मी से उकताने और झल्लाने से पैदा होने वाली एक ख़लिश का डर तो था ही, जिसने उसके भूतकाल में बहुत-सी कारगुज़ारियों को अंजाम दिया था।

इत्तेफ़ाक़न, तीसरे पहर में उस रात जून महीने की वह तेरह तारीख़ हो चुकी थी। लाइट अभी नहीं आई।

तक़रीबन तीन घंटे तक लाइट कटी रही। छोटे भगौने के ढक्कन से चेहरे पर हवा करते हुए, इधर-उधर टहलते हुए, उसने जैसे-तैसे तीन घंटे का वक़्त काटा। सुबह छह बजने को थे जब लाइट आई। कल शाम को पानी भी कम आया था,

क्योंकि उस दिन सुबह के अख़बार ने इत्तला दी थी कि सीवर की सफ़ाई के चलते अगले दिन यानी तेरह जून को पानी नहीं आएगा। इत्तला के साथ ख़ास हिदायत भी थी कि दैनिक ज़रूरत पूरी करने के लिए थोड़ा पानी भरकर रख लें। लेकिन वह कभी अख़बार नहीं मँगाता था इसलिए न उसने उस दिन की ख़बर पढ़ी थी और न ही अपने लिए 'थोड़ा' पानी भरा था।

वह बाथरूम गया। टुल्लू चलाकर देखा तो पानी नहीं आ रहा था। नल में सूखा पड़ा था। बाल्टी ख़ाली थी। फ़र्श पर अब भी रात की तपन कुछ-कुछ ठहरी हुई थी जहाँ पानी के क़तरों के सूखने से दुनिया के न जाने किन-किन लावजूद मुल्कों के नक़्शे उभर आए थे। उसने सोचा मकान मालिक से पानी लेकर काम चला लेते हैं, लेकिन वहाँ से उसे बड़ा तीखा-सा जवाब मिला, "सुबह पानी नहीं आया, टुल्लू चलाया भी था तो पाँच मिनट चलकर अचानक बंद हो गया और उसमें से धुआँ निकलने लगा। अब शाम तक ही पानी मिल पाएगा। फ्रेश होना है तो तू सुलभ चला जा, पास में ही है।"

वह ऊपर अपने कमरे में चला गया। दिल्ली के कुछ मकान मालिक ऐसे ही बोलते हैं। दिल्ली में दिल की नरमाई खोजना भूँसे के ढेर में सूई खोजने जैसा है। दिल्ली में दिल्ली वाले हैं ही कितने! शाहजहानाबाद की नाज़ुकी तो न जाने कितनी बार निचोड़ी गई थी। दिल्ली में मुट्ठी भर से भी कम दिल्ली वाले हैं, बाक़ी तो दूसरी जगहों से आकर बसते चले गए दिगर लोग हैं। ख़ैर, इसमें दिल्ली शहर का क्या दोष! एक शहर तो लोगों से ही बनता है न। जहाँ जैसे लोग रहेंगे, शहर उन्हीं का मिज़ाज ओढ़ लेगा।

सुबह के सात बज रहे थे।

किसी तरह फ्रीज में पड़े एक बोतल पानी में से थोड़ा-सा पीकर बाक़ी से हाथ-मुँह धोया और बिना नहाए-धोए ही ऑफ़िस के लिए तैयार होने की सोचने लगा। लेकिन समस्या फ्रेश होने की थी। प्रेशर बनने का वक़्त बहुत क़रीब था तो सोचा कि पास वाले सुलभ कॉम्प्लेक्स से हो आए। लेकिन तभी उसके मैनेजर ने कॉल करके कहा कि वह जल्दी ऑफ़िस पहुँचे, क्योंकि एक ज़रूरी मीटिंग बुला ली गई थी। उसे लेने के लिए गाड़ी चल चुकी थी।

"व्हॉट द रबिश इज़ दिस! साले ऑफ़िस वाले... हगने भी नहीं देते!" वह ख़ुद पर झल्लाया और फिर अलमारी से कपड़े निकालने लगा।

प्रेशर के साथ अब धीरे-धीरे उसका ग़ुस्सा भी बढ़ने लगा था। नीचे का प्रेशर और ऊपर का ग़ुस्सा, अगर दोनों एक साथ बढ़े तो मग़ज़ में भयंकर त्रासदी ला सकते हैं।

उसने देखा। उसके मोबाइल की बैट्री तेरह प्रतिशत चार्ज थी। प्रॉब्लम यह थी कि दस प्रतिशत से कम बैट्री चार्ज पर उसका मोबाइल अक्सर बंद हो जाता था। उसे गुड़गाँव ऑफ़िस पहुँचने में क़रीब एक घंटा तो लग ही जाता था। मोबाइल चार्ज करने के लिए उसके पास समय भी नहीं था। उसे डर यह था कि अगर बीच में फिर मैनेजर का कॉल आया और मोबाइल ऑफ़ हो गया तो क्या होगा! जैसे-तैसे प्रेशर को दबाए लैपटॉप बैग लेकर वह ऑफ़िस के लिए घर से निकल गया। कुछ ही मिनट पहले नाके पर ऑफ़िस की गाड़ी उसे लेने के लिए आ खड़ी हुई थी।

आठ बजने को थे।

गाड़ी में बैठे-बैठे वह अपने पैर हिला रहा था। एक बेचैनी-सी थी। दोतरफ़ा प्रेशर होने की बेचैनी। रास्ते में उसे कई बार ख़याल आया कि कहीं सुलभ कॉम्प्लेक्स पर रुककर हो ले, लेकिन फिर मैनेजर का जल्दी पहुँचने वाला एसएमएस देखकर चुपचाप बैठा रहा। तीन मिनट के भीतर मैनेजर का तीन बार मैसेज आ चुका था कि वह जल्दी पहुँचे। उसने मन में सोचा- 'ऑफ़िस पहुँचकर ही हो लेगा। एक घंटे की ही तो बात है।'

नौ बजने को थे।

प्रेशर को साथ लिए वह ऑफ़िस पहुँचा तो वहाँ कोई मीटिंग नहीं थी, बल्कि एक अलग ही कहानी मोड़ ले चुकी थी। अपनी सीट पर लैपटॉप रखकर वह अभी बैठना चाहा ही था कि उसके एक एम्प्लॉई दोस्त ने जल्दी बुलाने की वजह बता दी। दरअसल, मैनेजर के मेल पर एक क्लाइंट कंपनी के सीईओ का मेल आया था। पिछले महीने उसका बनाया हुआ सॉफ़्टवेयर, जिसे ख़ुद मैनेजर ने ही अप्रूव किया था, करप्ट हो गया था। जबकि वह सॉफ़्टवेयर सुपर प्रोटेक्टेड था। सॉफ़्टवेयर करप्ट होने से उस कंपनी का पूरा सिस्टम बैठ गया था जिससे उसको कई करोड़ के एंडोर्समेंट का नुक़सान हो गया था। इसीलिए उसके सीईओ ने शिकायती मेल भेजा था।

उसकी कंपनी के पास अब दो ही ऑप्शन थे- या तो उसे नौकरी से निकाल

दे या फिर वह एक नया सॉफ़्टवेयर बनाकर दे, वह भी फ्री में।

मैनेजर ने उसे केबिन में बुलाया और अपनी ज़िम्मेदारी को परे करते हुए उसने सीधा उस पर ही सारी ग़लती थोप दी। ख़रबूज़े कट ही जाते हैं। चाक़ू का क्या है, वह तो एक ख़ंजर ही ठहरा।

"सर, सॉफ़्टवेयर करप्ट होने की वजह खोजकर हम एक नया सॉफ़्टवेयर बनाकर लॉस को रिकवर कर सकते..." उसने अपना तर्क रखना चाहा ही था कि तभी उसकी बात काटते हुए मैनेजर कुर्सी से उठकर चिल्ला पड़ा, "मैं अब दोबारा रिस्क नहीं ले सकता, समझे!" मैनेजर ने उसकी ओर घूरकर देखा और फिर झट से बैठ गया।

वह ख़ामोश रहा। नहीं, उसने कुछ बोलना मुनासिब नहीं समझा इसलिए चुप रहा। नहीं, वह क्या बोलता! ज़िम्मेदारी तो उसकी भी थी। लेकिन बोला, जैसे अपनी ज़िम्मेदारी से भागने वाला एक इंसान सामने वाले को बोलता है।

"मेरे पास कोई और ऑप्शन नहीं है, सिवाय तुम्हें कंपनी छोड़ जाने के लिए कहने के। मैं तुम्हें निकालना नहीं चाहता, इसलिए तुम ख़ुद अपना रेजिग्नेशन लिखो और मुझे मेल करो... अभी... जाओ..." मैनेजर उससे नज़रें चुराते हुए कुछ देर बाद फिर बोला, "मैं किसी दूसरी कंपनी में तुम्हारी जॉब की बात करूँगा।" मैनेजर ने ऐसे धीरे से कहा जैसे वह अपने अंदर कोई ग़ुस्सा दबा रहा हो या शायद ख़ुद को बचा रहा हो।

मैनेजर ख़ुद को बचा ही रहा था।

उसे भी ग़ुस्सा तो बहुत आया, लेकिन प्रेशर के चलते वह मन मसोसकर रह गया। ग़ुस्से को दबाते हुए उसने दुखी मन से एक और बार गुज़ारिश की लेकिन मैनेजर ने उसकी नहीं सुनी। मैनेजर के मन में डर बैठ गया था कि कहीं दुबारा न नुक़सान हो जाए। डर चाहे जिस भी किसी चीज़ का हो, उससे नुक़सान तो होना तय है।

वह भारी क़दमों से मैनेजर के केबिन से बाहर निकला और ऑफ़िस में इधर-उधर घूमकर अपनी सीट के पास कुछ देर खड़ा रहा। उसे कुछ समझ में नहीं आ रहा था कि वह क्या करे। उसका दिल नहीं किया कि वह अपनी सीट पर बैठे। उसकी जॉब चली गई थी। अब वह तीन तरह के प्रेशर में था- सिर पर जॉब जाने का प्रेशर, अब अगली जॉब कैसे मिलेगी उसका प्रेशर और नीचे

पोटी का प्रेशर। आदमी अपने सिर का बोझ एक बार सँभाल भी ले, लेकिन पिछवाड़े का बोझ सँभाले नहीं सँभाल पाता। जो आदमी बड़े-बड़े दिमाग़ी प्रेशर को हफ़्तों-महीनों ढो सकता है, उससे भी पिछवाड़े का प्रेशर महज़ चंद मिनटों तक नहीं रोका जा सकता।

जॉब जाने के दुख की वजह से कुछ देर के लिए उसका ध्यान हटा था, लेकिन फिर उसे एहसास हुआ कि प्रेशर बढ़ रहा था। फिर भी वह कंट्रोल करते हुए न जाने क्या सोच रहा था।

उसके एम्प्लॉई दोस्तों में जो उस वक़्त ऑफ़िस पहुँच चुके थे, उनमें से किसी ने कुछ नहीं कहा। सब एकदम चुप रहे और लाचार नज़रों से उसे देखते रहे। उसने भी सबकी तरफ़ एक नज़र देखा और अपना बैग लेकर रिसेप्शन के सोफ़े पर जाकर एकदम धीरे से बैठ गया। उसने लैपटॉप ऑन किया और वाई-फ़ाई कनेक्ट करके एक लाइन का रेजिग्नेशन मेल कर दिया। लैपटॉप को बंद किया और अपने मोबाइल से सिम निकालकर लैपटॉप, सिम और आई कार्ड को एचआर डिपार्टमेंट में जमा करके बिना कुछ बोले चुपचाप ऑफ़िस से बाहर निकल गया।

दो सिम वाले उसके मोबाइल में उसका अपना सिम तो था, लेकिन महीनों से इस्तेमाल न होने की सूरत में बहुत पहले ही उसमें बैलेंस ज़ीरो हो चुका था। हालाँकि, उसकी इनकमिंग चालू थी।

सुबह साढ़े नौ बज रहे थे।

बाहर आकर सड़क पर इधर-उधर देखा। उसे याद आया। वह दायीं ओर चलने लगा। थोड़ी दूर चलकर सड़क के उस पार उसे सुलभ कॉम्प्लेक्स का बोर्ड दिखा। आगे अंडरपास था, जहाँ से होकर उसे अपोज़िट साइड पहुँचना था। अंडरपास से ऊपर पहुँचते ही सामने एक ऑटो आकर रुका जिसमें से घबराई हुई एक लड़की उतरी। वह कुछ परेशान थी और ऑटो वाले से किसी बात के लिए रिक्वेस्ट कर रही थी लेकिन ऑटो वाला मान नहीं रहा था। उसके वहाँ से गुज़रते देख लड़की ने उसे रोक लिया।

"देखिए न सर! ऑटो वाला ढाई सौ माँग रहा है, लेकिन मेरे पास कैश सिर्फ़ डेढ़ सौ ही है। आस-पास कोई एटीएम भी नहीं दिख रहा है। और ये मान ही नहीं रहा। मुझे..." लड़की एक साँस में सब कहती चली गई।

लड़के ने कुछ नहीं कहा। रात के तीन बजे से जिस तरह से कुछ-न-कुछ हो रहा था, उससे एक मायूसी उसके ज़ेहन में पलने लगी थी और धीरे-धीरे वह एक गहरी ख़ामोशी की तरफ़ बढ़ता जा रहा था।

उसने एक नज़र लड़की की ओर देखा। ऑफ़िशियल ड्रेस में उस लड़की के चेहरे पर पसीने की बूँदें नुमाया हो रही थीं। उसके खुले बाल अच्छे लग रहे थे। उसके कंधे पर छोटा-सा पर्स झूल रहा था और हाथ में वह एक डॉक्यूमेंट फ़ाइल पकड़े हुए थी। वह शायद किसी कंपनी में इंटरव्यू देने जा रही थी। लड़के ने आहिस्ते से अपना पर्स निकाला। पर्स में सिर्फ़ 130 रुपये पड़े थे। लड़की की ओर देखा और बिना एक लम्हा ज़ाया किए सौ रुपये का नोट निकालकर ऑटो वाले को दिया और तेज़ी से आगे बढ़ गया। अब उसके पर्स में महज़ तीस रुपये बचे रह गए थे। लड़की ने उसे थैंक्यू बोला लेकिन उसने यह सुनने की ज़हमत नहीं की। लड़की वहीं खड़ी-खड़ी उसे तब तक देखती रही, जब तक कि वह मोड़ नहीं मुड़ गया। मोड़ मुड़ते ही कोने पर सुलभ कॉम्प्लेक्स था जिसका बोर्ड दूर से और सड़क के उस पार से भी दिख रहा था। वह तेज़ी से बढ़ता गया और सीधा सुलभ कॉम्प्लेक्स के कमोड पर जाकर रुका।

प्रेशर को फ़्लश करने के बाद उसके चेहरे पर जो मुस्कान खिली थी, उसमें बहुत सुकून दिख रहा था। ताज़ादम होने का सुकून, किसी की मदद करने का सुकून और फिर जॉब की तलाश में एक नई राह पर निकल पड़ने का सुकून। नीचे का प्रेशन फ़्लश क्या हुआ कि ऊपर का प्रेशर भी जैसे ग़ायब हो गया। कॉम्प्लेक्स से निकला तो जैसे सब कुछ ठीक हो गया। जैसे अभी सुबह हुई हो, एकदम फ्रेश। लेकिन होंठों पर मुस्कुराहट देर तक कहाँ ठहरती है! मुस्कान तो कुछ पल की मेहमान होती है भई!

दस बज चुके थे।

फ़िलहाल जॉब जाने का ख़याल उसके दिल से जाता रहा। उसे चाय और सिगरेट की तलब लगी। उसने नज़र दौड़ाई तो वहीं पास में उसे एक चाय की टपरी दिखी। उसकी आदत सुबह-सुबह चाय और सिगरेट दोनों साथ पीने की थी, लेकिन पच्चीस रुपये में दोनों मिलना मुश्किल था, क्योंकि वह 18 रुपये वाली गोल्ड फ़्लैक किंग साइज़ सिगरेट पीता था। उसके पर्स में सिर्फ़ पच्चीस रुपये ही बचे थे, क्योंकि पाँच रुपये सुलभ वाला ले लिया था।

वह सोचने लगा, "शहर में खाने के लिए पैसे भले न हों, लेकिन हगने के लिए पैसे ज़रूर होने चाहिए।" उसके चेहरे पर एक खीझ उभर आई।

उसने सोचा कि वह गोल्ड फ़्लैक किंग साइज़ नहीं पिएगा, बल्कि छोटी गोल्ड फ़्लैक लेगा। उसने चाय वाले से चाय बनाने के लिए कहा और छोटी गोल्ड फ़्लैक जलाकर अपने फेंफड़े में धुआँ भरने लगा। जॉब जाने का ग़म धुएँ में ज़रा-सा उड़ा ही था कि याद आया- पैसे ख़त्म हो चुके हैं।

चाय-सिगरेट पीने के बाद वह एटीएम खोजने के लिए वहाँ से आगे बढ़ गया। पाँच मिनट चलने के बाद उसे एक एटीएम दिखा। उसने पैसे निकालने के लिए कार्ड इन्सर्ट किया तो उसके पैसे ही फँस गए। स्क्रीन पर ट्रांजेक्शन सक्सेस दिखा दिया लेकिन पैसे नहीं आए। उसे लगा कि शायद नेटवर्क इश्यू हो इसलिए उसने दोबारा कार्ड इन्सर्ट कर दिया। फिर भी कुछ नहीं हुआ। झल्लाहट में उसने कई बार कार्ड इन्सर्ट कर दिया। फिर क्या, स्क्रीन पर मैसेज लिखा आ गया- 'योर कार्ड इज़ ब्लॉक्ड फॉर 24 ऑवर!' मारे ग़ुस्से के उसके माथे पर पसीने की बूँदें उभर आईं, "साला आज का दिन ही मनहूस है।" वह बड़बड़ाया और एटीएम को एक लात मारते हुए कार्ड लेकर बाहर निकल आया।

गुड़गाँव का हुडा सिटी सेंटर मेट्रो स्टेशन वहाँ से दो किलोमीटर दूर था। वह पैदल ही निकल पड़ा।

बारह बजने को थे। उसके पर्स में कुल जमा पाँच रुपये का एक सिक्का और एक ब्लॉक हुआ एटीएम कार्ड था। मेट्रो में एंट्री के लिए उसने कार्ड टच किया तो कम पैसे होने के चलते गेट नहीं खुला। उसने चेक किया तो कार्ड में सिर्फ़ चार रुपये थे। मेट्रो से आना-जाना कम ही होता था इसलिए उसे रिचार्ज भी कराने की नौबत नहीं आती थी। उसने मेट्रो कार्ड रिचार्ज कराने के लिए ब्लॉक्ड कार्ड का इस्तेमाल करना चाहा कि शायद मेट्रो की मशीन काम कर जाए, लेकिन उसने भी इनकार कर दिया।

वह बहुत बुरी तरह फँस चुका था। जॉब जा चुकी थी। मोबाइल में आउटगोइंग बैलेंस नहीं था कि किसी को फ़ोन करके मदद ले सके। एटीएम कार्ड ब्लॉक हो चुका था। पर्स में सिर्फ़ पाँच रुपये पड़े थे। उसके मुँह से बोल नहीं फूट रहे थे, जैसे किसी ने होंठ सिल दिए हों। और ज़ेहन एक अजीब तरह के ग़ुस्से और झल्लाहट से भर गया था।

हुडा सिटी सेंटर मेट्रो स्टेशन पर वह कुछ देर इधर-उधर टहलता रहा। सोच रहा था कि किसी तरह वह लक्ष्मी नगर पहुँच जाए तो एक-दो दिन तक अपने कमरे में ही रहेगा, कहीं नहीं जाएगा, जब तक कि उसका कार्ड अनब्लॉक न हो जाए। लेकिन जाए तो जाए कैसे, उसे कुछ भी समझ में नहीं आ रहा था।

थोड़ी देर में, कुछ सोचा और मेट्रो स्टेशन पर सबसे किनारे वाले एंट्री गेट पर जाकर लाइन में खड़ा हो गया। उसके आगे उसी उम्र का एक चुस्त-दुरुस्त लड़का खड़ा था। वह लड़का जैसे ही कार्ड पंच कर गेट में दाख़िल हुआ, वह भी ठीक उसी के साथ गेट में दाख़िल हो गया। उसके पीछे खड़ा अधेड़ उम्र का आदमी उसकी इस हरकत को देखकर चौंका। उसने इधर-उधर देखा, मेट्रो के किसी भी कर्मचारी का ध्यान उसकी उस हरकत पर नहीं गया। वह तेज़ी से प्लेटफ़ॉर्म पर पहुँचने के लिए एक्सलेरेटर की तरफ़ बढ़ गया।

क़रीब एक घंटे बाद वह लक्ष्मी नगर मेट्रो स्टेशन पहुँचा। जिस तरह हुडा सिटी सेंटर पर उसने एंट्री की थी, ठीक उसी तरह अब उसे लक्ष्मी नगर स्टेशन से बाहर निकलना था। उसने कोशिश की और निकल भी गया लेकिन एक मेट्रो कर्मचारी ने देख लिया और गेट पार होते-होते दौड़कर उसे पकड़ लिया। कर्मचारी उसे अपने अधिकारी के पास ले गया।

"तुमने टिकट क्यों नहीं लिया?" अधिकारी ने कड़क आवाज़ में पूछा।

"सर, मेरे पास पैसे नहीं थे। मेरा एटीएम कार्ड ब्लॉक हो गया है इसलिए कार्ड रिचार्ज नहीं करा पाया।" उसने जवाब दिया। उस वक़्त उसे ख़ुद के वहाँ होने पर शर्म आ रही थी।

"तुम किसी की मदद भी ले सकते थे? और मेट्रो कर्मचारी से रिक्वेस्ट भी तो कर सकते थे न?" अधिकारी ने डाँटते हुए पूछा।

"सर, आज सुबह जॉब चली गई और मेरे मोबाइल में आउटगोइंग बैलेंस भी नहीं है।" न जाने क्या सोचकर उसने ऐसा जवाब दिया और चेहरा नीचे कर लिया।

अधिकारी ने उसका पर्स चेक किया और फिर कुछ सोचकर उसे एक हिदायत देकर जाने दिया कि आगे से वह ऐसा न करे।

दिन के डेढ़ बजने को थे।

स्टेशन के नीचे एक टपरी थी जहाँ से अक्सर वह सिगरेट लिया करता था।

वहाँ उसने सिगरेट वाले से पॉनी का एक बॉटल और एक सिगरेट उधार लिया और पीते हुए वह तेज़ क़दमों से अपने फ़्लैट पर पहुँचा।

वह बहुत थक गया था। कपड़े बदले और ब्लैक टी बनाने के लिए किचन में घुस गया। परसों का बासी ब्रेड पड़ा था। ब्लैक टी के साथ बासी ब्रेड खाया और फिर बिना नहाए ही कूलर चलाकर चुपचाप सोने की कोशिश करने लगा। लेकिन उसे नींद नहीं आई।

रात के तीन बजे से जो कुछ भी उसके साथ हो रहा था, वह सब उसे बेचैन कर रहा था। हर घटना पर उसके ज़ेहन में बार-बार एक सवाल उठ रहा था कि आख़िर ऐसा क्या था उस लम्हे में जब रात तीन बजे लाइट कटी थी और उसके बाद ही अनहोनियाँ होती चली गई थीं!

बीते एक साल से जॉब करते हुए और छोटी-बड़ी ग़लतियाँ करने के बाद भी उसके मैनेजर ने कभी ग़ुस्से में इस क़दर नहीं डाँटा था, लेकिन अचानक सुबह उसने रेजिग्नेशन लिखने के लिए कह दिया। आख़िर क्यों? उसका मैनेजर उसे बहुत मानता था और हमेशा उसका सपोर्ट भी करता था। उस मैनेजर के लिए उसने न जाने कितने ही सॉफ़्टवेयर बनाए थे। उसमें से कुछ फ़ेल भी हुए थे लेकिन मैनेजर का व्यवहार ऐसा कभी नहीं रहा। लेकिन आज क्या हुआ कि वही मैनेजर बिलकुल भी वह मैनेजर नहीं था।

यह सब उसे अच्छा नहीं लगा, बिलकुल भी नहीं। इतना बुरा तो उसे तब भी नहीं लगा था जब अंजली उसे छोड़कर उसके सामने ही किसी और के साथ चली गई थी।

मनहूस वक़्तों को सोचते-सोचते तक़रीबन एक घंटे गुज़र गए लेकिन उसे नींद नहीं आई। हर ख़याल के बाद वह सोने की कोशिश करता रहा लेकिन फिर कोई दूसरा ख़याल आ धमकता था। दोपहर बाद पौने तीन बजने को थे जब उसकी कुछ आँख लगी। लेकिन, वक़्त अब भी जैसे उसके ख़िलाफ़ था।

वह गहरी नींद में जाने ही वाला था कि दो बजकर 59 मिनट पर उसके पापा का फ़ोन आया। रिंगटोन सुनकर वह चौंका और अधनींद में झट से उठकर बैठ गया। सक्रीन पर 2:59 और पापा, दोनों एक साथ दिख रहे थे। जैसे ही उसने कॉल रिसीव करने के लिए उँगली टच की, 3:00 बज गए।

“हे... हे... हेलो! प...प... पापा...” वह हकलाते हुए बोला।

"तुम दूसरा नंबर बंद काहे किए हो? कब से लगा रहे हैं?" पापा ने कड़क आवाज़ में पूछा।

"व... व... वो बंद है।" उसने कहा।

"लेकिन काहे बंद है? यही तो पूछ रहे हैं न हम!" उसके पापा ने सख़्त लहजे में पूछा।

"मालूम नहीं, नेटवर्क चला गया है... इसलिए बंद बता रहा होगा।" उसने धीरे से जवाब दिया।

"अउर तुम्हरा जाब-वाब कैसा चल रहा है?"

"ठी...ठी... ठीक चल रहा है, पापा..." उसने हकलाते हुए कहा। लेकिन अभी वह कुछ और कहता तभी उसके पापा उसकी हकलाहट को काटते हुए एक ख़बर सुनाने लगे। उनकी आवाज़ में एक गर्व था।

"तुम्हारी सादी तय कर दिए हैं... बूझे! उ जो पिछले महीने फ़ोटो भेजे थे न तुमको, उसी लड़की से। लड़किया अच्छे घर की है। पढ़ी-लिखी है और बहुत संस्कारी भी है। 23 दिसंबर को दिन फिक्स हुआ है। छह महीना बचा है। अब जल्दी से टिकट-विकट कटा लो। 15 दिन पहिले ही घर चले आना। बूझे..."

उसके पापा गर्व के साथ अपनी बात कहते चले गए थे और क़रीब दस मिनट तक पता नहीं क्या-क्या बोलते रहे थे। लेकिन उसको तो अपनी शादी वाले वाक्य पर ही जैसे पाला मार गया। पापा का वाक्य 'तुम्हारी सादी तय कर दिए हैं...' के पूरा होने से पहले ही उसकी आवाज़ बंद हो चुकी थी, जैसे गले में कोई बड़ी-सी चीज़ अटक गई हो।

रात के तीन बजे से लेकर अब तक हुए तमाम हादसों पर यह एक छोटा-सा वाक्य बहुत ज़्यादा भारी पड़ गया। बर्दाश्त से बाहर और बेहोश कर देने वाला वाक्य- 'तुम्हारी सादी तय कर दिए हैं...'

उसका ज़ेहन मानो एक भयानक दर्द के नीचे दब गया था और उसके कान मानो सुन्न हो चुके थे। एक सेकेंड के सौवें हिस्से जितने वक़्त में ही उसे दो मंज़र एक साथ नज़र आए। एक तो यह कि अंजली के जाने के बाद उसने किस तरह कभी शादी न करने का फ़ैसला किया था और दूसरा यह कि आज पूरा दिन किस तरह एक बरबाद मनहूस दिन की तरह गुज़रा था। उसे छोड़कर अंजली के चले जाने का वह लम्हा भी इतना भयानक नहीं था, जितना कि वह

एक वाक्य- 'तुम्हारी सादी तय कर दिए हैं...'

उसकी शादी की ख़बर उसके सिर पर एक बम फूटने जैसा था। उसे अंदाज़ा नहीं था कि उसके पापा इस तरह से उसकी शादी का फ़ैसला ख़ुद ले लेंगे और बिना उससे बात किए ही उसकी शादी का दिन तक तय कर देंगे। क्या ही विडंबना है कि फ़ोटो देखने के बाद लड़की पसंद आई या नहीं, इसके बारे में भी नहीं सोच पाया था अभी।

उसका ख़ून उबलने लगा- किसी और की शादी का फ़ैसला लेने के पीछे कौन-सी मानसिकता हो सकती है, सिवाय इसके कि पैदा करने वाला उसका बाप सामंती हो, दंभी हो, दबंग हो, या फिर अपनी मूँछों में अपनी इज़्ज़त को बाँधे रहने वाला हो। वह इज़्ज़त, जिसे बचपन से ही संस्कार और नामालूम किन-किन चीज़ों के नाम पर बच्चों के कंधों पर रख दी जाती है। और बच्चे उन्हें सलीब की तरह ढोते हुए ही बड़े होते जाते हैं।

उसके पापा न जाने क्या-क्या कहते रहे। बारात में क्या-क्या जाना है, लड़की पक्ष से क्या-क्या मिलना है वग़ैरह-वग़ैरह। लेकिन फिर उन्हें लगा कि वही बोले जा रहे हैं, उधर से तो कोई आवाज़ आ ही नहीं रही- न हूँ न हाँ! इसलिए कुछ देर ठहकर उन्होंने कुछ भाँपने की कोशिश की, लेकिन फिर भी कोई आहट न पाकर वह ज़ोर-ज़ोर से चिल्लाने लगे, "हेलो! हेलो! अरे कुछ बोल काहे नहीं रहे हो तुम? हेलो! हेलो! सुन रहे हो हम क्या बोल रहे हैं? हेलो! हेलो! हेलो..."

वह बेहोश हो चुका था। उसके पापा ने झल्लाकर कॉल कट कर दिया।

उसके मोबाइल स्क्रीन पर 3 बजकर 13 मिनट और 23 सेकेंड पर कॉल डिस्कनेक्ट हुआ शो करने लगा।

तीन-तेरह-तेईस- ज़िंदगी बरबाद करने वाले तीन मनहूस नंबर!

जन्म-वंचना

"बधाई हो राणा जी! बधाई हो! क्या क़िस्मत पाई है आपने! दूसरा भी बेटा हुआ है!" रेश्मा ने ताली बजाते हुए कहा। रेश्मा किन्नरों की टोली की मुखिया थी।

हवेली के मुख्य दरवाज़े से सात-आठ किन्नर अंदर आए और बैठक में पहुँचकर ठुमकते हुए ताली बजाकर सूरज राणावत को दूसरी बार भी लड़के का बाप बनने की बधाइयाँ देने लगे। रमपूरना गाँव के लोग सूरज राणावत को राणा जी कहकर पुकारते थे। वह गाँव का दबंग था इसलिए उसका नाम लेने की हिम्मत किसी में भी नहीं थी!

"अरे होता कैसे नहीं बे! बेटा होने के लिए तो भाई साब ने सारे जतन कर डाले थे!" राणा के छोटे भाई नीरज राणावत ने इस आत्मविश्वास से कहा, जैसे उसे मालूम था कि सूरज राणावत का बेटा ही होगा।

राणा ने नीरज को एक नज़र भर के घूरा तो वह कुछ सहम गया और समझ भी गया कि हर वक़्त बोलना ठीक नहीं होता। तभी उसका मोबाइल बजा। 'हेलो' कहने के बाद नीरज ने न जाने किसको 'धन्यवाद' कहा और वहाँ से उठकर चला गया।

रमपूरना गाँव में राणावत परिवार सबसे रसूखदार परिवार माना जाता था। काफ़ी लंबा-चौड़ा कारोबार भी फैला हुआ था। उस परिवार में कुल तीन भाई थे- धीरज राणावत, सूरज राणावत और नीरज राणावत। तीनों तीन तरह के। महज़ 35 साल की उम्र थी सूरज राणावत यानी राणा की, लेकिन अपनी ज़िद और क्रूरता के चलते रमपूरना गाँव ही क्या, उस पूरे क्षेत्र में वह दबंग और

ताक़तवर बन गया था। इसलिए उसके सामने बड़े-बड़ों का मुँह भी नहीं खुल पाता था। ज़िद्दी इतना कि जो चाहता था, वही करता था। गाँव के आस-पास का पूरा निज़ाम राणा की ज़ुबान से निकले नियम-क़ायदों का मोहताज था।

उस गाँव के ग्राम प्रधान अभयानंद सिंह और क्षेत्र के विधायक प्रभुनाथ पांडेय उसका बहुत सम्मान करते थे। एक तरह से दोनों बहुत डरते थे। कभी-कभी सम्मान एक तरह से डर का ही सम्मानित शब्द लगता है। कई बार किसी का इसलिए सम्मान नहीं होता कि वह महान है, बल्कि इसलिए सम्मान होता है कि लोग उससे डरने लगते हैं।

बीते तीन बार से राणा ही अभयानंद को रमपूरना गाँव का प्रधान बनवा रहा था, इसलिए उसके मुँह की बात ही अभयानंद की ज़ुबान पर हुक्म की तरह रहती थी। प्रधान कोई भी फ़ैसला राणा से पूछे बिना नहीं लेता था या ले ही नहीं सकता था। प्रधान की क्या औक़ात थी, विधायक प्रभुनाथ पांडेय भी राणा की ही मेहरबानी से तीसरी बार विधायक बना था। जब भी विधानसभा चुनाव आता था तो राणा अपने तमाम कारोबारी मित्रों से बोल देता था कि वे प्रभुनाथ के लिए पैसे का इंतज़ाम करें और जिताएँ भी। राणा शुरू से ही कभी सामने आकर कोई काम नहीं करता था, उसे तो दूसरों के कंधे पर बंदूक़ रखकर चलाने की आदत थी। सत्ता की रणनीति और राज करने की बड़ी मारक नीति है दूसरे के कंधे पर बंदूक रखकर चलाना। निशाना लग गया तो ठीक, अगर चूक गया तो भी नुक़सान वाली कोई बात नहीं।

गाँव से लेकर शहर तक कई तरह का कारोबार फैला हुआ था राणावत परिवार का। ठाकुर रणधीर सिंह राणावत ने अपने तीनों बेटों के लिए अकूत संपत्ति छोड़ी थी। अमीर होने के बावजूद उस परिवार ने कभी शहर में रहने की कोशिश नहीं की। बल्कि गाँव में रहते हुए राणा जब चाहता था तब शहर को ही अपने गाँव में बुला लेता था। उस कांस्टीटुएंसी पर उसका पूरा होल्ड था। सैकड़ों बीघे की खेती और बड़े-बड़े बाग़ थे उसके। पास के ही शहर में राणा की 'मीट फ़ैक्ट्री' थी जहाँ भैंस और बकरे काटकर उनका माँस देश से बाहर भेजा जाता था। फ़ैक्ट्री क्या थी, राणा के सारे अवैध कारोबार का मुख्य ठिकाना था। वहाँ राणा अपने क्रूर रणबांकुरों को पालता था जो राणा के एक इशारे पर कुछ भी कर गुज़रने के लिए तैयार रहते थे और उनके साथ हज़ारों समर्थक

सड़कों पर आकर अपनी मनमानी करने लगते थे। दुश्मनी मोल लेने वालों के ख़ात्मे से लेकर चुनावों की तमाम लोकतांत्रिक प्रक्रिया पर दबंगई कुठाराघात करने तक, सब मीट फ़ैक्ट्री से ही चलता था।

गाँव के ठीक बाहर शहर जाने वाली सड़क पर खाद और बीजों का गोदाम भी था, जिसे राणा का बड़ा भाई धीरज राणावत सँभालता था। वहीं पर उस सड़क के किनारे पचास बीघे की ज़मीन राणा की ही थी। उस गोदाम से ही आस-पास के गाँवों में खाद और बीजों की सप्लाई होती थी।

राणा का तीसरा भाई नीरज राणावत एमए फ़ाइनल ईयर में था जो राणा से ग्यारह साल छोटा था। उससे बड़ी उसकी एक बहन थी, जिसकी लाश कुछ साल पहले उसके ही कमरे में लटकती मिली थी। उसने आत्महत्या की थी या उसे राणावत परिवार ने मारकर टाँग दिया था, यह आज तक किसी को पता नहीं चल पाया। अफ़वाह उड़ी थी कि राणा ने ही उसे मार दिया था क्योंकि वह अपनी जाति से बाहर जाकर एक यादव लड़के से प्रेम कर बैठी थी। इस बदनामी को ठाकुर रणधीर सिंह राणावत सह नहीं पाया था और उसका हार्ट फ़ेल हो गया था।

राणा का पहला बेटा तीन साल का था। राणा की माँ तो इतना ख़ुश थीं कि उनके पाँव ज़मीन पर ही नहीं पड़ रहे थे। ख़ुश हों भी क्यों न, पाँच पोतों की दादी जो बन गई थीं वह। राणा के बड़े भाई धीरज राणावत के भी तीन लड़के ही थे। पहला दस साल का, दूसरा सात साल का और तीसरा चार साल का। उस परिवार में एक भी बेटी नहीं थी। घर में बेटे ही बेटे यानी जागीर सँभालने और वंश परंपरा को आगे बढ़ाने के भारतीय टूल पैदा हुए थे! बेटे ही बेटे यानी कारोबार और ताक़त में दिन दूनी रात चैगुनी इज़ाफ़ा होने की गारंटी! बेटे ही बेटे यानी दबंगई के सशक्त कर्णधार और पुरुष सत्तात्मक समाज की मज़बूत नींव! बेटे ही बेटे यानी दहशतगर्दी के अलमबरदार!

सुबह से ही हवेली में बड़ी धूमधाम थी। राणा के दूसरे बेटे की छठी के जश्न में पूरा परिवार ख़ुशियों में झूम रहा था। सगे-संबंधियों और रिश्तेदारों की हँसी से हवेली गूँज रही थी। दावतें चल रही थीं और लोग आ-आकर बधाइयाँ दिए जा रहे थे। जब-जब भी उस परिवार में कोई बच्चा होता था, तब-तब इसी तरह की धूम मचती थी, दावत होती थी, जश्न होता था। भारत में बेटा पैदा होने का

मतलब है मूँछों पर ताव देने और तनकर चलने की ठसक का और भी मज़बूत होना। मानो बेटियाँ पैदा हो जाएँ तो मर्दानगी निचुड़ जाती है, गोटियों का पानी सूख जाता है और मूँछें बंजर हो जाती हैं।

हवेली के भीतर लड़कों की धमाचौकड़ी मची हुई थी। बाहर वाले बैठक में धीरज, सूरज और नीरज तीनों भाई अपने ख़ास मेहमानों के साथ बैठे हुए थे। प्रधान अभयानंद के साथ सूरज राणावत के कारोबार से जुड़े बड़े-बड़े रईस लोग इकट्ठा थे। राणा का ख़ास दोस्त डॉक्टर शेखर श्रीवास्तव भी मौजूद था जिसे हॉस्पिटल खोलने के लिए राणा ने विधायक प्रभुनाथ पांडेय से पैसा दिलवाया था। राणा सुबह से ही विधायक के आने का इंतज़ार कर रहा था। धीरज राणावत वहीं बैठे बड़ी देर से प्रभुनाथ को फ़ोन लगा रहा था और मोबाइल टेबल पर रखते हुए कहता था, "विधायक जी फ़ोन नहीं उठा रहे हैं।"

"प्रभुनाथ नेता हैं भाई साब! फ़ोन क्यों उठाएँगे भला! और टाइम से तो वह विधानसभा में नहीं जाते, तो यहाँ क्यों आएँगे!" इतना कहकर राणा ने अपने चेहरे पर ख़ून उतारा और बोला, "लेकिन राणा के घर में तो उन्हें टाइम से आना ही चाहिए।" ये कहते-कहते राणा अपनी आवाज़ में क्रूर होने लगा।

वहाँ बैठे सब लोग उसकी तरफ़ देखकर सशंकित हो गए कि पता नहीं कब राणा का पारा गरम हो जाए।

शराब, फ्राइड मछली और फ्राइड चिकेन की ख़ुशबू हवा में बिखरी हुई थी। दौर चल रहा था और लोग किसी-न-किसी बात से पैदा हुए ठहाकों में मस्त थे। उसी वक़्त वो किन्नर वहाँ आ धमके थे।

"बहुत बहुत धन्यवाद आप लोगों का! सब ईश्वर की कृपा है!" राणा ने हाथ जोड़कर किन्नरों से कहा और अपनी जेब से निकालकर फ़ौरन रेश्मा के हाथ में ग्यारह हज़ार रुपये की गड्डी रख दी।

"ये क्या राणा जी! बेटा हुआ है, एक लाख एक रुपये से एक रुपया कम नहीं लेंगे हम... हाँ! आख़िर हमारा भी आशीर्वाद है इसमें। भगवान करे अगले साल फिर एक लल्ला आपकी गोद में खेलने आ जाए।" रेश्मा ने हाथ चमकाते हुए कहा। बाक़ी किन्नरों ने तालियाँ देकर उसकी हाँ में हाँ मिलाई और बेढब ताल पर नाचने-गाने लगे।

"आप लोग तब तक नाश्ता-वाश्ता कीजिए, हम अभी आते हैं।" यह कहकर राणा घर में भीतर चला गया और क़रीब दस मिनट बाद लौटा। एक लाख रुपये की गड्डी रेश्मा की हथेली में रखकर फिर से हाथ जोड़ नमस्कार किया। किन्नर पैसे लेकर बहुत ख़ुश हुए। थोड़ी देर तक नाचते रहे और फिर ख़ुशी-ख़ुशी दुआएँ देते और तालियाँ बजाते हुए वहाँ से चले गए।

"मुबारक हो राणा! तरकीब काम कर गई।" डॉक्टर शेखर ने कहा और चुपके से एक काग़ज़ उसके हाथ में पकड़ा दिया।

"वह तरकीब नहीं है शेखर, मेरी ज़िद है।" राणा ने कहा और काग़ज़ लेकर मुस्कुराते हुए घर के भीतर चला गया।

अभयानंद, धीरज और नीरज तो समझ गए कि वह 'तरकीब' क्या थी, लेकिन बाक़ी मेहमानों को कुछ समझ में नहीं आया कि आख़िर किस तरकीब की बात हो रही थी और उस काग़ज़ में क्या था!

अपने छह दिन के बच्चे के पास पहुँचकर राणा ने एक नज़र अपनी बीवी को देखा जो गुमसुम बैठी थी। राणा को देखकर वह ख़ुद में और भी सिमट गई। राणा वह काग़ज़ पढ़ने लगा। काग़ज़ क्या था, एक रिपोर्ट थी, जिसमें लिखा था कि बीते पाँच साल में गाँव में किसी के घर बेटी पैदा नहीं हुई थी, सब बेटे पैदा हुए थे। यही हाल आस-पास के गाँवों का भी था। उस काग़ज़ में एक डर भी लिखा था कि अगर इस बात की जानकारी किसी को पता चल गई तो बड़ी मुश्किल खड़ी हो जाएगी। लेकिन जो भी हो, पता चल ही जाए तो क्या होना था, एक पीढ़ी तो बरबाद हो ही चुकी थी। राणा तो अपने जुनून और ज़िद में कामयाब हो ही चुका था। वह मुस्कुराया और अपने बच्चे की तरफ़ ग़ुरूर से देखने लगा। उसका नौनिहाल सो रहा था।

राणा की क्रूरता ने गाँव वालों के लिए चमत्कार का रूप धारण कर लिया था। लेकिन यह कोई चमत्कार नहीं था, बल्कि सामाजिक व्यवस्था का बलात्कार था, जिसे पाँच साल पहले राणा ने अंजाम दिया था। विडंबना यह थी कि गाँव के किसी शख़्स ने इस बात पर ग़ौर नहीं किया कि बीते पाँच साल से हर घर में सिर्फ़ बेटे ही पैदा क्यों हो रहे हैं? बल्कि यहाँ तक मान्यता बन गई कि पड़ोसी के घर में बेटे हो रहे हैं, तो हमारी बेटियाँ क्यों हों? उसकी मूँछ घनी हो रही है तो मेरी मूँछ हल्की क्यों हो?

बुराइयों का ऐसे ही नैरेटिव बनता है हमारे समाज में। अगर बेटियाँ होंगी तो कल को उनकी वजह से उन्हें कमज़ोर होना पड़ सकता है। इसलिए सब बेटे पैदा करने में लग गए, बिना कुछ सोचे-समझे। और यह सब समझने की फ़ुरसत भी कहाँ थी उनको? उनके पास 'भगवान की मर्ज़ी' का चश्मा भी तो था जिससे सच को देख पाना बहुत मुश्किल था। सदियों से जाहिलों द्वारा पैदा की गईं तमाम सामाजिक विषमताएँ, कुरीतियाँ, मूढ़ताएँ, परंपराएँ ऐसे ही समाज में जज़्ब होती चली गई हैं और सारे लोग मूढ़ताओं से अंजान बने रहकर उनका अनुसरण करते चले आ रहे हैं। मज़े की बात यह है कि उन मूढ़ताओं पर सामाजिक ठप्पा लगा दिया जाता है कि जो परंपराएँ सदियों से चली आ रही हैं, उन्हें बुज़ुर्गों ने कुछ सोच-समझकर ही बनाया होगा। अब एक नई परंपरा राणा ने क़ायम कर दी थी, सिर्फ़ बेटे पैदा करने की परंपरा।

दरअसल, क़रीब दस साल पहले राणा को उसके ही गाँव की एक लड़की पसंद आ गई थी। वह भी ठाकुर परिवार से ही थी। लेकिन उस लड़की को राणा का जानवरों को काटने वाला कारोबार पसंद नहीं था। यह वही साल था, जब कुछ महीने पहले ही सूरज राणावत ने महज़ पच्चीस साल की उम्र में अपनी 'बीफ़ फ़ैक्ट्री' लगाई थी। उसका कारोबार तेज़ी से बढ़ने लगा था और उसकी माँ का दबाव भी कि जल्दी शादी कर लो। इसी बीच एक दिन वह लड़की दिख गई, जब वह अपने कॉलेज जा रही थी और राणा अपनी जिप्सी में बैठा फ़ैक्ट्री जा रहा था। राणा ने अगले दिन उसे रास्ते में रोक लिया और उसका और उसके पिता का नाम पूछा। उसी दिन राणा ने उसके पिता से मिलकर उससे शादी की बात की। पिता राजी भी हो गए लेकिन उस लड़की ने इनकार कर दिया।

लड़की के इनकार पर राणा को ग़ुस्सा तो बहुत आया लेकिन उस वक़्त उसने कुछ नहीं कहा। ग़ुस्साए मर्द की चुप्पी बड़ी अनहोनी ले आती है और सामने वाले के सिर पर पहाड़ की तरह टूटती है। राणा का ग़ुस्सा पल रहा था और पल-पल बढ़ रहा था। और दो महीने बाद वह लड़की गाँव से ग़ायब हो गई, जिसका न समाज को कुछ पता चला और न ही पुलिस को कि आख़िर वह लड़की गई तो गई कहाँ?

उस घटना के तीन साल बाद राणा ने धूमधाम से अपनी शादी तो की,

लेकिन वह उस लड़की को कभी भूला नहीं। उसी दिन से राणा को लड़कियों से नफ़रत हो गई। नफ़रत इतनी बढ़ी कि गाँव की बाक़ी लड़कियों को वह देखना भी नहीं चाहता था। वह तो शादी भी नहीं करना चाहता था, माँ की ज़िद के चलते करनी पड़ी थी। जिस लड़की से उसने शादी की थी, वह उसके बड़े भाई धीरज राणावत के सीनियर मित्र की बेटी थी।

शादी के सप्ताह भर पहले राणा ने डॉक्टर शेखर, ग्राम प्रधान अभयानंद सिंह और विधायक प्रभुनाथ पांडेय को फ़ोन किया और अपने घर पर एक ख़ास दावत के लिए बुलाया। सब लोग सही दिन और सही वक़्त पर आ भी गए। वहीं खाने की टेबल पर राणा ने एक आदेश सुनाया।

"इस गाँव में अब किसी भी घर में लड़की नहीं पैदा होनी चाहिए। इसके लिए आप लोगों को जो भी जतन करना हो, करिए।"

"लेकिन राणा जी, लड़का या लड़की पैदा होना तो भगवान के हाथ में होता है!" अभयानंद सिंह ने कहा।

"इस गाँव में मैं ही भगवान हूँ! लड़की पैदा होगी तो वह बड़ी होकर फिर किसी राणा को नकारेगी। इसलिए इस गाँव में अब कोई लड़की पैदा नहीं होगी तो नहीं होगी।" राणा ने कहा तो सबके हलक़ में लुक़्मा अटक गया। एक-दूसरे की तरफ़ ख़ामोशी से सब देखने लगे।

"भगवान की मर्ज़ी के खि... " प्रभुनाथ पांडेय इतना ही कह पाया कि बात काटते हुए राणा ने कहा, "आप तो ब्राह्मण हैं, आप को तो पता है न कि पत्थर की मूर्तियों में भगवान नहीं होता! भगवान वही होता है, जिसके पास ताक़त होती है, पैसा होता है।"

"लेकिन राणा, यह आसान काम नहीं है!" डॉ शेखर ने कहा।

"तुम किसलिए हो? मैंने तुम्हारे लिए हॉस्पिटल की व्यवस्था कर दी है न, तुम्हारा हुनर किस दिन काम आएगा?" राणा ने लगभग ग़ुस्से में कहा। सब चुप हो गए और अपनी-अपनी थालियों की तरफ़ देखने लगे। राणा के ग़ुस्से में डॉक्टर के लिए एक इशारा भी था।

"परसों मुझे यह पता चल जाना चाहिए कि आप तीनों लोग कैसे इस काम को अंजाम देंगे। नहीं तो अगले चुनाव की तैयारी करना बंद कर दीजिए।" इतना कहकर राणा ने उठकर वहीं बेसिन में हाथ धोया और घर के भीतर चला गया।

राणा का आदेश ग्राम प्रधान, विधायक और डॉक्टर के लिए किसी अध्यादेश से कम नहीं था, जिसकी अवहेलना किसी के बस की बात नहीं थी।

दूसरे दिन विधायक प्रभुनाथ पांडेय ने अभयानंद और डॉ शेखर को अपने घर बुलाया और एक गुप्त मंत्रणा की। उस मंत्रणा का सार यह था कि एक 'अघोषित आदेश' को पालन करने की कोशिश की जाए कि गाँव का कोई भी व्यक्ति अपनी गर्भवती पत्नी को डॉ शेखर के अस्पताल में ले जाए, जहाँ सिर्फ़ लड़का पैदा होने की व्यवस्था की जाए। अगर लड़की हो, तो किसी-न-किसी बीमारी के बहाने उसे पेट में मार दिया जाए। इसके लिए गाँव में गर्भ धारण करने वाली महिलाओं का मुफ़्त इलाज करने का लालच दिए जाने पर बात बनी। तीनों में आम सहमति से ग्रामीणों को इसके लिए जागरूक करने का काम ग्राम प्रधान अभयानंद को सौंपा गया। बाक़ी किसी समस्या के जन्म लेने पर पुलिस प्रशासन को सँभालने की ज़िम्मेदारी विधायक प्रभुनाथ की थी ही।

उसी शाम अभयानंद ने गाँव की पाँच ऐसी महिलाओं की टीम का गठन किया जो पूरे रमपूरना गाँव में नज़र रख सकती थीं कि किस घर में कौन महिला गर्भवती है और कौन गर्भ धारण करने वाली है। टीम की महिलाओं को ज़िम्मेदारी दी गई कि वे उन घरों में जाकर गर्भवती महिलाओं और उनके पतियों को फ़्री इलाज का लालच देकर डॉ शेखर के अस्पताल जाने के लिए प्रेरित करें, ताकि डॉ शेखर सिर्फ़ बेटों के जन्म की व्यूह रचना रच सके। अस्पताल में जच्चा-बच्चा की प्रक्रिया, जाँच से लेकर डिलीवरी तक चाहे नॉर्मल हो या सिजेरियन, डॉ शेखर ही सब कुछ देखता था।

इस षड्यंत्र की लोगों को भनक तक नहीं लगी और चार-पाँच साल तक उस गाँव में सिर्फ़ बेटे ही पैदा होते रहे। बीते दो साल से तो आस-पास के कई गाँवों में भी ऐसा ही हो रहा था, लेकिन वहाँ के लोग भी नहीं समझ सके। डॉ शेखर की आदत बन गई थी, गर्भवती चाहे किसी भी गाँव की हो, वह लड़की के जन्म की सारी संभावना को कुंद कर देता था। अच्छे-ख़ासे पढ़े-लिखे लोगों और अच्छी नौकरी व कारोबार करने वाले लोगों तक को यह बात समझ में नहीं आई और दूर-दराज़ के गाँवों के लोग उसके शिकार होते चले गए।

पूरे क्षेत्र में भगवान की मर्ज़ी का ऐसा घटाटोप छाया हुआ था कि उन्हें किसी ग़लत का भान तक नहीं हो पाया। पूरी तरह से किसी आसमानी जाल की तरह

पुरुषवाद चारों तरफ़ मंडरा रहा था। यह पुरुषवाद कभी भी अकेले नहीं चलता, उसके साथ उसकी अपनी जातीय कुंठाएँ भी चलती हैं और धार्मिक हथकंडे भी। ये जातीय कुंठाएँ और ये धार्मिक हथकंडे न रहें तो पुरुषवाद का वजूद ही कमज़ोर पड़ जाए। क्या हिंदू, क्या मुसलमान, क्या सिख, क्या ईसाई, या फिर क्या कोई और धर्म, इन सभी में ये गंदगी मौजूद है। सबसे बड़ी तो विडंबना यह है कि देश की सामाजिक, राजनीतिक और धार्मिक व्यवस्था ही इन कुंठाओं और हथकंडों पर टिकी हुई है। क्या यह मज़ेदार बात नहीं है कि राणा ख़ुद को भगवान भी माने और दूसरे बेटे को पैदा करने के बाद उसको ईश्वर की कृपा भी बताए? राणा का ख़ुद को भगवान बताना उसकी ताक़तभरी कुंठा है, तो वहीं बाप बनने को ईश्वर की कृपा बताना उसका हथकंडा है। इन्हीं दोनों से मिलकर तो राणा का जघन्यतम पुरुषवाद जन्मा था, जिसने न जाने कितनी लड़कियों को जन्म लेने से ही वंचित कर दिया था। ये वंचना भी पुरुषवाद की ही तलवार है, जो सदियों से लड़कियों की ही गरदन पर चलती रही है।

यह वह दौर था जब रमपूरना गाँव में तरक़्क़ी का हर संसाधन पहुँच चुका था। सबके पास अपने-अपने कारोबार और नौकरियाँ थीं। फ्रीज, कूलर और एलईडी टीवी के साथ सबके पास पक्के मकान थे और हर एक घर में दोपहिए या फिर चारपहिए वाहन मौजूद थे। आधे से ज़्यादा घरों में तो एसी भी थी। छह हज़ार लोग रहते थे उस गाँव में। बिजली-पानी की उपलब्धता, आलीशान स्कूल और अस्पताल वाला वह गाँव एक शहर लगता था। लेकिन अब भी वहाँ ग्राम पंचायत मौजूद थी और सरकारी काग़ज़ में वह एक गाँव ही था, बड़ा-सा गाँव। लाख तरक़्क़ी के बावजूद इंसानी मानसिकताएँ नहीं बदली थीं। इसकी एक ही वजह थी- धर्मभीरू और पाखंडी समाज का होना।

दोपहर के एक बजने को थे। हवेली के बाहर कई गाड़ियाँ एक साथ रुकीं। प्रभुनाथ विधायक अपने लाव-लश्कर के साथ उतरा। बैठक से उठकर राणा बाहर गया और नमस्कार के साथ विधायक का स्वागत किया। प्रभुनाथ ने गले मिलकर राणा को फिर से बाप बनने की बधाइयाँ दी। प्रभुनाथ के साथ आए लोगों ने अपनी-अपनी पोज़ीशन ले ली।

"बधाई राणा जी बधाई! अब आपकी दोनों आँखों के दो चिराग़ हो गए!"

प्रभुनाथ ने गले लगे राणा की पीठ थपथपाते हुए कहा।

"बहुत-बहुत धन्यवाद विधायक जी! काफ़ी देर हो गई आने में! आइए अंदर चलिए।" राणा उन्हें लेकर बैठक में चला गया।

"हाँ देर तो हो गई, लेकिन इसकी वजह भी आप ही हैं।" प्रभुनाथ ने कहा।

"क्या मतलब?" राणा ने पूछा। फ़ौरन उसकी त्योरियाँ चढ़ गईं।

"चलिए अंदर बताते हैं।" प्रभुनाथ ने कहा और इधर-उधर देखने लगा।

बैठक में पहुँचकर राणा ने नौकरों से कहा कि दोपहर हो गई है इसलिए सब खाना खाएँगे। बैठक में मौजूद सबने प्रभुनाथ का स्वागत किया और एक-एक करके बाहर चले गए। खाना लगने लगा। प्रभुनाथ पांडेय शाकाहारी थे। उनके लिए पूरी-सब्ज़ी का भी इंतज़ाम था।

"बात ये है राणा जी कि सुबह ही एक लड़का मेरे घर आया जब मैं यहाँ आने के लिए तैयार हो रहा था। लड़के ने कहीं से ख़बर सुनी होगी तो बताने चला आया..." पूरी तोड़ते हुए प्रभुनाथ कह ही रहा था कि राणा ने बीच में टोक दिया, "अरे सीधा मुद्दे पर आइए न नेता जी! मंच पर नहीं हैं, क्यों बात को जलेबी बना रहे हैं?"

"उसके गाँव के कुछ लोग कह रहे थे कि शेखर के अस्पताल में सिर्फ़ बेटा पैदा हो रहे हैं, इसमें कोई षड्यंत्र लगता है।" प्रभुनाथ ने अटकते हुए कहा।

"तो इसमें इतना डरने वाली क्या बात है?" राणा ने पूछा और पनीर की सब्ज़ी पास करने के लिए कहा।

"यह बात मीडिया तक पहुँच गई तो बवाल मच जाएगा! मुझे शेखर पर भरोसा नहीं है..."

"इतनी हिम्मत नहीं है अभी शेखर में। इधर वह हमारा नाम लेगा और उधर हम उसकी जान ले लेंगे।" राणा ने ग़ुस्से में कहा।

खाने के बाद राणा को सावधानी बरतने और शेखर को सख़्त हिदायत देने को कहकर प्रभुनाथ विधायक वहाँ से चलने के लिए उठा और फिर बैठ गया। जेब से एक लिफ़ाफ़ा निकाला और राणा को थमाते हुए कहा, "अरे... ये तो मैं भूल ही गया। एक रिश्ता आया है, नीरज के लिए। मेरे एक जानने वाले की बेटी है। आप परिवार से बातचीत कर लें तो आगे कोई बात हो। फ़ोटो आपके मोबाइल पर भेज दिए हैं।"

प्रभुनाथ के जाने के बाद राणा ने लिफ़ाफ़ा खोला तो उसमें एक लड़की का बायोडेटा था। उसका मोबाइल उसके कमरे में था। उसने नीरज को आवाज़ लगाई और मोबाइल लाने के लिए कहा। कुछ ही देर पहले प्रभुनाथ ने उस लड़की की चार-पाँच तस्वीरें भेजी थी। लड़की ख़ूबसूरत थी और पुणे से उसने बीटेक किया था। राणा को वह पसंद आई, लेकिन वह अभी नीरज की शादी की बात नहीं करना चाहता था। उसके दिमाग़ में प्रभुनाथ की बात गूँज रही थी- 'यह बात मीडिया तक पहुँच गई तो बवाल मच जाएगा!'

सप्ताह भर बाद एक अख़बार में ज़िला और प्रखंड वाले पेज पर महज़ एक कॉलम की छोटी-सी ख़बर छप ही गई। ख़बर में किसी का नाम नहीं था, बस शेखर के अस्पताल के साथ कई अन्य अस्पतालों पर शक ज़ाहिर किया गया था। यह ख़बर बड़ी थी लेकिन उसको स्पेस छोटा मिला था। अक्सर बड़ी खबरें ऐसे ही दबकर मर जाती हैं। संपादक अक्सर ऐसी भूल कर बैठते हैं। अक्सर उन्हें जो ख़बर बड़ी नहीं लगती, वही ख़बर बड़ी होती है। किसी ने मोबाइल से उसकी फ़ोटो खींचकर कुछ लोगों को व्हॉट्सएप कर दिया और अपने ग्रुप में भी डाल दिया। एक-दो दिन में ख़बर वाइरल हो गई और टीवी न्यूज़ चैनलों पर चलने लगी। डॉ शेखर वहाँ नहीं था, उसके अस्पताल के सामने न्यूज़ चैनल और अख़बार वाले इकट्ठा होने लगे। वहाँ कुछ महिलाएँ और लड़कियाँ नारेबाज़ी कर रही थीं। पुलिस प्रशासन के लिए उनको सँभाल पाना मुश्किल हो रहा था। एसपी को जवाब देते मुश्किल हो रही थी। हाल ही में उसकी पोस्टिंग वहाँ हुई थी, लेकिन उसकी ईमानदारी के चर्चे पहले से ही चारों ओर मौजूद थे। वह पल-पल पर नज़र बनाए हुए था।

राणा ने झल्लाकर टीवी बंद कर डॉ शेखर को फ़ोन करने लगा। पूरी बेल बजी लेकिन शेखर ने फ़ोन नहीं उठाया। फिर उसने प्रभुनाथ को फ़ोन किया लेकिन उसने भी नहीं उठाया। वह झल्लाता हुआ बाहर निकला और मीट फ़ैक्ट्री में फ़ोन करके अपने रणबांकुरों को आदेश दिया कि कहीं से भी वो शेखर को खोज निकालें।

उधर प्रभुनाथ ने तो बहुत पहले ही चाल चल दी थी ताकि राणा को कोई मौक़ा न मिल पाए। प्रभुनाथ विधायक था, वह कभी नहीं चाहता था कि किसी

राणा के कहे पर चले। नेता अपने बाप का नहीं होता तो वह राणा का क्या होगा।

प्रभुनाथ जब पिछले सप्ताह राणा को बधाई देकर उसके घर से लौट रहा था तो रास्ते में शेखर के अस्पताल पर कुछ देर के लिए रुका था।

"देखो शेखर! अगर पुलिस तुमसे पूछे तो राणा का नाम ले लेना। मेरा नाम लोगे तो पुलिस तुम्हें मार देगी।" प्रभुनाथ ने चेतावनी वाले लहजे में कहा।

"लेकिन राणा..." शेखर की बात गले में ही अटक गई।

"राणा का नाम लोगे तो मैं तुम्हें बचा लूँगा। वैसे भी, यह सब राणा का ही किया-धरा है।" प्रभुनाथ ने कहा और वहाँ से निकल गया।

प्रभुनाथ ने शेखर को डराने-धमकाने के अंदाज़ में आगाह किया और यक़ीन दिलाया कि पुलिस उसकी जेब में थी और कोई दबंग चाहे जितना ताक़तवर हो, पुलिस से वह डरता तो है ही। राणा गुनहगार था इसलिए उसको सज़ा मिलनी चाहिए।

हुआ भी यही। पुलिस पर मीडिया और सरकार का दबाव बना तो उसने शेखर को उसके घर से धर दबोचा। डर के मारे लॉकअप में शेखर ने पुलिस को राणा का नाम लेकर सब कुछ बता दिया। राणा का वफ़ादार एक पुलिस वाले ने छुपकर राणा को कॉल करके शेखर के पकड़े जाने और राणा का नाम लेने के बारे में बता दिया। राणा ने ग़ुस्से में अपने आदमियों से कहा कि पुलिस स्टेशन जाकर वो शेखर को मार डालें। और टीवी ऑन करके ख़बर देखने लगा। चैनलों पर ख़बर चल रही थी और स्क्रीन पर राणा व शेखर का चेहरा बार-बार उभर रहा था।

राणा के आदमी पुलिस स्टेशन पहुँचे। वो सिर्फ़ शेखर को मारना चाहते थे लेकिन पुलिस तनकर खड़ी हो गई। दोनों तरफ़ से हथियार तन गए और गैंगवार हो गया। राणा के आदमियों ने बड़ी चालाकी से वहाँ मौजूद सात पुलिसकर्मियों के साथ ही लॉकअप में बंद शेखर को भी मार डाला।

राणा के ख़िलाफ़ केस दर्ज हुआ लेकिन उसकी गिरफ़्तारी नहीं हो पाई। प्रभुनाथ पांडेय ने एसपी से कहा कि जाँच बिठाओ और यह बात साबित कर दो कि शेखर ने राणा को फँसाने के लिए उसका नाम लिया था। राणा की गिरफ़्तारी हुई तो उसके आदमी गाँवों में क़हर बरसा देंगे, जिसमें बेगुनाह मारे जाएँगे। एसपी ने विधायक की बात मान ली क्योंकि वह अपने और पुलिसकर्मियों को

नहीं खोना चाहता था। उसने शेखर के अस्पताल के साथ तीन और अस्पतालों पर ताला जड़ दिया, जहाँ से सिर्फ़ बेटे पैदा होने की ख़बर सही पाई गई थी।

छह महीने बीत चुके थे। राणा पुलिस से बच तो गया लेकिन उस समाज से बच पाना मुश्किल था, जिस समाज में उसने लड़कियों के पैदा होने को वंचित कर दिया था। हमारा समाज देर से करवट लेता है और उसकी आँखें देर से खुलती हैं। और जब आँखें खुलती हैं तो वह अपने तरीक़े से अपने मसलों का हल निकालने के लिए चारपाई से उठ खड़ा होता है।

एक साल और बीत गया लेकिन राणा पुलिस के हत्थे नहीं चढ़ा। वह अपने बनाए साम्राज्य में छुपकर रह रहा था। वहीं से राणा ने अपने छोटे भाई नीरज की शादी के लिए लड़की की तलाश भी शुरू की लेकिन आस-पास के गाँवों के ठाकुरों ने रमपूरना गाँव में अपनी बेटी ब्याहने से इनकार कर दिया। महीनों लगे, राणा ने दूर-दराज़ के कई गाँवों के साथ कई शहरों में भी रिश्ते खोजे लेकिन कहीं से कोई तैयार नहीं हुआ। लड़की तलाश करते-करते पाँच साल बीत गए लेकिन नीरज की शादी नहीं हो पाई। दरअसल, रमपूरना गाँव में कई साल से लड़कियाँ पैदा ही नहीं हुईं, तो आस-पास और दूर-दराज़ के गाँवों के लोगों ने तय किया कि वे अपनी बेटियों की शादी उस गाँव में नहीं करेंगे। यह ख़बर मीडिया में भी आ गई तो लोग सतर्क हो गए थे।

समय भागता रहा। कई साल तक रमपूरना गाँव के लोगों ने इस उम्मीद में काटे कि शायद वक़्त आगे बढ़ जाए तो लोग राणा की ग़लतियों की सज़ा उनके बच्चों को नहीं देंगे। लेकिन समाज जड़ भी तो होता है, वह परंपराओं की तरह अपने बदले की भावना को भी नहीं बदल पाता।

डॉ शेखर के हाथों पैदा हुए रमपूरना गाँव के वे सारे बेटे बड़े हो गए और जब उनकी शादी की उम्र हो आई तो मुसीबतें शुरू हो गईं। उनमें से कुछ लड़कों ने कहीं दूर के दूसरे शहरों में जाकर पढ़ाई-लिखाई की और वहीं बस गए। वहीं काम करना शुरू किया और शादियाँ भी वहीं कर ली। लेकिन ऐसे लड़कों की संख्या बहुत कम थी। बाक़ी जो लड़के गाँव में ही रह गए, उनकी शादियाँ बहुत कोशिशों के बाद भी नहीं हो पाईं तो उन्होंने अपने फ्रस्ट्रेशन और कुँवारेपन के बदले को अपराध में बदल दिया। उनमें से कुछ ने धर्म का

सहारा लेकर बाबागिरी शुरू कर दी और दासियों का भोग करने लगे, तो कुछ अपने फ्रस्ट्रेशन को नशे की लत से दूर करने लगे। कुछ मौत की दुनिया में चले गए, बंदूक़ की नली से खोपड़ियों में छेद करने लगे, तो वहीं कुछ औरतों का रेप करने लगे। उन्होंने दरिंदगी की सारी हदें पार कर दीं। तमाम तकनीकी उपलब्धताओं के बावजूद पुलिस, क़ानून, अदालत, सरकारें भी इन अपराधियों को रोकने में नाकाम रहीं। वह पूरा क्षेत्र एक त्रासदी को जीने के लिए अभिशप्त हो गया। ज़ाहिर है कि एक पीढ़ी की ग़लती का ख़ामियाज़ा अगली पीढ़ी को भुगतना ही पड़ता है।

राणा ने शुरू में ही चालाकी की थी। उसने अपने धंधे को सिर्फ़ अपने नाम से ही नहीं, अपने भाइयों और बच्चों के नाम पर शिफ़्ट कर दिया था। इसलिए पुलिस-प्रशासन के चंगुल से हमेशा वह बच जाता था। उसके बड़े भाई धीरज के दोनों बेटों की भी शादियाँ नहीं हो पाईं। ऐसे लगता था, जैसे पूरी दुनिया में कहीं भी उनके लिए लड़कियाँ बनी ही नहीं थीं। दूर कहीं किसी क्षेत्र में कोई रिश्ता मिलता भी था तो लड़कियों को पता चलते ही वो इनकार कर देती थीं। धीरज राणावत के लिए यह बहुत दुखद था और नाक कटने की बात थी। इसी सदमें में वह बीमार रहने लगा और एक दिन उसको दिल का दौरा पड़ गया।

उम्र गुज़रने के साथ ही राणावत परिवार का इक़बाल, उसकी दबंगई और शान भी मिट्टी में मिलती चली गई थी। हालाँकि राणा ने ख़ूब पैसा ख़र्च करके पुलिस-प्रशासन और क़ानून से अपने केस को ख़त्म करवा दिया। अब राणा आज़ाद तो था लेकिन उसके सामने रमपूरना गाँव के लड़के ही उसे कुछ भी बोल देते थे, जिनके पैदा होने के लिए राणा ने डॉ शेखर, विधायक प्रभुनाथ पांडेय और ग्राम प्रधान अभयानंद सिंह के साथ मिलकर रणनीति बनाई थी।

विधायक प्रभुनाथ पांडेय अब सांसद बनकर केंद्र में मंत्री बन चुका था, तो वहीं प्रधान अभयानंद सिंह विधायक बनकर राज्य में पार्टी का अध्यक्ष बन गया था। डॉ शेखर के मारे जाने के बाद से ही प्रभुनाथ पांडे और अभयानंद सिंह, दोनों ने धीरे-धीरे राणा से दूरियाँ बनानी शुरू कर दी थीं। इस तरह धीरे-धीरे राणा भी कमज़ोर होता चला गया था।

राणा ने अपने बेटों की शादी के लिए कई रिश्ते खोजे और सबसे मिन्नतें भी कीं, लेकिन किसी ने भी राणा की नहीं सुनी। अकेले में अपनी ग़लती पर

उसे पछतावा भी हुआ और वह ख़ूब रोया भी। पता नहीं कैसा पाप लगा था उन बच्चियों का जिनको गर्भ में ही राणा ने शेखर के हाथों मरवा दिया था।

एक रात अचानक राणा ने एक भयानक सपना देखा कि वह अस्पताल में लेटा हुआ है और उसके बेड के चारों ओर खड़ी लड़कियाँ उसको देखकर नफ़रत से हँस रही हैं। उसकी नींद खुल गई। उसका पूरा शरीर पसीने से भीग गया था। ऐसा अब हर कुछ दिन पर होने लगा जब वह कोई बुरा सपना देखकर चौंककर जग जाता था। वह हाँफने लगता था और कुछ बड़बड़ाने लगता था। उसकी बीवी तो शुरू से ही उससे डरती थी, अब तो वह उस घर में गूँगी बनकर रहने लगी थी। उसके बेटे भी उससे कोई बात नहीं करते थे।

कुछ दिन और बीते और एक क़ातिल रात आई। उस रात राणा ने फिर एक भयानक सपना देखा कि लड़कियाँ उसके सिर पर खड़ी होकर चिल्ला रही थीं। उसे गंदी-गंदी गालियाँ दे रही थीं। उसके वजूद को ललकार रही थीं और ताने कस रही थीं। राणा चौंककर उठ बैठा। तौलिए से पसीना पोछा और धीरे-धीरे चलकर आलमारी के पास पहुँचा। राणा ने आलमारी से अपनी बंदूक़ निकाली और उसकी नली अपनी कनपटी पर लगाकर ट्रिगर दबा दिया।

मामू दादा

"हैप्पी मुहर्रम!" अनाया ने कहा और बधाई देने के लिए मेरे दोनों कंधों पर अपने हाथ रखकर मेरे टेबल की तरफ़ झुक गई। मेरे प्लेट से रोटी का एक टुकड़ा तोड़ा और उसमें सब्ज़ी लेकर खाने लगी, "वाउ! सब्ज़ी बहुत टेस्टी है। आई लव शिमला मिर्च!"

मुहर्रम की वह दसवीं तारीख़ थी। मैं तो एकदम से भूल ही गया था।

ऑफ़िस के लंच ऑवर में जब अनाया ने 'हैप्पी मोहर्रम' बोलकर मुझे विश किया, तब याद आया कि आज तो मुहर्रम है और अचानक ज़ेहन में हमारे मामू दादा की तस्वीर उभर आई। रोटी का टुकड़ा मेरे हलक़ में ही अटका रह गया, जिसे एक घूँट पानी पीकर किसी तरह से निगला। मेरी भूख मर गई, जैसे हैप्पी मुहर्रम सुनने तक के लिए ही उसकी साँस रुकी हुई थी।

अनाया मेरे बग़ल में ख़ाली चेयर पर बैठ गई। अनाया की तरफ़ टिफ़िन बढ़ाते हुए मैंने उसको बताया, "अनाया! मुहर्रम कोई ख़ुशी का त्योहार नहीं बल्कि मातम का एक दिन है। आज इस्लामी महीने मुहर्रम की दसवीं तारीख़ है। आज ही के दिन इस्लाम के आख़िरी पैगम्बर हज़रत मुहम्मद के नवासे हज़रत इमाम हुसैन की शहादत हुई थी। यही क़यामत का भी दिन है और मदीने में क़ाबा की नींव रखने का दिन भी आज ही है। लेकिन पता नहीं कैसे मुझे आज यह दिन याद नहीं रहा। मल्टीनेशनल कंपनी की नौकरी हमारे त्योहारों के दिन-तारीख़ कहाँ याद रखने देती है। है न अनाया!"

"ओह! आई एम सॉरी! मुझे नहीं पता था।" यह कहकर अनाया ने भी खाना रोक दिया।

"तुम खाओ। तुम्हारे लिए मातम का दिन नहीं है।" मैंने कहा।

"जो तुम्हारा दिन, वही हमारा भी दिन।" पानी की एक घूँट पीकर अनाया ने कहा और अपना टिफ़िन पैक करने लगी। अनाया और मैं एक-साथ जॉब करते थे। वह मुझसे जूनियर थी, लेकिन मेरी सबसे अच्छी दोस्त थी।

मैं बहुत देर तक सोचता रहा कि आख़िर कैसे भूल सकता था मैं ये दिन? लेकिन फिर सोचा कि याद भी कैसे रहता। ज़्यादातर मल्टीनेशनल कंपनियों में मोहर्रम या किसी और त्योहार की छुट्टी भी तो नहीं मिलती है।

टिफ़िन समेटकर जल्दी-जल्दी अपनी सीट की तरफ़ भागा और मेल सर्च करने लगा- 'कहाँ गई वह तस्वीर... पिछले साल ही तो मेरी बहन सबाहत ने रील वाली फ़ोटो की फ़ोटो मोबाइल से खींचकर भेजी थी मुझे। अ अ अ... हाँ ये रही।' मामू दादा की हँसती हुई वह तस्वीर ऐसे लग रही थी मानो अभी डेस्कटॉप से मामू दादा की हिस्स वाली हँसी बाहर निकल आएगी। तस्वीर देखकर मामू दादा के साथ बीते बचपन के उन ख़ूबसूरत लम्हों में मैं जैसे खो-सा गया।

"ये किसकी फ़ोटो है?" तभी अनाया ने धीरे से पूछा, जो हाथ धोने के बाद चुपके से मेरे पीछे आकर खड़ी हो गई थी। वह मेरे पीछे इसलिए आ खड़ी हुई थी ताकि एक बार और मुझे तसल्ली दे सके। लेकिन मामू दादा की तस्वीर देखकर वह तसल्ली देना भूल गई।

"हमारे बचपन के दोस्त- मामू दादा की।" मैंने कहा।

"मामू दादा! ये कैसा रिश्ता है?" अनाया ने पूछा और तस्वीर को ग़ौर से देखने लगी।

"बहुत गहरा रिश्ता है। तुम नहीं समझोगी।" मैंने कहा और मामू दादा की तस्वीर को 'सेट ऐज़ डेस्कटॉप' कर दिया। अब मामू दादा मेरे ऑफ़िस की फ़ाइलों के बीच मुस्कुरा रहे थे।

मैं अपने बचपन में लौट गया। अपनी बेफ़िक्री में लौट गया। बेफ़िक्री बचपन की अलामत होती है। ढेर सारी मस्ती, भाई-बहनों के साथ झगड़े, स्कूल के दोस्तों के साथ तूतू-मैंमैं... और बात-बात पर रूठना और फिर मना लेना। यूँ ही किसी बात पर एक पल में ग़ुस्सा तो दूसरे ही पल में खिलखिलाकर हँस पड़ना। मासूमियत से भरा बचपन अपने हाथ में शरारतों की एक पोटली ऐसे लिया चलता है, जैसे लोग आजकल अपने हाथों में मोबाइल लिए चलते हैं। मौक़ा मिला नहीं कि पोटली से एक शरारत निकालकर दे मारा किसी पर और

ठठाकर हँस पड़े। अब उसको बुरा लगे तो लगे, बचपन की बला से!

कितनी ख़ुशरंग दुनिया होती है न बचपन की? हर ग़म से बेगानी। खिलौनों के साथ मटरगश्ती वाली और टॉफी-चॉकलेट जैसी मीठी भी! कंचे जैसी चमकती हुई तो आइसक्रीम जैसी ठंडी भी। फिर भी कितनी उजलत रहती थी न कि हम जल्दी से बड़े हो जाते, तो माँ-बाप हमें यहाँ-वहाँ जाने से नहीं रोकते और न ही कभी टोकते कि ये न करो वो न करो! पर हम भी माँ-बाप की कहाँ मानते थे! और न जाने क्या-क्या छुपाए फिरते थे सबसे। खुली किताब होकर भी बचपन के राज़ बहुत पोशीदा होते हैं, हर कोई उन्हें नहीं समझ सकता। बड़ा होने के बाद बचपन वाली कैफ़ियत कहाँ रहती है, जो कोई समझ सके!

बचपन कब ईद को मुहर्रम बना दे और कब मुहर्रम को ईद बना दे, यह कोई नहीं जानता! जैसे मेरे और सबाहत के लिए मुहर्रम ईद बन जाता था, जब हर साल मामू दादा हमारे लिए मौसमी फल, ख़ूब सारी मिठाइयाँ और खिलौने लेकर हमारे घर आते थे।

मैं तब क़रीब पाँच साल का था और सबाहत मुझसे दो साल छोटी थी। मामू दादा हमें बहुत प्यार करते थे, ख़ासकर सबाहत को कुछ ज़्यादा ही प्यार करते थे। जब वो हमारे घर आते तो रोज़ सुबह हमारे मुहल्ले से दूर एक चौराहे पर भुल्लन हलवाई की दुकान पर हमें ले जाते और हमारी पसंद की मिठाइयाँ, ख़ासकर जलेबियाँ दिलाते थे।

भुल्लन का असली नाम योगेंद्र यादव था, लेकिन हर बात फ़ौरन ही भूल जाने की वजह से सब उन्हें भुल्लन कहने लगे थे। अक्सर हम उनसे जलेबी माँगते तो वे लम्हे भर सोचते और फिर हमें बर्फ़ी पकड़ा देते।

"काका हम जलेबी माँगे हैं।" हम कहते।

"तो पहले बताना था न!" भुल्लन जवाब देते।

"अभी तो बताया काका!" हम कहते।

"अरे तो भूल गए होंगे! ई लो।" भुल्लन कहते और जलेबी पकड़ा देते।

मामू दादा अक्सर हमें बाज़ार घुमाने ले जाते और हम उनसे जो भी चीज़ माँगते, हमारे लिए वह फ़ौरन ख़रीद देते। इसलिए हमारे लिए सबसे क़ीमती दिन त्योहारों के होते थे।

मुहर्रम का दिन बाक़ी घर वालों के लिए ग़म का दिन होता था, लेकिन हमारे

लिए वह ईद का दिन होता था। उस दिन अम्मी और दादी रोज़ा रखतीं और जब क़ुरान की तिलावत करने बैठ जातीं तब हम चुपके से फल और मिठाइयाँ लेकर भाग जाते थे। शाम को रोज़ा खोलने के वक़्त जब फल और मिठाइयाँ ग़ायब मिलतीं तो दादी अपनी छड़ी लेकर हमें दौड़ा लेतीं। हम भागकर जल्दी से मामू दादा की गोद में छुप जाते।

"ठहरो बताती हूँ, सकून से रोज़ा भी खोलने नहीं देते ये कम्बख़्त!" दादी हम पर चिल्लातीं।

"क्यों डाँट रही हो इन्हें? इन्हीं बच्चों के लिए तो होते हैं फल और मिठाइयाँ!" मामू दादा प्यार से हमारे सिर पर हाथ फेरते हुए कहते और हमें अपने पहलू में छुपा लेते।

"इनकी आदत बिगाड़कर आप तो कुछ दिन बाद चले जाते हैं, फिर ये दोनों कम्बख़्त हमें सारा-सारा दिन परेशान करते रहते हैं।" दादी तक़रीबन झल्ला-सी जातीं।

"हम फिर आ जाएँगे।" इतना कहकर मामू दादा हिस्स से हँस देते थे और आगे के टूटे उनके तीन दाँत की वजह से उनके मुँह की सारी हवा बाहर निकल जाती थी। हम दोनों भी उनकी नक़ल करके हिस्स-हिस्स हँसने लगते थे।

मैं और सबाहत अपने दादा से बहुत डरते थे, क्योंकि वह हमें बात-बात पर डाँटने लगते थे। इसलिए जब हमें मामू दादा का प्यार मिला, तो हम उनके साथ फ़ौरन ही हिलमिल गए। ऐसे कि जैसे मामू दादा ही हमारे असली दादा हों। मामू दादा की हिस्स वाली हँसी बहुत अच्छी लगती थी। वह जब भी कुछ कहते तो बात ख़त्म होते ही हिस्स से हँस देते और हम उनके हँसने को देखकर हँस पड़ते थे। उनके मुँह में आगे के तीन दाँत नहीं थे। सबाहत अक्सर उनसे पूछती, "मामू दादा, आपके दाँत कहाँ चले गए?"

"घर छोड़ आए हैं बिटिया।" मामू दादा जवाब देते।

"घर क्यों छोड़ आए?" सबाहत फिर पूछती।

"ताकि तुमको वह काट न ले।" कहकर वह हिस्स से पोपली हँसी हँस देते।

रात के खाने के बाद मामू दादा हमें अच्छी-अच्छी कहानियाँ सुनाते। हम उनके पाँव के पास बैठ जाते। हम उनके पाँव दबाते और वह शेर, हाथी, भालू, सियार और बंदर की एक से बढ़कर एक कहानियाँ सुनाते। कहानी सुनाने के

बीच में वह हिस्स-हिस्स हँसते भी रहते, जिनकी नक़ल करके हम दोनों भी हिस्स-हिस्स करने लगते।

मामू दादा के ख़याल से मैं बाहर आ गया लेकिन मेरी निगाह अब भी डेस्कटॉप पर थी जहाँ वह मुस्कुरा रहे थे। मैं सोचने लगा, नामालूम क्यों आज सबाहत ने भी कॉल नहीं किया, जबकि बीते कई साल से हर मुहर्रम की सुबह वह कॉल करती थी और मुझसे कहती थी कि मामू दादा की मग़फ़िरत के लिए दुआ ज़रूर कर लेना।

मुझे याद आने लगा कि किस तरह अम्मी-अब्बू के मामू और दादी के बड़े भाई यानी दादा के बीच दो अलग-अलग रिश्तों से हमें एक प्यारा-सा नाम मिला था- 'मामू दादा!'

दरअसल, वह हमारे अब्बू के बड़े मामू थे। ठीक-ठीक तो याद नहीं लेकिन हम भाई-बहन ने जब से होश सँभाला था, हर साल मुहर्रम से एक या दो दिन पहले वह हमारे घर आ जाते और सप्ताह-दस दिन से पहले कभी वापस नहीं जाते थे। सबाहत से उनका लगाव कुछ ज़्यादा था इसलिए उसके लिए अलग से तरह-तरह की गुड़िया और खिलौने लाते थे।

हम भाई-बहन के लिए एक बड़ी दुविधा यह थी कि हम उन्हें किस नाम से पुकारें! हम उस दौर में भी थे जब बड़ों को किसी के द्वारा कुछ पुकारे जाने को ही याद कर लेते थे और ख़ुद भी वही पुकारने लगते थे।

शुरू में तो हम उन्हें दादा ही कहते थे लेकिन हमारी अम्मी इसके सख़्त ख़िलाफ़ थीं कि हम उन्हें दादा कहें। वह कहने लगती थीं कि वो तुम्हारे अब्बू के मामू हैं, इसलिए उन्हें मामू ही कहा करो। लेकिन अम्मी की यह बात दादी को नागवार गुज़रती और वह कहने लगतीं कि वो मेरे बड़े भाई हैं, इसलिए उन्हें दादा कहो।

हम दोनों भाई-बहन तो बड़ी मुश्किल में फँसे। अगर अम्मी की बात मानते तो दादी नाराज़ हो जातीं और अगर दादी की बात मानते तो अम्मी नाराज़ हो जातीं। कई दिनों तक तो हम इसी कशमकश में रहे। जब भी उनके सामने जाते तो न दादा कह पाते और न मामू। हम दोनों के लिए इससे भी बड़ा डर यह था कि अगर हम अम्मी और दादी की बात नहीं माने तो कहीं हम फल, खिलौनों

और मिठाइयों से महरूम न कर दिए जाएँ! अम्मी और दादी की हमेशा चलने वाली आपसी खींचतान का शिकार अक्सर हम बच्चे ही होते रहते थे।

कई दिनों तक हम इसी बात को सोचते रहे। फिर एक दिन हम भाई-बहन ने मशवरा किया और एक नायाब-सी तरकीब निकाली कि अम्मी के सामने उन्हें मामू कहेंगे और दादी के सामने दादा कहेंगे।

कुछ दिन तो ऐसा चलता रहा। लेकिन फिर एक मसला आ खड़ा हुआ। रात के खाने के वक़्त हम सब एक साथ खाना खाते थे लेकिन दादी पहले ही खाकर सो जाती थीं। एक दिन की बात है। दादी की तबियत ठीक नहीं थी तो उन्होंने खाना नहीं खाया और आराम करती रहीं। फिर जब हम सब एक साथ खाने बैठे तो दादी भी आ गईं और कहने लगीं कि मेरे लिए भी खाना निकाल दो, भूख लग आई है। अब हमारे सामने अम्मी और दादी दोनों मौजूद! वह यानी अब्बू के मामू भी वहीं थे और उन्हीं के पास सब्ज़ी की रक़ाबी थी। अचानक सबाहत ने पहले मामू कहा लेकिन जब दादी उसकी ओर देखने लगीं तो उसने हिचकते हुए दादा भी कह दिया। मुझे लगा कि अब सबाहत को डाँट पड़ेगी, लेकिन तभी बुचन्नी-सा हमारा दिमाग़ काम कर गया। हम दोनों ने एक-साथ उन्हें ज़ोर से 'मामू दादा' कहा और रक़ाबी माँग ली। अम्मी और दादी दोनों एक-दूसरे की ओर देखने लगीं लेकिन किसी ने भी कहा कुछ नहीं। शायद इसलिए क्योंकि उस नाम में दोनों ही रिश्ते शामिल थे।

हम दोनों उस दिन बहुत दुखी होते जब कोई मेहमान हमारे घर ख़ाली हाथ आता। ऐसे मेहमान को देखकर हम मुहल्ले के बीच पीपल के पेड़ के नीचे बने चबूतरे पर जाकर बैठ जाते थे और मामू दादा को याद करते थे। सबाहत उदास होकर पूछती, "भइया, मामू दादा कब आएँगे?"

और मैं जवाब देता, "मुहर्रम के दिन।"

वह मुहर्रम के दिन या उससे एक-दो दिन पहले क्यों आते थे, इस बात का मुझे तो कभी ख़याल नहीं आया लेकिन एक मुहर्रम जब वह आए तो सबाहत ने उनसे कई दफ़ा पूछा कि वह मुहर्रम पर ही क्यों आते हैं? मामू दादा ने इसका कोई जवाब नहीं दिया, सिर्फ़ मुस्कुरा भर दिया। लेकिन तब हमें उनके चेहरे की झुर्रियों में एक दर्द उभरता दिख रहा था। उनकी आँखें कहीं खो गई थीं और

फिर इधर-उधर देखते हुए वह हमसे नज़रें चुराने लगे थे।

उनके चले जाने के बाद एक दिन अम्मी ने हमें बताया कि मुहर्रम के दिन ही उनकी बेटी का इंतक़ाल हो गया था, जो बिलकुल ही सबाहत की तरह प्यारी-सी थी। कुछ साल पहले एक हादसे ने उन्हें एक गहरा ज़ख़्म दिया था, जिसकी वजह से वह मुहर्रम पर अपने घर नहीं रहते।

उस दिन मैं समझा कि हमारे यहाँ उनके आने की वजह मैं और मेरी छोटी बहन सबाहत थे। अपनी बच्ची के गुज़र जाने से उनके भीतर जो ख़ालीपन पैदा हुआ था, वह हम दोनों से भर जाता था।

अम्मी ने बताया कि कई साल पहले मामू दादा के पास के मुहल्ले में मुहर्रम का मातम मनाने जुटे लड़के जब ज़ंजीर भाँजने लगे, तब एक के हाथ से ज़ंजीर छूटकर उनकी फूल-सी बेटी के सिर पर जा लगी थी। मामू दादा अपनी बेटी को कभी बाहर नहीं ले जाते थे लेकिन उस दिन उसकी ज़िद पर उसे वहाँ मातम दिखाने ले गए थे। चोट गहरी लगी थी तो वह बच नहीं पाई। एक ही बेटी थी और बड़ी मन्नतों के बाद शादी के कई साल बाद पैदा हुई थी। इस बात का मलाल उन्हें ज़िंदगी भर रहा। जिस्म के घाव भर जाते हैं, लेकिन दिल पर लगे घाव कहाँ भरते हैं भला! यही वजह थी कि वह मुहर्रम के दिन कभी अपने घर नहीं रह पाते थे। क्योंकि उस घर से उनकी बेटी की यादें जुड़ी थीं।

कहते हैं न कि उम्र का चक्र जब घूमता है तो फिर से बचपना लौट आता है और बूढ़े-बुज़ुर्ग भी बच्चे बन जाते हैं। मामू दादा की उम्र का चक्र भी घूम गया था और वह भी हमारे लिए बच्चे बन जाते थे। सबाहत जब बहुत छोटी थी तब उनको देखते ही वह कभी खाट के नीचे तो कभी दीवार के पीछे छुप जाती थी और अपनी तोतली ज़ुबान में उनसे पूछती थी कि बताइए मैं कहाँ हूँ, जैसे वह छिपकली को देखकर फ़ौरन खाट के पीछे या नीचे छुपकर पूछती थी, "ओ छिपली, बताओ अम तहाँ ऐं?" और फिर ख़ुद ही ज़ोर से हँसने भी लगती। मामू दादा खाट के नीचे झुककर उसे पकड़ लेते और दोनों हँसने लगते। उस हँसी में बूढ़े और बच्चे एक हो जाते। बचपन-बुढ़ापे के चक्र का काँटा एक ही जगह पर रुक जाता।

घंटों तक मैं मामू दादा की तस्वीर को अपने डेस्कटॉप पर देखता रहा।

तभी अचानक सबाहत की कॉल आ गई। उसने मामू दादा की बख़्शिश के

लिए दुआ करने की बात कही। उसने बताया कि मामी दादी को उसने पैसे भेज दिए थे। अपनी नौकरी लगने के बाद से ही हम दोनों हर साल मुहर्रम से पहले और मैं ईद से पहले उन्हें कुछ पैसे भेज दिया करते थे।

ईमेल में मामू दादा की फ़ोटो के साथ एक और तस्वीर थी जिसमें उनकी गोद में हम और सबाहत बैठे हुए थे। उस दिन हमने मामू दादा के लाए नये-नये कपड़े पहने हुए थे।

मुझे वह मंज़र याद आने लगा कि कैसे उस दिन सबाहत भागी-भागी मेरे पास आई और कहने लगी कि उसकी फ्रॉक पर मकड़ी चढ़ गई थी। मैंने उससे पूछा कि इसमें डरने वाली क्या बात है? तब उसने कहा कि अम्मी कहती हैं कि कपड़े पर मकड़ी चलती है तो गिफ़्ट में कपड़े मिलते हैं, देखना इस बार मुहर्रम पर मामू दादा हमारे लिए कपड़े लेकर आएँगे।

और सचमुच, मामू दादा हमारे लिए कपड़े लेकर आए भी। लेकिन उसकी फ्रॉक के साथ जब वह मेरे लिए भी बुशर्ट ले आए तो सबाहत ग़ुस्सा हो गई। मामू दादा से शिकायत लगाई, "मकड़ी तो सिर्फ़ उसकी फ्रॉक पर चढ़ी थी न मामू दादा, फिर आप भइया के लिए बुशर्ट क्यों लाए?"

"मैंने सपने में देखा था कि मकड़ी तुम्हारी फ्रॉक से उतरकर इसके कपड़ों पर चलने लगी थी, इसलिए हम इसके लिए भी बुशर्ट ले आए।" मामू दादा ने समझाया तो सबाहत मारे ख़ुशी के झूमने लगी थी। ऐसे थे हमारे मामू दादा।

उसी शाम मामू दादा हमें बाज़ार ले गए जहाँ स्टूडियो में हमने तस्वीर वो खिंचाई थी। उसके बाद तो वह हर साल हमारे लिए मिठाइयाँ और खिलौनों के साथ कपड़े भी लाने लगे।

साल बीतते गए, उम्र बढ़ती गई। मैं और सबाहत 8-9 साल के हो गए।

स्कूल में नोटिस बोर्ड पर मुहर्रम की छुट्टी का नोटिस देखकर हम बहुत ख़ुश थे कि मामू दादा आज घर आएँगे। लेकिन शाम को जब हम स्कूल से लौटे तो मामू दादा नहीं दिखे। सबाहत उन्हें कुछ ज़्यादा ही प्यार करती थी इसलिए उनके न आने के ग़म में वह उदास हो गई। कुछ दिन पहले ही हमारे दादा जब दादी को लेकर उनके मायके जा रहे थे तो सबाहत ने बहुत ज़िद की थी कि वह भी साथ जाए। लेकिन पढ़ाई का बहाना करके अम्मी ने उसे रोक लिया था।

मुहर्रम की वह नौवीं तारीख़ थी। अब्बू जब शाम को घर आए तो उनका

चेहरा उतरा हुआ था। अम्मी ने जब ख़ैरियत पूछी तो अब्बू ने बताया कि मामू की तबियत बहुत ख़राब है, कुछ कहा नहीं जा सकता। अम्मी उनके जल्दी सेहतयाब होने की दुआ करने लगीं।

अगले दिन यानी मुहर्रम की दसवीं तारीख़ को सुबह ही ख़बर आ गई कि हमारे मामू दादा नहीं रहे। सुबह फ़जर के वक़्त उनका इंतक़ाल हो गया। अब्बू ने अम्मी से कहा कि बच्चों को मत बताना नहीं तो सबाहत बहुत दुखी होगी।

उस दिन पूरे घर में एक मातम पसरा हुआ था। हम दोनों भाई-बहन को कुछ समझ में नहीं आ रहा था और कुछ अच्छा भी नहीं लग रहा था। अम्मी और अब्बू की उदासी से मुझे मालूम हो गया था कि मामू दादा के आने की अब कोई उम्मीद नहीं थी।

जैसे-तैसे दिन बीता। शाम को सबाहत मुझे छत के ऊपर वाले कमरे में ले गई और पूछने लगी, "भइया, क्या मामू दादा अब कभी नहीं आएँगे?"

मुझे बड़ी हैरानी हुई कि सबाहत को कैसे इसका एहसास हो गया कि मामू दादा अब नहीं रहे। मैंने बग़ैर कुछ बताए उसे गले से लगा लिया तो वह और ज़ोरों से रोने लगी। मैं भी ख़ुद को रोक नहीं सका और उसके साथ ही रोने लगा। वह दिन सचमुच हमारे लिए मातम का दिन था। पहली बार वह दिन हम दोनों को सचमुच मुहर्रम का दिन लगा था।

डेस्कटॉप पर मामू दादा मुस्कुरा रहे थे, मगर मेरी आँखें भीग गई थीं।